隨身外語高手

彩繪圖解
日本語

ILLUSTRATED JAPANESE WORDS AND
CONVERSATIONS FOR EVERY DAY

U0131522

發 行 人　鄭俊琪

出版統籌　李尚竹

作　　者　佐藤生、虞安寿美

責任編輯　錢玲欣

中文編輯　張珮涓

設計製作　紅色橋、樂豆

封面設計　黃郁臻

插　　畫　彭仁謙

日文校閱　佐藤生、廖玉琪

日文錄音　佐藤生、楊ちあき

點讀製作　李明爵

出版發行　希伯崙股份有限公司

　　　　　105台北市松山區八德路三段
　　　　　32號12樓

電　　話　(02)2578-7838

傳　　真　(02)2578-5800

劃　　撥　1939-5400

電子郵件　Service@LiveABC.com

法律顧問　朋博法律事務所

印　　刷　禹利電子分色有限公司

出版日期　2019年1月 再版九刷

隨身外語高手

彩繪圖解日本語

ILLUSTRATED JAPANESE WORDS AND
CONVERSATIONS FOR EVERY DAY

目錄

日本文化節慶 年間行事

生活城市 生活と町

旅遊休閒 旅行レジャー

學好日文
從認識日本開始！

各位讀者大家好，我是這本書的作者之一佐藤 生 (IKU 老師)。我是在台灣教日文的日文教師。首先，在介紹這本書的內容給大家之前，我要告訴大家關於學日文更輕鬆，更好玩的小秘訣。只要懂了這個秘訣之後，不管是去日本，或是跟日本人聊天等等，一定會很有用的。

這個讓學習日文變得更容易的秘訣，就是「認識更多方面的日本」！嗯（ @ _ @ ;）！？IKU 老師講了太理所當然的事情，所以有可能讓大家傻眼了。不過說真的，這一點真的非常很重要喔，而且忘了做到這一點的學生，多到像天空的星星 orz。

我在教日文的時候，發現學日文的學生可以分成幾種類型。其中，學日文最快的學生就是「對日本的某些事情很有興趣的人」。比方說喜歡看日本電視電影的人，或是喜歡看日文書、漫畫雜誌，或是聽音樂的人等等。當別的學生在休息的時候，他們會一直讓自己不斷地去接觸日文，認識日本。久而久之，這些學生的單字量會變多，而且跟日本人聊天的時候，用的詞彙也自然會變得很豐富。所以呢，請你學日文的時候不要只看課本，最好可以多多認識日本喔！

在這本書裡，我設計了很多很多讓你能夠認識日本特有的習俗、活動、和文化的內容。除了在日本日常生活中常會遇到的單字之外，還挑選了日本各地著名的景點跟名產，不僅有日本祭典和節日等傳統活動，連秋葉原或動漫祭文化等新奇好玩的事情都有，我把整個日本的重點單字都濃縮到這本書裡面了。

每一個主題不但有活潑可愛的插畫來圖解單字，還搭配上有趣的對話及文章，讓你對主題課程的印象更加深刻。如果有想要去日本旅行或者留學的同學，這本書可以讓你更了解日本，這些知識是我覺得讓你能體驗到日本而有更深刻的經驗喔。請你好好地讀這本書，跟我一起認識更多元化的日本吧！

佐藤 生 佐藤 生

從事日語教學多年、教學方式生動活潑
曾任日語補習班教師及教材研發編寫
現任 LiveABC 日文編輯

才會讓日語突飛猛進！

勇敢開口說日語

各位正在學日語的讀者們，大家好！我是擔任本書單元文章編寫的作者，虞 安壽美。大家叫我 Azumi 老師就可以囉！

其實要讓日語會話變得更好，最快的方法就是和日本人談話。有發音方面煩惱的人，可以多聽 MP3 裡老師的唸法來多練習發音。小小聲地唸或是喃喃自語可是不行的喔。練習發音時的音量要跟平常與人對話時的音量差不多，這就是訣竅！想讓談話內容豐富的人，請試試從說出幾個短文來練習看看。練習的時候會使用接續詞，對話就會變得更自然喔。

這一次，我寫了在旅遊指南和日語教科書裡都沒有介紹到的內容。不需要拘泥於單字和文法的程度，而是用日本人的角度和「自然的日語」來撰寫文章介紹日本。文章裡也許有比較困難的用法或沒學過的表達方式，請試著對照中文多閱讀幾次看看喔。和其他的日語教材不一樣，這本書用圖解的方式介紹了非常多的單字。活潑生動的會話內容，都是擷取自日常生活中常見的對話。請好好享受使用本書會話的樂趣！

Azumi. Yu **虞安寿美**

文化大學推廣教育部日語講師
語文中心日語講師
資深日語教材編輯

日語學習體驗

精彩絕倫、絕不無聊的

學習單字，最快的方式就是先知道那個單字是長什麼樣子！所以本書的每一個單元，都是從生動精細的插畫所開始。我們採用圖解方式來呈現每一課要教的單字，搭配文中所列出的日文／漢字／羅馬字唸法、加上重音及中譯輔助學習，讀者們可隨時進入主題情境中邊玩邊學習。

本書精挑細選出 85 個日常生活中你我最常出入的場所和從事的活動情境，依照主題分類而成「日本文化節慶」、「居家」、「生活城市」、「旅遊休閒」等四大部份。其中，第一部份「日本文化節慶」綜合節選了與日本相關的人文物產（傳統技藝、著名景點）和特有的活動節慶（祭典、七五三），內容充實有趣，非常值得推薦給讀者共讀。

看過日劇或日本節目的人都知道，日本人在和別人對話的時候，會因為身分輩份甚至是性別的不同，而有不同的用法和語氣。課文裡的

對話雖然不像單字一樣可以照單全背，但是能讓讀者了解前面學過的單字在實際對話中可以如何運用。如果有同伴一起學習，還可以作角色扮演，口說能力會進步的更快！

除了前面學過的單字和對話之外，我們在每一課結束之前，還設計了和主題相關的知識小補充。每一則有趣有用的短文，都是日文老師想在這裡跟大家所分享的小知識。所以在「客廳」單元裡，我們有「榻榻米」的小知識和榻榻米的坐法；在「浴室」單元裡，讀者們也能了解日本人愛泡湯的由來和好處。希望透過這個部份，能讓大家了解更深一層的日本文化及生活習慣。

另外本書還能支援點讀功能，如果你有點讀筆，可以先到官網下載並安裝點讀音檔，然後就能在書上隨點隨聽隨學。或者，你也可以到官網下載MP3 來學習書上的內容。無論你選擇哪一種方式學習，都會有不同的驚喜發現。學習語言，需要環境，也需要習慣，更需要輕鬆的心情來開始。期待這本圖解情境工具書，能作為你學習日語時的堅強後盾。

如何使用本書

扉頁

精選「日本文化節慶」、「居家」、「生活城市」、「旅遊休閒」四大主題，篇篇精彩，值得反覆研讀。

年間行事
日本文化節慶篇

單元名稱

文化節慶
01 著名景點 觀光スポッ

① 東京スカイツリー
（東京）

② 東京タワー
（東京）

③ 明治神宮

④ 新宿御苑

⑤ 空中庭園展望台（大阪）

⑥ 東大寺

⑦ 奈良公園（奈良）

⑧ 伏見稲荷大

■022

圖解單字

以活潑精細的插畫來圖解單字，幫助讀者加深印象。

內文介紹

本書 85 個單元，超過 2000 個以上的超實用單字，以生動有趣的全彩插圖呈現出生活場所和活動的情境。再搭配由單字衍生出的對話和精心編寫的知識小補充，讓讀者學知識也能得常識。

點讀標誌 & MP3 音軌

讀者可先到官網下載本書的點讀音檔和 MP3 音檔。將點讀音檔安裝到點讀筆，即能在書上隨點隨聽，也能播放 MP3 做學習輔助。

日本文化節慶篇

⑨ 清水寺（京都）

⑩ 龍安寺（京都）

圖解單字

全文朗讀
Track 001

① 東京スカイツリー（東京）
tó.kyó.su.ka.i.tsu.ri ⓪ 東京晴空塔（東京）

② 東京タワー（東京）
tó.kyó.ta.wá ⓪ 東京鐵塔（東京）

③ 明治神宮（東京）
mé.ji.ji.n.gú ⓪ 明治神宮（東京）

④ 新宿御苑（東京）
shi.n.ju.ku.gyo.e.n ⓪ 新宿御苑（東京）

⑤ 空中庭園展望台（大阪）
kú.chú.té.e.n.te.n.bó.da.i ⓪ 空中庭園展望台（大阪）

⑥ 東大寺（奈良）
tó.da.i.ji ① 東大寺（奈良）

⑦ 奈良公園（奈良）
na.ra.kó.e.n ③ 奈良公園（奈良）

⑧ 伏見稲荷大社（京都）
fu.shi.mi.i.na.ri.ta.i.sha ⑤ 伏見稲荷大社（京都）

⑨ 清水寺（京都）
ki.yo.mi.zu.de.ra ⓪ 清水寺（京都）

⑩ 龍安寺（京都）
ryó.a.n.ji ① 龍安寺石庭（京都）

023

日文單字

每一課要教的日文單字，均以平假名＋漢字，或是片假名的方式呈現。另標示有重音、羅馬字、和中文解釋，輔助發音及理解。

情境對話

本書共有 85 個簡短的情境對話。利用前面學過的部份或相關單字,設計簡單的生活對話,談論家庭生活、閒聊休閒娛樂等。提供日中對照的方式,方便讀者同步學習。

情境對話

🔊 朗讀發音 Track 005

坂本：部長、これ、つまらないものですが…。

佐藤：おおっ、ありがとう。これ何だい。

坂本：りんごです。母が実家から送ってきたので、おすそ分けです。

佐藤：そうか、坂本さんの実家は青森だったね。

坂本：はい、このりんごは実家で作っているんです。

佐藤：それはすごいな。じゃあ遠慮なくいただくよ。

坂本：部長,這是一點小小的意思……。
佐藤：喔,謝謝!這是什麼啊?
○○的母親送來的,所以跟部長分享。
○小小的老家在青森對吧。
○我們老家種的。
○就恭敬不如從命收下來囉。

■ 032

日本生活二三事

🔊 朗讀發音 Track 006

カステラ 長崎蜂蜜蛋糕

今から約 500 年前、世界は大航海時代。世界の人々は「黄金の国ジパング」を目指しました。日本は当時、室町時代の終わりで、長崎の港が世界に向けて開かれました。そのときにポルトガルの焼き菓子やスペインのカスティーリャ地方のパンの製法が日本へ伝えられました。その後、江戸時代に日本は鎖国となり、明治時代に開国するまで「カステラ」は日本国内で独自の発展をしました。今の形のカステラになったのは、明治時代の頃です。そして「カステラ」は西洋菓子から「和菓子」となりました。

■ 033

日本生活二三事

由日文老師針對主題所設計的實用小知識,內容兼具生活化和趣味化、讓你更深一層了解日本人的生活和習慣。

附註補充

■ 本書是採用「數字」的標示方法，來表達單字的重音位置。我們在單字旁邊標示了數字，這個數字指的就是「音要降下來的地方」。

第 1 個音「あ」後面掉下來
あい ①
a.i

0 表示不降下來
おさけ ⓪
o.sa.ke

....

■ 基本上，日文是「一個假名一個音節（一拍）」。在算單字的音節時，無論是「平假名」或「片假名」，都是一個字一拍。

くるま ← 3個音節
ku.ru.ma
車（車子）

イギリス ← 4個音節
i.gi.ri.su
（英國）

....

■ 另外，「拉長的長音」和「停頓的促音」，也都是一個字一拍。

ゲーム ← 3個音節
gê.mu
（遊戲）

きって ← 3個音節
ki.tte
（郵票）

....

■ 另要特別注意的是，拗音是跟小字合起來才算一拍喔。

しゅくだい ← 4個音節
shu.ku.da.i
（功課）

MP3 音檔下載說明 + 點讀筆功能介紹

為提供讀者們更多元的學習輔助，本書提供 MP3 音檔及點讀筆音檔（點讀筆須自備或另購）的線上下載。只要在 LiveABC 官網首頁 (www.liveabc.com)，依照以下步驟做音檔下載及安裝，即可開始使用 MP3 及點讀筆，方便讀者們邊聽邊學習。

··· MP3 音檔下載及安裝步驟 ···

STEP 1
在 LiveABC 首頁上方的「叢書館」點擊進入。從左側分類中，點選「其他叢書」的「日語學習系列」。找到您要下載的書籍後，點擊進入內容介紹網頁。

STEP 2
點選內容介紹裡的「下載 MP3 音檔」
〔下載MP3音檔〕，進行下載該書的 MP3 壓縮檔。

STEP 3
將下載好的壓縮檔解壓縮後，會得到一個資料夾，裡面即有本書的 MP3 音檔。

將下載好的 MP3 音檔存放於電腦或手機裡，即可直接播放本書內容，加強您的聽力學習。

··· 點讀筆音檔下載及安裝步驟 ···

STEP 1
在 LiveABC 首頁上方的「叢書館」點擊進入。從左側分類中，點選「其他叢書」的「日語隨學習系列」。找到您要下載的書籍後，點擊進入內容介紹網頁。

STEP 2
點選內容介紹裡的「下載點讀筆音檔」
〔下載點讀筆音檔〕，找到您需要的點讀音檔後點一下，進行下載點讀筆壓縮檔。將下載好的壓縮檔解壓縮後，即能得到本書的點讀筆音檔。

STEP 3

用 USB 傳輸線連結電腦和點讀筆，會出現「LivePen 點讀筆」資料夾，點擊兩下進入「BOOK」資料夾。

STEP 4

將解壓縮後所得到的點讀筆音檔按右鍵複製，然後在上一步驟的「BOOK」資料夾裡按右鍵貼上，即可完成點讀筆音檔的安裝。

如何使用點讀筆啟動本書

STEP 1 將 LiveABC 光學筆頭指向本書封面圖示，待聽到「Here We Go！」語音後即完成連結。

STEP 2 點 全文朗讀 Track 001 圖示，即播放整篇單字內容的發音。

* 每本書可實際點讀發音之部分皆不同，依各書所列為準。

點讀筆功能介紹

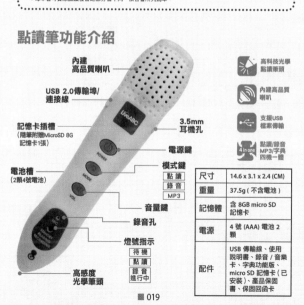

內建高品質喇叭

USB 2.0 傳輸埠/連接線

記憶卡插槽
（隨筆附贈MicroSD 8G記憶卡1張）

電池槽
（2顆4號電池）

3.5mm 耳機孔

電源鍵

模式鍵
- 點讀
- 錄音
- MP3

音量鍵

錄音孔

燈號指示
- 待機
- 點讀
- 錄音進行中

高感度光學筆頭

高科技光學點讀筆頭

內建高品質喇叭

支援USB檔案傳輸

4 in one 點讀/錄音MP3/字典四機一體

尺寸	14.6 x 3.1 x 2.4 (CM)
重量	37.5g（不含電池）
記憶體	含 8GB micro SD 記憶卡
電源	4 號 (AAA) 電池 2 顆
配件	USB 傳輸線、使用說明書、錄音／音樂卡、字典功能版、micro SD 記憶卡（已安裝）、產品保固書、保固回函卡

年間行事

日本文化節慶篇

01 著名景點 観光スポット

① 東京スカイツリー（東京）

② 東京タワー（東京）

③ 明治神宮（東京）

④ 新宿御苑（東京）

⑤ 空中庭園展望台（大阪）

⑥ 東大寺（奈良）

⑦ 奈良公園（奈良）

⑧ 伏見稲荷大社（京都）

⑨ 清水寺（京都）
きよみずでら きょうと

⑩ 龍安寺（京都）
りょうあんじ きょうと

圖解單字

❶ 東京スカイツリー（東京）
とうきょう とうきょう

tô.kyô.su.ka.i.tsu.rî ⑨ 東京晴空塔（東京）

❷ 東京タワー（東京）
とうきょう とうきょう

tô.kyô.ta.wâ ④ 東京鐵塔（東京）

❸ 明治神宮（東京）
めいじじんぐう とうきょう

mê.ji.ji.n.gû ⑥ 明治神宮（東京）

❹ 新宿御苑（東京）
しんじゅくぎょえん とうきょう

shi.n.ju.ku.gyo.e.n ⑤ 新宿御苑（東京）

❺ 空中庭園展望台（大阪）
くうちゅうていえんてんぼうだい おおさか

kû.chû.tê.e.n.te.n.bô.da.i ⑩ 空中庭園展望台（大阪）

❻ 東大寺（奈良）
とうだいじ なら

tô.da.i.ji ① 東大寺（奈良）

❼ 奈良公園（奈良）
なら こうえん なら

na.ra.kô.e.n ③ 奈良公園（奈良）

❽ 伏見稲荷大社（京都）
ふしみいなりたいしゃ きょうと

fu.shi.mi.i.na.ri.ta.i.sha ⑦ 伏見稲荷大社（京都）

❾ 清水寺（京都）
きよみずでら きょうと

ki.yo.mi.zu.de.ra ④ 清水寺（京都）

❿ 龍安寺（京都）
りょうあんじ きょうと

ryô.a.n.ji ① 龍安寺石庭（京都）

⑫ 熊本城（熊本）

⑪ 金閣寺（京都）

⑬ 別府温泉（大分）

⑭ 広島平和記念資料館（広島）

⑮ 厳島神社（広島）

⑰ 白川郷（岐阜）

⑯ 富士山（山梨／静岡）

⑱ 草津温泉（群馬）

⑲ 日光東照宮
（栃木）

⑳ 沖縄美ら海水族館（沖縄）

⑪ **金閣寺（京都）** ki.n.ka.ku.ji ① 金閣寺（京都）

⑫ **熊本城（熊本）** ku.ma.mo.to.jô ④ 熊本城（熊本）

⑬ **別府温泉（大分）**
be.ppu.o.n.se.n ④ 別府温泉（大分）

⑭ **広島平和記念資料館（広島）**
hi.ro.shi.ma.hê.wa.ki.ne.n.shi.ryô.ka.n ⑫
廣島和平紀念館（廣島）

⑮ **厳島神社（広島）**
i.tsu.ku.shi.ma.ji.n.ja ⑥ 嚴島神社（廣島）

⑯ **富士山（山梨／静岡）**
fu.ji.sa.n ① 富士山（山梨／靜岡）

⑰ **白川郷（岐阜）**
shi.ra.ka.wa.gô ④ 白川郷合掌村（岐阜）

⑱ **草津温泉（群馬）**
ku.sa.tsu.o.n.se.n ④ 草津溫泉（群馬）

⑲ **日光東照宮（栃木）**
ni.kkô.tô.shô.gû ① 日光東照宮（栃木）

⑳ **沖縄美ら海水族館（沖縄）**
o.ki.na.wa.chu.ra.u.mi.su.i.zo.ku.ka.n ⑪
沖縄美麗海水族館（沖縄）

㉑ **函館山の夜景（北海道）**
ha.ko.da.te.ya.ma.no.ya.kê ⓪
函館夜景（北海道）

㉑ **函館山の夜景**
（北海道）

點讀發音 Track 002

静香: ねぇ、今度の週末に何か予定ある。

佐藤: えっ、まだないけど。

静香: じゃあ一緒に東京スカイツリーに行ってみない。

佐藤: いいよ、僕もまだ行ったことないし。浅草の近くだよね。

静香: そうそう、面白そうだよね。

佐藤: じゃ、土曜日、朝から行こうよ。

静香: 喂，你這週末有什麼打算嗎？
佐藤: 嗯，還沒有啊？？
静香: 那麼，要不要一起去東京晴空塔？
佐藤: 好啊，我也還沒去過。那是在淺草附近對吧？
静香: 對啊對啊，感覺好好玩啊。
佐藤: 那星期六早上就去吧！

日本生活二三事

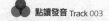

點讀發音 Track 003

日本文化節慶篇

日本の世界遺産

日本的世界遺産

世界遺産とは、「世界遺産条約（正式名称：世界の文化遺産及び自然遺産の保護に関する条約）」に基づいて登録されている遺産のことです。この条約は、世界遺産を人類全体の遺産として、破壊や損傷から保護し保存していくために、国際的な援助や協力の体制を確立することを目的とした条約です。2014年6月現在、日本にある世界遺産として、文化遺産が14件、自然遺産が4件登録されています。世界中では1007件の世界遺産があります。

遺跡や自然は、そこに住む人たちだけのものではなく、人類全体のもの。グローバルな視点で遺跡や自然を守っていきたいですね。

日本名産 日本の名産

① 明太子（福岡）

② カステラ（長崎）

③ 博多ラーメン（福岡）

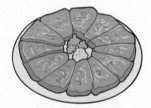

④ 馬刺し（熊本）

⑤ ゴーヤー（沖縄）

⑥ 紅葉饅頭（広島）

⑦ 河豚（山口）

⑧ 讃岐うどん（香川）

⑨ マンゴー（宮崎）

⑩ みかん（愛媛）

圖解單字

❶ 明太子（福岡） me.n.ta.i.ko ③ 明太子

❷ カステラ（長崎） ka.su.te.ra ⓪ 長崎蛋糕

❸ 博多ラーメン（福岡）
ha.ka.ta.râ.me.n ④ 博多拉麵

❹ 馬刺し（熊本） ba.sa.shi ⓪ 生馬肉

❺ ゴーヤー（沖縄） gô.yâ ⓪ 苦瓜

❻ 紅葉饅頭（広島） mo.mi.ji.ma.n.jû ④ 楓葉豆沙餅

❼ 河豚（山口） fu.gu ① 河豚

❽ 讃岐うどん（香川）
sa.nu.ki.u.do.n ④ 讃岐烏龍麵

❾ マンゴー（宮崎） ma.n.gô ① 芒果

❿ みかん（愛媛） mi.ka.n ① 橘子

⑪ コシヒカリ（新潟）

⑫ りんご（青森）

⑬ ぶどう（山梨）

⑭ 松阪 牛／松阪牛（三重）

⑮ 納豆（栃木）

⑯ お茶（静岡）

⑰ 夕張メロン（北海道）

⑱ さくらんぼ（山形）

❶ コシヒカリ（新潟{にい がた}）
ko.shi.hi.ka.ri ② 米的一種名稱

⓬ りんご（青森{あお もり}）
ri.n.go ⓪ 蘋果

⓭ ぶどう（山梨{やま なし}）
bu.dô ⓪ 葡萄

⓮ 松阪牛 / 松阪牛（三重{み え}）
ma.tsu.za.ka.gyu/ma.tsu.sa.ka.u.shi ④ 松阪牛

⓯ 納豆{なっ とう}（栃木{とち ぎ}） na.ttô ③ 納豆

⓰ お茶{ちゃ}（静岡{しず おか}） o.cha ⓪ 茶

⓱ 夕張メロン（北海道{ほっ かい どう}）
yû.ba.ri.me.ro.n ⑤ 夕張哈蜜瓜

⓲ さくらんぼ（山形{やま がた}） sa.ku.ra.n.bo ⓪ 櫻桃

⓳ わんこそば（岩手{いわ て}） wa.n.ko.so.ba ④ 一口蕎麥麵

⓴ いちご（栃木{とち ぎ}） i.chi.go ⓪ 草莓

⓳ わんこそば（岩手{いわ て}）

⓴ いちご（栃木{とち ぎ}）

坂本（さかもと）：部長（ぶちょう）、これ、つまらないものですが…。

佐藤（さとう）：おおっ、ありがとう。これは何（なん）だい。

坂本（さかもと）：りんごです。母（はは）が実家（じっか）から送（おく）ってきたので、おすそ分（わ）けです。

佐藤（さとう）：そうか、坂本（さかもと）さんの実家（じっか）は青森（あおもり）だったね。

坂本（さかもと）：はい、このりんごは実家（じっか）で作（つく）っているんです。

佐藤（さとう）：それはすごいな。じゃあ遠慮（えんりょ）なくいただくよ。

坂本：部長，這是一點小小的意思……。
佐藤：喔，謝謝。這是什麼啊？
坂本：是蘋果。是我老家的母親送來的，所以跟部長分享。
佐藤：原來是這樣，坂本小姐的老家在青森對吧。
坂本：是的，這些蘋果是我們老家種的。
佐藤：那很棒啊。那麼我就不客氣的收下來囉。

カステラ 長崎蜂蜜蛋糕

　今から約 500 年前、世界は大航海時代。世界の人々は「黄金の国ジパング」を目指しました。日本は当時、室町時代の終わりで、長崎の港が世界に向けて開かれました。そのときにポルトガルの焼き菓子やスペインのカスティーリャ地方のパンの製法が日本へ伝えられました。その後、江戸時代に日本は鎖国となり、明治時代に開国するまで「カステラ」は日本国内で独自の発展をしました。今の形のカステラになったのは、明治時代の頃です。そして「カステラ」は西洋菓子から「和菓子」となりました。

03 日本美食 日本のグルメ

01 精進料理

02 梅干

04 抹茶

03 緑茶

05 焼酎

06 日本酒

07 懐石料理

⑧ **すき焼き**

⑨ **しゃぶしゃぶ**

⑩ **おでん**

⑪ **寿司**

圖解單字

全文朗讀
Track 007

① **精進料理** しょうじんりょうり shô.ji.n.ryô.ri ⑤ 精進料理（素食無肉料理）

② **梅干** うめぼし u.me.bo.shi ⓪ 醃梅子

③ **緑茶** りょくちゃ ryo.ku.cha ⓪ 緑茶

④ **抹茶** まっちゃ ma.ccha ⓪ 抹茶

⑤ **焼酎** しょうちゅう shô.chû ③ 燒酒（酒精濃度20%～40%）

⑥ **日本酒** にほんしゅ ni.ho.n.shu ⓪ 日本清酒（酒精濃度約15%左右）

⑦ **懐石料理** かいせきりょうり ka.i.se.ki.ryô.ri ⑤ 懷石料理

⑧ **すき焼き** や su.ki.ya.ki ⓪ 壽喜燒

⑨ **しゃぶしゃぶ** sha.bu.sha.bu ⓪ 涮涮鍋

⑩ **おでん** o.de.n ② 關東煮

⑪ **寿司** すし su.shi ② / ① 壽司

⑫ 刺身

⑬ 天ぷら

⑭ うな重

⑮ 焼き鳥

⑯ お好み焼き

⑰ どんぶり

⑱ 納豆

⑲ うどん

⑫ **刺身** sa.shi.mi ⓪ 生魚片

⑬ **天ぷら** te.n.pu.ra ⓪ 炸天婦羅

⑭ **うな重** u.na.jû ② 鰻魚飯

⑮ **焼き鳥** ya.ki.to.ri ⓪ 烤雞肉串

⑯ **お好み焼き**
o.ko.no.mi.ya.ki ⓪ 大阪燒

⑰ **どんぶり** do.n.bu.ri ⓪ 丼飯料理

⑱ **納豆** na.ttô ③ 納豆

⑲ **うどん** u.do.n ⓪ 烏龍麵

⑳ **ラーメン** râ.me.n ① 拉麵

㉑ **焼きそば** ya.ki.so.ba ⓪ 日式炒麵

㉒ **蕎麦** so.ba ① 蕎麥麵

㉑ **焼きそば**

⑳ **ラーメン**

㉒ **蕎麦**

木村_{き むら}：あの、すみません。

店員_{てんいん}：はい、いらっしゃいませ。

木村_{き むら}：初_{はじ}めて来_きたんですけど…何_{なに}かおススメってありますか。

店員_{てんいん}：一番人気_{いちばんにんき}のメニューですと、こちらのラーメンですね。

木村_{き むら}：じゃあ、それください。

店員_{てんいん}：味噌味_{み そ あじ}と醤油味_{しょうゆあじ}、どちらにいたしますか。

木村_{き むら}：じゃあ味噌_{み そ}で。

木村：那個～請問一下。
店員：是的，歡迎光臨。
木村：因為我是第一次來……有什麼推薦的嗎？
店員：最受歡迎的餐點的話，是這道拉麵喔。
木村：那麼請給我那個。
店員：有味噌口味和醬油口味，想要哪一種呢？
木村：那要味噌的好了。

お寿司いろいろ

各式各樣的壽司

外国の人がイメージする「寿司」は「握り寿司」かもしれませんが、ほかにもたくさん種類があります。巻き寿司、稲荷寿司、手巻き寿司、ちらし寿司、五目寿司、押し寿司、なれ寿司、創作寿司などです。巻き寿司、稲荷寿司、五目寿司、手巻き寿司は家庭でも作ります。とくに手巻き寿司は、ホームパーティーのときにみんなで楽しめていいですよ。

このほかに、日本には地方特有の寿司もあります。握り寿司だけじゃなく、地方のお寿司もチャレンジしてみては。

04 日本紀念品 日本のお土産

01 浴衣
ゆかた

03 甚平
じんぺい

04 折り紙
お　がみ

02 下駄
げ　た

05 キーホルダー

07 内輪
うちわ

06 Ｔシャツ
ティー

08 センス

09 ちりめん小物（こもの）

10 お寿司のＵＳＢメモリー（すし　ユーエスビー）

圖解單字

全文朗讀
Track 010

01 **浴衣**（ゆかた） yu.ka.ta ⓪ 浴衣（夏季輕薄和服）

02 **下駄**（げた） ge.ta ⓪ 木屐

03 **甚平**（じんべい） ji.n.bê ① 甚平（短袖夏季服裝）

04 **折り紙**（おりがみ） o.ri.ga.mi ② 折紙

05 **キーホルダー** kî.ho.ru.dâ ③ 鑰匙圈

06 **Ｔシャツ**（ティー） tî.sha.tsu ⓪ Ｔ恤

07 **内輪**（うちわ） u.chi.wa ② 團扇

08 **センス** se.n.su ⓪ 折扇

09 **ちりめん小物**（こもの）
chi.ri.me.n.ko.mo.no ⑤ 和風絲綢織物

10 **お寿司のＵＳＢメモリー**（すし　ユーエスビー）
o.su.shi.no.yû.e.su.bî.me.mo.rî ② 壽司造型ＵＳＢ裝置

⑪ だるま

⑫ 招き猫

⑬ 手ぬぐい

⑭ お面

⑮ 万華鏡

⑯ マグカップ

⑰ ポストカード

⑱ こけし

⑲ 風鈴

⑳ 日本人形 にほんにんぎょう

㉑ 切子グラス きりこ

⓫ **だるま** da.ru.ma ⓪ 不倒翁

⓬ **招き猫** まねねこ ma.ne.ki.ne.ko ④ 招財貓

⓭ **手ぬぐい** て te.nu.gu.i ⓪ 手巾、手帕

⓮ **お面** めん o.me.n ⓪ 面具

⓯ **万華鏡** まんげきょう ma.n.ge.kyô ⓪ 萬花筒

⓰ **マグカップ** ma.gu.ka.ppu ③ 馬克杯

⓱ **ポストカード** po.su.to.kâ.do ④ 明信片

⓲ **こけし** ko.ke.shi ⓪ 日本小木偶

⓳ **風鈴** ふうりん fû.ri.n ⓪ 風鈴

⓴ **日本人形** にほんにんぎょう ni.ho.n.ni.n.gyô ④ 日本娃娃

㉑ **切子グラス** きりこ ki.ri.ko.gu.ra.s ④ 水晶玻璃杯

本間： この小さいだるまを一つください。

店員： ご自宅用ですか。贈り物ですか。

本間： 贈り物です。

店員： では贈り物用のラッピングをしますの
で、少々お待ちください。リボンは赤と
青、どちらがよろしいですか。

本間： 赤にしてください。

店員： かしこまりました。

本間： 我要一個這個小的不倒翁。
店員： 是自己要用的，還是要送人的呢？
本間： 要送人的。
店員： 那麼我來做禮物的包裝，請稍等一下。蝴蝶結有紅色和藍色
的，請問要哪一種呢？
本間： 我要紅色的。
店員： 好的，我知道了。

祈願だるま
（き　がん）
祈願的不倒翁

　　だるまのモデルになったのは、禅宗の開祖、達磨大師です。達磨大師には壁に向かって9年座禅を行い、手足が腐ってしまったという伝説があります。それで手足のない置物が作られるようになりました。現在では禅宗のみならず宗教、宗派を越えて縁起物として親しまれています。

　　最初は目の部分は書き入れずに空白のままに残しておき、そして何かを祈願するときに片目を塗り、祈願が叶うともう片目を書き入れるという習慣があります。

01 織田信長
おだのぶなが

02 紫式部
むらさきしきぶ

03 豊臣秀吉
とよとみひでよし

04 樋口一葉
ひぐちいちよう

05 徳川家康
とくがわいえやす

06 黒澤明
くろさわあきら

07 手塚治虫
てづかおさむ

01 織田信長 o.da.no.bu.na.ga

日本戰國時代三大名將之一。他推翻了室町幕府，使戰國亂世步向終點。

02 紫 式部 mu.ra.sa.ki.shi.ki.bu

日本平安中期著名的女性文學家，主要作品有長篇小說《源氏物語》。

03 豐臣秀吉 to.yo.to.mi.hi.de.yo.shi

日本戰國時代三大名將之一。1586年成為了日本實質上的最高統治者。

04 樋口一葉 hi.gu.chi.i.chi.yô

日本明治初期時代的女性小說家，是日圓伍仟圓紙鈔上出現的人物。

05 德川家康 to.ku.ga.wa.i.e.ya.su

日本戰國時代三大名將之一。他建立的江戶幕府統治了日本長達264年。

06 黑澤明 ku.ro.sa.wa.a.ki.ra

享譽國際的日本知名導演，是帶領日本電影走向國際化的重要人物。

07 手塚治虫 te.zu.ka.o.sa.mu

日本漫畫家。著有《原子小金剛》、《怪醫黑傑克》等，有漫畫之神之稱。

08 安藤忠雄（あんどう ただお）
09 宮崎 駿（みやざき はやお）
10 村上春樹（むらかみ はるき）
11 柳井 正（やない ただし）
12 渡辺謙（わたなべ けん）
13 鈴木一朗（すずき いちろう）
14 中田英寿（なかた ひでとし）
15 安室奈美恵（あむろ なみえ）

08 あん どう ただ お
安藤忠雄 a.n.dô.ta.da.o

日本建築家。擅長以清水混凝土和幾何形狀展現個人的建築風格。

09 みや ざき はや お
宮崎駿 mi.ya.za.ki.ha.ya.o

日本動畫師、動畫導演、漫畫家。作品包含《天空之城》、《龍貓》等。

10 むら かみ はる き
村上春樹 mu.ra.ka.mi.ha.ru.ki

日本小說家。風格深受歐美文化影響，被譽為日本1980年代的文學旗手。

11 や ない ただし
柳井正 ya.na.i.ta.da.shi

日本連鎖服飾UNIQLO創辦人。是日本40大富豪之一。

12 わた なべ けん
渡辺謙 wa.ta.na.be.ke.n

日本男演員。出演過多部好萊塢電影包括《末代武士》、《全面啟動》等。

13 すず き いち ろう
鈴木一朗 su.zu.ki.i.chi.rô

職業棒球選手。創下連續10球季200支以上安打的世界紀錄。

14 なか た ひで とし
中田英寿 na.ka.ta.hi.de.to.shi

日本足球員。曾為日本國家代表隊參加2屆奧運和3次世界盃比賽，有日本足球先生的封號。

15 あ むろ な み え
安室奈美惠 a.mu.ro.na.mi.e

日本女歌手。是目前日本唯一連續二十年有單曲進入流行榜前十名的女歌手。

静香：お父さん、この黒澤明ってどんな人。

父：あぁ、日本を代表する世界的に有名な映画監督だよ。

静香：う〜ん、名前は聞いたことがあるんだけど…。

父：ほら「七人の侍」とか、「生きる」とか知らないの。

静香：あぁ、それも聞いたことはあるけど見たことない。

父：そうかぁ、よしっ、ＤＶＤ借りて一緒にみようか。

静香：うん、いいね。

静香：爸爸，這個黑澤明是什麼人啊？
爸爸：啊，他是代表日本的世界級著名的電影導演喔。
静香：嗯〜，名字是有聽過啦……。
爸爸：「七武士」啦、「生之慾」啦，不知道嗎？
静香：啊，雖然有聽過那些電影，但是沒有看過。
爸爸：是喔，好吧，我借DVD一起看吧。
静香：嗯，好啊。

ホトトギスと武将

杜鵑和武將

　戦国の世から天下太平の世へ導いた三人の武将がいます。戦国時代の終結に大きな影響を与えた織田信長、信長のあとを継ぎ天下を統一した豊臣秀吉、そして、秀吉の死後、天下太平の世を築き上げた徳川家康です。

　信長の強引さ、秀吉の積極性、家康の忍耐強さを表した有名な句があります。

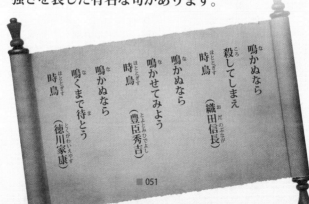

鳴かぬなら
殺してしまえ
時鳥
（織田信長）

鳴かぬなら
鳴かせてみよう
時鳥
（豊臣秀吉）

鳴かぬなら
鳴くまで待とう
時鳥
（徳川家康）

06 傳統技藝 伝統芸能 <ruby>でんとうげいのう</ruby>

01 <ruby>能<rt>のう</rt></ruby>

02 <ruby>神楽<rt>かぐら</rt></ruby>

03 <ruby>歌舞伎<rt>かぶき</rt></ruby>

04 <ruby>剣舞<rt>けんぶ</rt></ruby>

05 <ruby>人形浄瑠璃<rt>にんぎょうじょうるり</rt></ruby>

06 <ruby>日本舞踊<rt>にほんぶよう</rt></ruby>

07 <ruby>狂言<rt>きょうげん</rt></ruby>

08 落語

09 漫才

10 猿回し

圖解單字

全文朗讀
Track 016

01 **能** nô ⓪ 能劇

02 **神楽** ka.gu.ra ⓪ 祭神用的音樂舞蹈

03 **歌舞伎** ka.bu.ki ⓪ 歌舞伎

04 **剣舞** ke.n.bu ① 舞劍

05 **人形浄瑠璃** ni.n.gyô.jô.ru.ri ⑤ 人偶劇

06 **日本舞踊** ni.ho.n.bu.yô ④ 日本舞

07 **狂言** kyô.ge.n ③ 狂言

08 **落語** ra.ku.go ⓪ 單口相聲

09 **漫才** ra.n.za.i ③ 對口相聲

10 **猿回し** sa.ru.ma.wa.shi ③ 猴戲

⑪ 紙切り

⑫ 浮世絵

⑬ 太鼓

⑭ 三味線

⑯ 篠笛

⑮ 尺八

⑰ 茶道

⓫ 紙切り　ka.mi.ki.ri ③ 剪紙

⓬ 浮世絵　u.ki.yo.e ⓪ 浮世繪

⓭ 太鼓　ta.i.ko ⓪ 太鼓

⓮ 三味線　sha.mi.se.n ⓪ 三味線

⓯ 尺八　sha.ku.ha.chi ⓪ 簫

⓰ 篠笛　shi.no.bu.e ⓪ 竹笛

⓱ 茶道　sa.dô ① 茶道

⓲ 華道　ka.dô ① 花道

⓳ 書道　sho.dô ① 書法

⓲ 華道

⓳ 書道

ゆうた： ねぇ、落語って見たことある。

理子： テレビでならちょっと見たことはあるけど…、そんなにはわからないなぁ。何。見たことあるの。

ゆうた： うちは親父が好きだからたまに見に行くんだけど、結構面白いんだよ。

理子： へぇ〜、そうなんだ。じゃあちょっと見てみたいな。

ゆうた： 本当。じゃあ今度一緒に行こうよ。

理子： いいよ、金曜日の午後と、土日ならいつでも空いてるよ。

悠太： 喂，你有看過單口相聲嗎？

理子： 雖然在電視上是有看過一點……，但不是那麼懂耶。怎麼了？你看過嗎？

悠太： 因為我爸爸喜歡看的關係，所以我偶爾也會去看，還蠻有趣的唷。

理子： 咦～，是喔。那我有點想看了。

悠太： 真的嗎？那我們下次一起去吧。

理子： 好呀，星期五的下午和星期六日我通常都有空喔。

落語 單口相聲

　江戸時代に完成し現代も受け継がれている伝統的な話芸です。話が笑いや洒落で締めくくられるのが特徴です。この結末は「落ち（さげ）」と呼ばれ、現代の漫才やコントでもその手法が使われています。落語は、関東の江戸落語と関西の上方落語に大きく分けられ、同じ演目でも演出の方法が違います。また、演目が作られた年代によって、古典落語、新作落語と分けられます。

　若い落語ファンも多く、「落語研究会」がある大学もたくさんあります。

07 人生 <ruby>人生<rt>じんせい</rt></ruby>

<ruby>出生<rt>しゅっしょう</rt></ruby> / <ruby>誕生<rt>たんじょう</rt></ruby>　②<ruby>赤<rt>あか</rt></ruby>ちゃん　③お<ruby>宮参<rt>みやまい</rt></ruby>り

⑩<ruby>大学生<rt>だいがくせい</rt></ruby>　⑨<ruby>高校生<rt>こうこうせい</rt></ruby>　⑧<ruby>中学生<rt>ちゅうがくせい</rt></ruby>

圖解單字

全文朗讀
Track 019

① <ruby>出生<rt>しゅっしょう</rt></ruby> / <ruby>誕生<rt>たんじょう</rt></ruby>　shu.sshô / ta.n.jô ⓪ / ⓪ 出生

② <ruby>赤<rt>あか</rt></ruby>ちゃん　a.ka.cha.n ① 嬰兒

③ お<ruby>宮参<rt>みやまい</rt></ruby>り　o.mi.ya.ma.i.ri ④
（小孩滿月時初次參拜當地保護神的）參拜活動

④ <ruby>幼稚園児<rt>ようちえんじ</rt></ruby>　yô.chi.e.n.ji ④ 幼稚園幼童

05 七五三 しちごさん

04 幼稚園児 ようちえんじ

06 入学式 にゅうがくしき

07 小学生 しょうがくせい

---

05 七五三 しちごさん shi.chi.go.sa.n ⓪

（男孩三歲和五歲、女孩三歲和七歲的）慶祝儀式

06 入学式 にゅうがくしき nyû.ga.ku.shi.ki ③ 開學典禮

07 小学生 しょうがくせい shô.ga.ku.sê ③ 小學生

08 中学生 ちゅうがくせい chû.ga.ku.sê ③ 中學生

09 高校生 こうこうせい kô.kô.sê ③ 高中生

10 大学生 だいがくせい da.i.ga.ku.sê ③ 大學生

⑪ 成人式
⑫ 成人 / 大人
⑬ 卒業式

㉑ 葬式
⑳ 老人 / お年寄り
⑲ 退職

⑪ **成人式** せいじんしき sê.ji.n.shi.ki ③ 成人典禮

⑫ **成人 / 大人** せいじん おとな sê.ji.n / o.to.na ⓪ / ⓪ 成人

⑬ **卒業式** そつぎょうしき so.tsu.gyô.shi.ki ③ 畢業典禮

⑭ **大学院生** だいがくいんせい da.i.ga.ku.i.n.sê ⑤ 研究生

⑮ **入社式** にゅうしゃしき nyû.sha.shi.ki ③ 入社典禮

⑯ **社会人** しゃかいじん sha.ka.i.ji.n ② 社會人士

⑭ **大学院生** (だいがくいんせい)

⑮ **入社式** (にゅうしゃしき)

祝 入社式

⑯ **社会人** (しゃかいじん)

⑰ **結婚式** (けっこんしき)

⑱ **会社員** (かいしゃいん)

⑰ **結婚式** (けっこんしき) ke.kko.n.shi.ki ③ 結婚典禮

⑱ **会社員** (かいしゃいん) ka.i.sha.i.n ③ 社員、上班族

⑲ **退職** (たいしょく) ta.i.sho.ku ⓪ 退休

⑳ **老人 / お年寄り** (ろうじん / としより) rô.ji.n / o.to.shi.yo.ri ⓪ / ⓪ 老年人

㉑ **葬式** (そうしき) sô.shi.ki ⓪ 葬禮

夫：あんなに小さかった卓也がもう二十歳か。

妻：本当にあっという間だったわね。

夫：おじいちゃんになる日も案外近かったりしてね。

妻：まだまだだと思うわよ。あの子まだ彼女もいないみたいだし。

夫：えっ、そうなのか。

妻：うん、自分でもちょっと悩んでいるみたいだったけど。

夫：よしっ、俺がちょっと相談にのってやろうかな。

夫：曾經還這麼小的卓也都已經20歲了啊。
妻：時間真的過得好快啊。
夫：要當爺爺的那一天也出乎意料的近了吧。
妻：我想應該還沒吧。那個孩子好像還沒有女朋友啊。
夫：咦，是嗎？
妻：嗯，他自己好像也會覺得有點煩惱。
夫：好，我再跟他好好談一下吧。

春は旅立ちの季節

春天是出發的季節

　日本の学校は、4月から翌年の3月までを一年としますので、入学式が4月に、卒業式が3月に行われます。ちょうど桜が咲く頃、入学式や卒業式がありますから、春に売り出される歌には、「桜」と「旅立ち」がテーマになった歌が多いのです。

　4月を始まりとする習慣は、学校だけでなく官公庁や会社にもあります。この習慣は明治時代に始まり、日本では特別に、4月から翌年3月までの一年を「年度」と呼んでいます。

08 婚禮 結婚式 <ruby>けっこんしき</ruby>

① ゴスペル

② 教会 <ruby>きょうかい</ruby>

③ 神父 <ruby>しんぷ</ruby>

④ 司会者 <ruby>しかいしゃ</ruby>

⑤ 結婚指輪 <ruby>けっこんゆびわ</ruby>

⑥ 指輪交換 <ruby>ゆびわこうかん</ruby>

⑦ フラワーガール

⑧ ティアラ

⑨ 新郎 <ruby>しんろう</ruby>

⑩ 新婦 <ruby>しんぷ</ruby>

⑪ ブーケ

⑫ ドレス

⑬ 燕尾服 <ruby>えんびふく</ruby>

⑭ バージンロード

⑯ 祝儀袋 しゅうぎぶくろ

⑰ 受付 うけつけ

⑱ ウエディングケーキ

⑲ スーツ

⑳ 着物 きもの

⑮ ウエディングドレス

01 ゴスペル
go.su.pe.ru ①
福音音樂

02 教会
kyô.ka.i ⓪
教堂

03 神父
shi.n.pu ①
神父

04 司会者
shi.ka.i.sha ②
司儀

05 結婚指輪
ke.kko.n.yu.bi.wa ⑤
結婚戒指

06 指輪交換
yu.bi.wa.kô.ka.n ④
交換戒指

07 フラワーガール
fu.ra.wâ.gâ.ru ⑤
花僮

08 ティアラ
ti.a.ra ①
頭冠

09 新郎
shi.n.rô ⓪
新郎

10 新婦
shi.n.pu ①
新娘

11 ブーケ
bû.ke ①
捧花

⑫ ドレス
do.re.su ①

小禮服

⑬ 燕尾服
e.n.bi.fu.ku ③

燕尾服

⑭ バージンロード
bâ.ji.n.rô.do ⑤

紅地毯

⑮ ウエディングドレス
u.e.di.n.gu.do.re.su ⑥

婚紗

⑯ 祝儀袋
shû.gi.bu.ku.ro ④

禮金袋

⑰ 受付
u.ke.tsu.ke ⓪

接待處

⑱ ウエディングケーキ
u.e.di.n.gu.kê.ki ⑥

結婚蛋糕

⑲ スーツ
sû.tsu ①

西裝

⑳ 着物
ki.mo.no ⓪

和服

點讀發音 Track 023

佐藤：田中さん、ご結婚おめでとうございます。

田中：あぁ、佐藤さん。来てくれたんですね。

佐藤：当たり前じゃないですか。

田中：どうもありがとうございます。

佐藤：奥さん、とてもきれいな方ですね。

田中：あぁ、ありがとうございます。実は高校の同級生なんです。

佐藤：そうなんですか。それは素敵ですね。

佐藤：田中先生，恭喜你結婚了。
田中：啊，佐藤小姐，你來啦！
佐藤：當然囉，應該的不是嗎？
田中：非常感謝你。
佐藤：新娘子很漂亮唷。
田中：啊，謝謝。其實她是我的高中同學啦
佐藤：是這樣啊。那很棒呢。

ご祝儀 禮金的包法

　お札は「新しい門出をお祝いする」という気持ちを込めて、新札を使います。ご祝儀の金額は奇数になるようにします。偶数は「割れる」「別れる」という意味で縁起が悪いからです。

　「8（八）」は偶数ですが、末広がりの意味で縁起のいい数字ですから問題ありません。最近では、2万円でも「ペア」ということで問題ない場合もありますが、1万円札1枚と5千円札2枚を入れてお札の数を奇数にするといいでしょう。「4」と「9」の数字は「死」、「苦」を連想するので避けます。

09 慶生會 誕生日会 (たんじょうびかい)

01 バースデーソング

02 誕生日 (たんじょうび) バルーン

Happy Birthday ♫ to you～
♪ Happy Birthday ♫ to you～

04 コーンハット

08 子犬 (こいぬ)

05 ぬいぐるみ

06 ジュース

09 紙 (かみ) コップ

11 メッセージカード

07 ライター

13 ろうそく

10 苺 (いちご)

14 誕生日 (たんじょうび) ケーキ

15 テーブルクロス

03 花束（はなたば）

18 クラッカー

12 シャンパン

16 プレゼント

17 風船（ふうせん）

19 マジック

20 テーブル

01 バースデーソング
bâ.su.dê.so.n.gu ⑥

生日快樂歌

02 誕生日バルーン
ta.n.jô.bi.ba.rû.n ⑦

生日氣球

03 花束
ha.na.ta.ba ②

花束

04 コーンハット
kô.n.ha.tto ④

派對帽

05 ぬいぐるみ
nu.i.gu.ru.mi ⓪

布偶

06 ジュース
jû.su ①

果汁

07 ライター
la.i.tâ ①

打火機

08 子犬
ko.i.nu ⓪

幼犬

09 紙コップ
ka.mi.ko.ppu ③

紙杯

10 苺
i.chi.go ⓪

草莓

11 メッセージカード
me.ssê.ji.kâ.do ⑥

卡片

⑫ シャンパン
sha.n.pa.n ③
香檳

⑬ ろうそく
rô.so.ku ③
蠟燭

⑭ 誕生日ケーキ
<ruby>誕<rt>たん</rt>生<rt>じょう</rt>日<rt>び</rt></ruby>
ta.n.jô.bi.kê.kî ⑥
生日蛋糕

⑮ テーブルクロス
tê.bu.ru.ku.ro.su ⑤
桌巾

⑯ プレゼント
pu.re.ze.n.to ②
禮物

⑰ 風船
<ruby>風<rt>ふう</rt>船<rt>せん</rt></ruby>
fû.se.n ⓪
氣球

⑱ クラッカー
ku.ra.kkâ ②
花炮

⑲ マジック
ma.ji.kku ①
魔術

⑳ テーブル
tê.bu.ru ⓪
桌子

木村：先輩、誕生日おめでとうございます。

山田：おっ、覚えてたのか。

木村：はい、これみんなからです。

山田：ええっ、そんなに気を使わなくてもいい
のに…。

木村：いえいえ、先輩にはいつもお世話になっ
てますから。

山田：ありがとう。じゃあ遠慮なくもらって
おくよ。

木村：前輩，祝你生日快樂。
山田：喔，你記得啊？
木村：對了，這是大家合送的。
山田：哎呀，不用這麼客氣也可以的啊……。
木村：不會不會，因為一直承蒙前輩的照顧啊。
山田：謝謝。那我就不客氣的收下囉。

ショートケーキの日

奶油蛋糕日

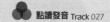

ショートケーキの日は何日だと思いますか。

日本のショートケーキは、一般的にスポンジケーキの土台を生クリームで飾り、その上にイチゴが飾られています。「イチゴ」がありますから、1と5で、ショートケーキの日は毎月15日…ではありません！

7日を一列に配置したカレンダーでは、22日の上に必ず「15（いちご）」がありますから、毎月 22日がショートケーキの日となったそうです。

10 賞花 花見 <ruby>花見<rt>はなみ</rt></ruby>

04 <ruby>日本酒<rt>にほんしゅ</rt></ruby>

05 ビール

06 <ruby>紙<rt>かみ</rt></ruby>コップ

03 ひざ<ruby>掛<rt>か</rt></ruby>け

01 <ruby>水筒<rt>すいとう</rt></ruby>

07 おにぎり

02 ポテトチップス

08 **カラオケ**

12 <ruby>酔<rt>よ</rt></ruby>っ<ruby>払<rt>ばら</rt></ruby>い

09 <ruby>桜餅<rt>さくらもち</rt></ruby>

10 <ruby>花見団子<rt>はなみだんご</rt></ruby>

11 **お<ruby>弁当<rt>べんとう</rt></ruby>**

13 **レジャーシート**

⑭ 鶯 （うぐいす）

⑮ 桜 （さくら）

⑯ 桜吹雪 （さくらふぶき）

⑰ 屋台 （やたい）

⑱ 場所取り （ばしょとり）

⑲ ゴミ袋 （ぶくろ）

01 水筒
すい とう
su.i.tô ⓪

水壺

02 ポテトチップス
po.te.to.chi.ppu.su ④

洋芋片

03 ひざ掛け
か
hi.za.ka.ke ③

保暖用蓋毯

04 日本酒
に ほん しゅ
ni.ho.n.shu ⓪

日本酒

05 ビール
bî.ru ①

啤酒

06 紙コップ
かみ
ka.mi.ko.ppu ③

紙杯

07 おにぎり
o.ni.gi.ri ②

握壽司、飯糰

08 カラオケ
ka.ra.o.ke ⓪

卡拉ok

09 桜餅
さくらもち
sa.ku.ra.mo.chi ③

櫻花麻糬

10 花見団子
はな み だん ご
ha.na.mi.da.n.go ④

賞花吃的三色丸子

11 お弁当
べん とう
o.be.n.tô ⓪

便當

⑫ 酔っ払い
よっぱらい
yo.ppa.ra.i ⓪

酔漢

⑬ レジャーシート
re.jâ.shî.to ④

野餐墊

⑭ 鶯
うぐいす
u.gu.i.su ②

黃鶯

⑮ 桜
さくら
sa.ku.ra ⓪

櫻花

⑯ 桜吹雪
さくら ふぶき
sa.ku.ra.fu.bu.ki ④

櫻花瓣被風吹落像下雪的樣子

⑰ 屋台
やたい
ya.ta.i ①

攤販

⑱ 場所取り
ばしょと
ba.sho.to.ri ⓪

佔位置

⑲ ゴミ袋
ぶくろ
go.mi.bu.ku.ro ③

垃圾袋

點讀發音 Track 029

鈴木： もうすっかり春ですね。

山田： そうですね。お花見はもうしましたか。

鈴木： いいえ、まだです。山田さんはもうしましたか。

山田： それがうちもまだなんですよ。

鈴木： そうですか。うちは来週の土日にでも家族や友達としようかなと思っているんですけど、もしよかったら一緒にどうですか。

山田： えっ、いいんですか。

鈴木： はい、もちろんですよ。人が多いほうがにぎやかですから。

鈴木： 已經是春天了呢。
山田： 就是說啊。你們有去賞花了嗎？
鈴木： 還沒有。山田先生已經賞過了嗎？
山田： 我們家也還沒有呢。
鈴木： 是喔。我們家正打算下週六日要和家人朋友去賞花，如果方便的話要不要一起去呢？
山田： 咦，可以嗎？
鈴木： 當然可以囉。因為人多比較熱鬧嘛。

11 花火大會 花火大会
<ruby>花火大会<rt>はなびたいかい</rt></ruby>

- 01 花火 <ruby><rt>はなび</rt></ruby>
- 02 橋 <ruby><rt>はし</rt></ruby>
- 03 屋形船 <ruby><rt>やかたぶね</rt></ruby>
- 04 ちょうちん
- 05 花火職人 <ruby><rt>はなびしょくにん</rt></ruby>
- 06 夜空 <ruby><rt>よぞら</rt></ruby>
- 07 ヨーヨー
- 08 川 <ruby><rt>かわ</rt></ruby>
- 09 スイカ

⑫ ビール

⑩ お面
（めん）

⑪ 肩車
（かたぐるま）

⑬ 金魚
（きんぎょ）

⑭ 迷子
（まいご）

⑱ 屋台 <ruby>屋台<rt>やたい</rt></ruby>

⑯ 綿飴 <ruby>綿飴<rt>わたあめ</rt></ruby>

⑰ 扇子 <ruby>扇子<rt>せんす</rt></ruby>

⑲ 場所取り <ruby>場所取り<rt>ばしょとり</rt></ruby>

⑳ りんご飴 <ruby>りんご飴<rt>あめ</rt></ruby>

⑮ かき氷 <ruby>かき氷<rt>ごおり</rt></ruby>

㉒ 土手 <ruby>土手<rt>どて</rt></ruby>

㉑ 浴衣 <ruby>浴衣<rt>ゆかた</rt></ruby>

■ 084

01 花火 (はな び)
ha.na.bi ①

煙火

02 橋 (はし)
ha.shi ②

橋

03 屋形船 (や かた ぶね)
ya.ka.ta.bu.ne ④

有篷子的船

04 ちょうちん
chô.chi.n ③

提燈

05 花火職人 (はな び しょく にん)
ha.na.bi.sho.ku.ni.n ④

製作或施放煙火的人

06 夜空 (よ ぞら)
yo.zo.ra ①

夜空

07 ヨーヨー
yô.yô ③

溜溜球

08 川 (かわ)
ka.wa ②

河川

09 スイカ
su.i.ka ⓪

西瓜

10 お面 (めん)
o.me.n ⓪

面具

11 肩車 (かた ぐるま)
ka.ta.gu.ru.ma ③

讓小孩坐在肩膀上

⑫ **ビール**
bî.ru ①

啤酒

⑬ **金魚**
<ruby>金<rt>きん</rt></ruby><ruby>魚<rt>ぎょ</rt></ruby>
ki.n.gyo ①

金魚

⑭ **迷子**
<ruby>迷<rt>まい</rt></ruby><ruby>子<rt>ご</rt></ruby>
ma.i.go ①

走失兒童

⑮ **かき氷**
かき<ruby>氷<rt>ごおり</rt></ruby>
ka.ki.gô.ri ③

刨冰

⑯ **綿飴**
<ruby>綿<rt>わた</rt></ruby><ruby>飴<rt>あめ</rt></ruby>
wa.tâ.me ②

棉花糖

⑰ **扇子**
<ruby>扇<rt>せん</rt></ruby><ruby>子<rt>す</rt></ruby>
se.n.su ⓪

扇子

⑱ **屋台**
<ruby>屋<rt>や</rt></ruby><ruby>台<rt>たい</rt></ruby>
ya.ta.i ①

攤販

⑲ **場所取り**
<ruby>場<rt>ば</rt></ruby><ruby>所<rt>しょ</rt></ruby><ruby>取<rt>と</rt></ruby>り
ba.sho.to.ri ⓪

佔位置

⑳ **りんご飴**
りんご<ruby>飴<rt>あめ</rt></ruby>
ri.n.go.a.me ③

糖蘋果

㉑ **浴衣**
<ruby>浴衣<rt>ゆかた</rt></ruby>
yu.ka.ta ⓪

夏季薄和服

㉒ **土手**
<ruby>土手<rt>どて</rt></ruby>
do.te ⓪

堤防

點讀發音 Track 031

静香：ごめんごめん、浴衣を着るのに時間がかかっちゃった。待ったでしょう。

たかし：大丈夫だよ。実は僕もちょっと遅れちゃったんだ。

静香：えっ、本当。

たかし：うん、だから僕も今来たところだよ。

静香：もう花火の時間だよね。

たかし：うん、後5分くらいで始るよ。さっき良い場所を見つけたから一緒に行こうか。

静香：うん。

静香：抱歉抱歉，為了要穿浴衣所以花了點時間。讓你等了吧？
剛志：沒關係啦。其實我也有一點遲到。
静香：咦，真的嗎？
剛志：嗯，所以我也是現在才來這裡的。
静香：快到放煙火的時間了吧？
剛志：對啊，大概再5分鐘就要開始了。剛剛我看到了不錯的位置，我們一起過去吧。
静香：好。

12 祭典 お祭 （まつり）

06 提灯 （ちょうちん）

01 お面屋 （めんや）

02 お面 （めん）

04 ひょっとこ

03 おかめ

07 うちわ

05 下駄 （げた）

08 浴衣 （ゆかた）

09 お神輿 <ruby>神<rt>み</rt></ruby><ruby>輿<rt>こし</rt></ruby>

12 <ruby>太鼓<rt>たいこ</rt></ruby>

13 <ruby>笛<rt>ふえ</rt></ruby>

14 <ruby>飴細工<rt>あめざいく</rt></ruby>

10 <ruby>法被<rt>はっぴ</rt></ruby>

11 <ruby>綿飴<rt>わたあめ</rt></ruby>

飴

⑰ 山車（だし）

⑱ 屋台（やたい）

⑮ 鉢巻（はちまき）

たこ焼

あんず飴

⑲ あんず飴（あめ）

⑳ たこ焼き（やき）

⑯ 金魚すくい（きんぎょ）

01 お面屋
めん や
o.me.n.ya ⓪

面具攤

02 お面
めん
o.me.n ⓪

面具

03 おかめ
o.ka.me ②

胖女面具

04 ひょっとこ
hyo.tto.ko ⓪

醜八怪面具

05 下駄
げ た
ge.ta ⓪

木屐

06 提灯
ちょう ちん
chô.chi.n ③

燈籠

07 うちわ
u.chi.wa ②

團扇

08 浴衣
ゆかた
yu.ka.ta ⓪

夏季穿的輕便和服

09 お神輿
み こし
o.mi.ko.shi ②

神轎

10 法被
はっ ぴ
ha.ppi ⓪

祭典時穿的外衣

11 綿飴
わた あめ
wa.ta.a.me ②

棉花糖

⑫ 太鼓
た　こ
ta.i.ko ⓪

太鼓

⑬ 笛
ふえ
fu.e ⓪

笛子

⑭ 飴細工
あめ ざい く
a.me.za.i.ku ③

捏糖人

⑮ 鉢巻
はち まき
ha.chi.ma.ki ②

頭巾、頭帶

⑯ 金魚すくい
きん ぎょ
ki.n.gyo.su.ku.i ④

撈金魚

⑰ 山車
だし
da.shi ⓪

彩飾花車

⑱ 屋台
や たい
ya.ta.i ①

攤販

⑲ あんず飴
あめ
a.n.zu.a.me ③

糖葫蘆

⑳ たこ焼き
や
ta.ko.ya.ki ⓪

章魚燒

點讀發音 Track 033

春美：ねぇ、あそこであんず飴買わない。

あきら：いいね。好きなの。

春美：うん、お祭に来たらいつも食べるんだ。

あきら：そうなんだ。おいしいよね。あんず飴って、買うときにじゃんけんとか、ルーレットするでしょう。あれ当たったことある。

春美：もちろん！前に4本当たったことがあるよ。

あきら：わぁ、それはすごいね。

春美：喂，我們買那邊的糖葫蘆好嗎？

明：好啊。你喜歡嗎？

春美：嗯，如果參加祭典的話，我都會吃這個喔。

明：這樣啊。真的好吃呢！買糖葫蘆的時候，有那種玩猜拳或轉輪盤的遊戲吧？你有中過獎嗎？

春美：當然有啊！我以前有中過4支唷。

明：哇，好厲害啊。

13 温泉 <ruby>温泉<rt>おんせん</rt></ruby>

02 <ruby>紅葉<rt>こうよう</rt></ruby>

03 キーロッカー

01 <ruby>暖簾<rt>のれん</rt></ruby>

06 <ruby>浴衣<rt>ゆかた</rt></ruby>

07 <ruby>効能<rt>こうのう</rt></ruby>

08 <ruby>帯<rt>おび</rt></ruby>

09 <ruby>足湯<rt>あしゆ</rt></ruby>

04 脱衣所（だついじょ）

05 脱衣かご（だつい）

10 露天風呂（ろてんぶーろ）

13 風呂桶（ふろおけ）

11 猿（さる）

12 岩（いわ）

⑮ サウナ

サウナ

⑭ タオル

水風呂 — ⑯ 水風呂（みずぶろ）

⑰ 温泉（おんせん）

⑱ 熱燗（あつかん）

01 暖簾（のれん）
no.re.n ⓪
門簾

02 紅葉（こうよう）
kô.yô ⓪
楓葉

03 キーロッカー
kî.ro.kkâ ③
鎖匙置物櫃

04 脱衣所（だついじょ）
da.tsu.i.jo ⓪
更衣室

05 脱衣かご（だつい）
da.tsu.i.ka.go ③
置放衣服的籃子

06 浴衣（ゆかた）
yu.ka.ta ⓪
浴衣

07 効能（こうのう）
kô.nô ⓪
功效

08 帯（おび）
o.bi ①
腰帶

09 足湯（あしゆ）
a.shi.yu ⓪
足湯

10 露天風呂（ろてんぶろ）
ro.te.n.bu.ro ④
露天溫泉

11 猿（さる）
sa.ru ①
猴子

⑫ **岩**
いわ
i.wa ②

岩石

⑬ **風呂桶**
ふ ろ おけ
fu.ro.o.ke ③

盛水用的木盆

⑭ **タオル**
ta.o.ru ①

毛巾

⑮ **サウナ**
sa.u.na ①

烤箱

⑯ **水風呂**
みず ぶ ろ
mi.zu.bu.ro ⓪

冷水池

⑰ **温泉**
おん せん
o.n.se.n ⓪

溫泉

⑱ **熱燗**
あつ かん
a.tsu.ka.n ⓪

溫清酒

點讀發音 Track 035

美花_{みか}：ねぇねぇ、スキー場_{じょう}の近_{ちか}くに温泉_{おんせん}があるみたいだよ。

健太_{けんた}：えっ、本当_{ほんとう}に。いいね、じゃあ今晩_{こんばん}行_いってみようよ。

美花_{みか}：そうしょう。スキーの後_{あと}に温泉_{おんせん}ってすごくいいよね。

健太_{けんた}：そうだね。じゃあ車_{くるま}に着替_{きが}えを入_いれておかないとね。

美花_{みか}：あっ、そうだね。ちょっと待_まってて、すぐ準備_{じゅんび}するから。

健太_{けんた}：あまり急_{いそ}がなくても大丈夫_{だいじょうぶ}だよ。

美花： 喂喂，滑雪場的附近好像有溫泉耶。
健太： 咦，真的嗎？好耶，那我們今晚就去看看吧。
美花： 好啊。滑雪之後泡溫泉，實在是太棒了啦。
健太： 對啊。那得先在車上放好替換的衣服喔。
美花： 啊，對喔。你稍等一下，我馬上就準備。
健太： 你不用這麼急也可以的啦。

14 除夕 年越し

01 カレンダー

02 大晦日

05 お酒

03 年越し蕎麦

06 そばつゆ

04 薬味

07 蕎麦ちょこ

08 天ぷら

圖解單字

全文朗讀
Track 036

01 カレンダー ka.re.n.dâ ② 月曆

02 大晦日 ô.mi.so.ka ③ 除夕

03 年越し蕎麦 to.shi.ko.shi.so.ba ⑤ 除夕時吃的蕎麥麵

04 薬味 ya.ku.mi ③ 蔥蒜薑等吃蕎麥麵時會放的料

05 お酒 o.sa.ke ⓪ 日本酒

06 そばつゆ so.ba.tsu.yu ⓪ 沾蕎麥麵的醬汁

07 蕎麦ちょこ so.ba.cho.ko ⓪ 裝蕎麥麵醬汁的小碗

08 天ぷら te.n.pu.ra ⓪ 炸魚蝦等炸物

09 大掃除（おおそうじ）
⑩ ほうき
⑪ はたき
⑫ マスク
⑬ バケツ
⑭ 雑巾（ぞうきん）
⑮ 掃除機（そうじき）
⑯ 年末宝くじ（ねんまつたからくじ）
⑰ 除夜の鐘（じょやのかね）
⑱ 行列（ぎょうれつ）

⑲ カウントダウン

3...2...1...

2020 2020

⑳ 紅白歌合戦 <ruby>紅白歌合戦<rt>こうはくうたがっせん</rt></ruby>

第68回 NHK

紅白歌合戦

⑨ 大掃除 <ruby>大掃除<rt>おお そう じ</rt></ruby> ô.sô.ji ③ 大掃除

⑩ ほうき hô.ki ⓪ 掃把

⑪ はたき ha.ta.ki ③ 撢子

⑫ マスク ma.su.ku ① 口罩

⑬ バケツ ba.ke.tsu ⓪ 水桶

⑭ 雑巾 <ruby>雑巾<rt>ぞう きん</rt></ruby> zô.ki.n ③ 抹布

⑮ 掃除機 <ruby>掃除機<rt>そう じ き</rt></ruby> sô.ji.ki ③ 吸塵器

⑯ 年末宝くじ <ruby>年末宝<rt>ねん まつ たから</rt></ruby>くじ ne.n.ma.tsu.ta.ka.ra.ku.ji ⑦
年終威力彩卷

⑰ 除夜の鐘 <ruby>除夜<rt>じょ や</rt></ruby>の<ruby>鐘<rt>かね</rt></ruby> jo.ya.no.ka.ne ① 除夕鐘聲

⑱ 行列 <ruby>行列<rt>ぎょう れつ</rt></ruby> gyô.re.tsu ⓪ 隊伍

⑲ カウントダウン ka.u.n.to.da.u.n ⑤ 倒數計時

⑳ 紅白歌合戦 <ruby>紅白歌合戦<rt>こう はく うた がっ せん</rt></ruby> kô.ha.ku.u.ta.ga.sse.n ① 紅白歌曲大戰

點讀發音 Track 037

たかし：今年も後少しで終わりだね。

静香：そうだね。色々な事があったね。

たかし：今年いちばん大きかった出来事って何。

静香：私はお姉ちゃんに子どもが出来た事か
な。たかしは。

たかし：そうだなぁ、やっぱり大学に入学して、
独り暮らしを始めたことかな。

静香：そっかぁ、どう。独り暮らしは楽しい。

たかし：うん、大変な事もあるけど、自由で良い
よ。

剛志：再過沒多久，今年就要結束了呢。

静香：是啊。發生了很多的事啊。

剛志：今年發生最大的是什麼事呢？

静香：應該是我姐姐生小孩吧。剛志你呢？

剛志：這個嘛，果然還是我上大學，開始一個人生活這件事吧。

靜香：這樣啊，怎麼樣？一個人生活好玩嗎？

剛志：嗯，雖然有點辛苦，但覺得自由很好喔。

除夜(じょや)の鐘(かね)

除夕夜的鐘聲

大晦日(おおみそか)の夜(よる)１１時半(じゅういちじはん)から元旦(がんたん)の午前(ごぜん)０時(れいじ)にかけて、お寺(てら)から鐘(かね)の音(ね)が聞(き)こえてきます。

大晦日(おおみそか)の年越(としこ)しのときにつく鐘(かね)のことを「除夜(じょや)の鐘(かね)」と言(い)います。年内(ねんない)に107回(ひゃくななかい)、新年(しん)を迎(むか)えるときに1回(いっかい)、合計(ごうけい)108回(ひゃくはっかい)つく習(なら)わしがあります。なぜ108回(ひゃくはっかい)なのかというと、「人(ひと)には108(ひゃくはち)の煩悩(ぼんのう)があり、それを取(と)り除(のぞ)き、新(あたら)しい年(とし)を迎(むか)える」という意味(いみ)が込(こ)められているそうです。除夜(じょや)の鐘(かね)は、大晦日(おおみそか)の静寂(せいじゃく)の中(なか)にしみじみと響(ひび)き渡(わた)ります。その響(ひび)きはとても荘厳(そうごん)です。

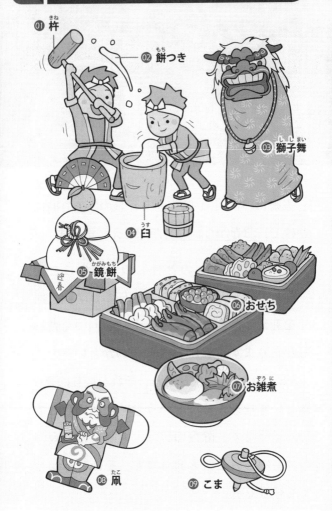

01 杵 きね

02 餅つき もち

03 獅子舞 ししまい

04 臼 うす

05 鏡餅 かがみもち

迎春

06 おせち

07 お雑煮 ぞうに

08 凧 たこ

09 こま

⑩ 羽子板
はごいた

⑪ お屠蘇
とそ

圖解單字

01 杵 (きね) ki.ne ① 木杵

02 餅つき (もち) mo.chi.tsu.ki ② 搗年糕

03 獅子舞 (ししまい) shi.shi.ma.i ⓪ 舞獅

04 臼 (うす) u.su ① （木、石）臼

05 鏡餅 (かがみもち) ka.ga.mi.mo.chi ③ 供神用的圓形年糕

06 おせち o.se.chi ② 御節料理、新年年菜

07 お雑煮 (ぞうに) o.zô.ni ⓪ 煮年糕

08 凧 (たこ) ta.ko ① 風箏

09 こま ko.ma ① 陀螺

10 羽子板 (はごいた) ha.go.i.ta ② 毽球板

11 お屠蘇 (とそ) o.to.so ② 屠蘇酒（是一種用花椒、陳皮、肉桂等泡製的酒，在日本新年時喝）

⑫ 年賀状

⑬ 書初め

⑭ お年玉

⑮ 門松

⑯ お正月飾り

⑰ 福袋

⑱ 初詣

⑫ 年賀状 ne.n.ga.jô ③ 賀年卡

⑬ 書初め ka.ki.zo.me ⓪ 新年初寫的毛筆字

⑭ お年玉 o.to.shi.da.ma ⓪ 壓歲錢

⑮ 門松 ka.do.ma.tsu ②
新年時在門前裝飾的松樹或松枝

⑯ お正月飾り o.shô.ga.tsu.ka.za.ri ⑥ 新年裝飾品

⑰ 福袋 fu.ku.bu.ku.ro ③ 福袋

⑱ 初詣 ha.tsu.mô.de ③ 新年參拜

⑲ 着物 ki.mo.no ⓪ 和服

⑳ 紋付はかま mo.n.tsu.ki.ha.ka.ma ①
帶有家徽的和服

⑳ **紋付はかま**

⑲ **着物**

井上：先生、新年明けましておめでとうございます。

先生：あぁ、井上さん。新年明けましておめでとう。

井上：今年もどうぞよろしくお願いします。

先生：はい、こちらこそよろしくお願いします。

井上：先生も初詣ですか。

先生：ええ、そうです。井上さんもですか。

井上：はい、家族みんなで来ました。

先生：それはいいですね。

井上：老師，祝您新年快樂。
老師：啊，是井上同學。新年快樂啊。
井上：今年也請老師多多指教。
老師：好，你也是，多多指教。
井上：老師也來新年參拜嗎？
老師：對啊。井上同學也是嗎？
井上：是的，我和家人一起來的。
老師：那很好呢。

年末年始の休み

年終年初的休假日

官公庁や多くの日本企業は、12月29日から1月3日まで休みです。カレンダーでは1月1日だけが祝日なのに、どうしてなのでしょうか。カレンダーをよく見ると、12月28日に「御用納め」と書いてあります。「その年最後の業務日」ということです。

仕事を開始するのは1月4日で、「御用始め」と呼ばれます。もともとは官公庁の年末年始の休みとして法律で決められたものなのですが、一般企業もこれに准じているところも多いそうです。

2015

木	金	土
	1	2
7	8	9	10
14	15	16	17
21	22	23	24
28	29	30	31
20			
27	28 御用納め	29	30	31

16 情人節 バレンタインデー

01 矢（や）

02 弓（ゆみ）

03 キューピット

04 本命チョコ（ほんめい）

05 学生服（がくせいふく）

06 告白（こくはく）

07 ラブレター

08 義理チョコ

09 ハート

圖解單字

全文朗讀
Track 042

01 矢 ya ① 箭

02 弓 yu.mi ② 弓

03 キューピット kyû.pi.tto ① 丘比特

04 本命チョコ ho.n.mê.cho.ko ⑤ 本命巧克力

05 学生服 ga.ku.sê.fu.ku ③ 學生服

06 告白 ko.ku.ha.ku ⓪ 告白

07 ラブレター ra.bu.re.tâ ③ 情書

08 義理チョコ gi.ri.cho.ko ⓪ 義理巧克力

09 ハート hâ.to ⓪ 愛心

⑩ デート

⑪ 風船（ふうせん）

⑫ 恋人（こいびと）

⑬ 両思い（りょうおもい）

⑭ キス

⑮ 花束（はなたば）

⑩ デート dê.to ① 約會

⑪ 風船 fû.se.n ⓪ 氣球

⑫ 恋人 ko.i.bi.to ⓪ 情侶

⑬ 両思い ryô.o.mo.i ③ 兩情相悅

⑭ キス ki.su ① 親吻

⑮ 花束 ha.na.ta.ba ② 花束

⑯ ワイン wa.i.n ① 葡萄酒

⑰ 片思い ka.ta.o.mo.i ③ 單戀

⑱ リボン ri.bo.n ① 蝴蝶結

⑲ プレゼント pu.re.ze.n.to ② 禮物

⑰ 片思い

⑯ ワイン

⑱ リボン

⑲ プレゼント

静香：はい、バレンタインデーのチョコ。

たかし：えっ、本当に。ありがとう。

静香：義理チョコだけどね。

たかし：え〜そうなの。

静香：何。ちょっと期待したの。

たかし：まぁ、少しだけね。

静香：へえ、そうなんだ。

静香：送給你，情人節的巧克力。

剛志：咦，真的嗎？謝謝你。

静香：不過只是義理巧克力啦。

剛志：啊〜怎麼這樣？

静香：什麼？你有在期待些什麼嗎？

剛志：是有那麼一點啦。

静香：喔，這樣啊。

日本の
バレンタインデー

日本情人節

　バレンタインデーは恋人たちの愛の誓いの日ですが、日本では少々習慣が違います。女性から男性に、愛の告白としてチョコレートを贈ります。片思いの相手やボーイフレンド、愛する人に贈る「本命チョコ」、友だちや職場の同僚に贈る「義理チョコ」、同性の友だちに贈る「友チョコ」などがあります。

　そうそう、プレゼントをもらったらお返しをしなければなりませんね。日本にはお返しをする「ホワイトデー（3月14日）」がありますよ！

17 孩子的節日 子供のお祝い

こどもの日

兒童節（5月5日是日本的兒童節、男孩節，同時也是日本的端午節。）

- 01 こいのぼり
- 02 兜
- 03 鎧
- 04 縄跳び
- 09 五月人形
- 06 粽
- 08 けん玉
- 05 柏餅
- 07 折り紙
- 10 菖蒲湯
- 11 金太郎

ひな祭り

女兒節（3月3日是日本的女兒節，又稱人偶節。父母會為女兒設置階梯狀的陳列台，由上至下擺放穿著和服的娃娃，祈求家中的女兒平安健康的長大。）

⑫ 雛壇（ひなだん）

⑮ 雛人形（ひなにんぎょう）

⑬ 雛飾り（ひなかざり）

⑯ 甘酒（あまざけ）

⑭ 羽子板（はごいた）

⑰ 菱餅（ひしもち）

⑲ 雛あられ（ひな）

⑱ はまぐりのお吸い物（す もの）

01 こいのぼり
ko.i.no.bo.ri ③

鯉魚旗

02 兜 ^{かぶと}
ka.bu.to ①

頭盔

03 鎧 ^{よろい}
yo.ro.i ⓪

盔甲

04 縄跳び ^{なわ と}
na.wa.to.bi ③

跳繩

05 柏餅 ^{かしわもち}
ka.shi.wa.mo.chi ③

用葉子包著的帶餡年糕

06 粽 ^{ちまき}
chi.ma.ki ⓪

日式粽子

07 折り紙 ^{お がみ}
o.ri.ga.mi ②

折紙

08 けん玉 ^{だま}
ke.n.da.ma ⓪

劍玉、劍球

09 五月人形 ^{ご がつ にんぎょう}
go.ga.tsu.ni.n.gyô ④

五月節的人形偶

10 菖蒲湯 ^{しょう ぶ ゆ}
shô.bu.yu ③

菖蒲浴

11 金太郎 ^{きん た ろう}
ki.n.ta.rô ⓪

金太郎

⑫ 雛壇
はな だん
hi.na.da.n ②

放娃娃的台子

⑬ 雛飾り
ひな かざ
hi.na.ka.za.ri ③

女兒節的裝飾

⑭ 羽子板
は ご いた
ha.go.i.ta ②

毽子板

⑮ 雛人形
ひな にんぎょう
hi.na.ni.n.gyô ③

女兒節的人型娃娃

⑯ 甘酒
あま ざけ
a.ma.za.ke ⓪

甜米酒

⑰ 菱餅
ひし もち
hi.shi.mo.chi ②

粉白綠三色的菱形糕點

⑱ はまぐりのお吸い物
す もの
ha.ma.gu.ri.no.o.su.i.mo.no ②

蛤蜊湯

⑲ 雛あられ
ひな
hi.na.a.ra.re ③

甜米果餅乾

妻：ねぇ、あなたも雛飾り並べるの手伝ってよ。

夫：えぇ、でも俺はよくわからないし。

妻：またそんなこといって。こんなに大きいの買ったのあなたでしょう。

夫：いやぁ、そりゃあ一人娘のためだからね。

妻：他のことだって大変なんだから、並べるのくらい一緒にやってよ。

夫：わかったよ。この写真どおりに並べればいいんだろう。

妻：そうそう、順番を間違えないようにね。

妻： 喂，你也來幫我排一下女兒節的飾品嘛。

夫： 蛤，可是我又不太懂這個。

妻： 你還敢說。買這麼大一個的可是你，不是嗎？

夫： 不是嘛，那可是為了我的獨生女買的啊。

妻： 可是其他的事情也很麻煩啊，你至少一起排一下嘛。

夫： 我知道了啦。按照這張照片一樣排列就好了吧？

妻： 對啦對啦，小心不要放錯順序囉。

ひな祭りに蛤、端午の節句に柏餅

女兒節要吃蛤蜊，端午節日吃柏餅

　ひな祭りには蛤のお吸い物をいただきます。蛤の殻は、対になっている貝殻でなければぴったりと合わせることができないことから、将来、いい人と出会えるようにという願いが込められるようになりました。

　端午の節句には、柏餅をいただきます。柏餅に使われている柏は、新芽が育つまでは古い葉が落ちないので、「家系が絶えない」、「子孫繁栄」の象徴とされてきました。その縁起を担いで柏餅を食べるようになったそうです。

18 七五三節 七五三 <ruby>しち<rt></rt></ruby>

01 傘 かさ

02 扇子 せんす

03 簪 かんざし

04 羽織 はおり

05 袴 はかま

06 雪駄 せった

07 千歳飴 ちとせあめ

08 帯 おび

09 晴れ着 はれぎ

10 足袋 たび

11 鳥居 とりい

12 髪飾り かみかざり

13 風車 かざぐるま

14 巾着 きんちゃく

祝 七五三

千歳飴

⑮ お参り

⑰ お賽銭

⑱ 着物

⑲ 賽銭箱

⑳ 下駄

⑯ 記念撮影

01 <ruby>傘<rt>かさ</rt></ruby>
ka.sa ①

傘

02 <ruby>扇子<rt>せん す</rt></ruby>
se.n.su ⓪

扇子

03 <ruby>帯<rt>おび</rt></ruby>
o.bi ①

束在和服上的腰帶

04 <ruby>羽織<rt>はおり</rt></ruby>
ha.o.ri ⓪

罩在和服外面的短外掛

05 <ruby>袴<rt>はかま</rt></ruby>
ha.ka.ma ③

和服的裙褲

06 <ruby>雪駄<rt>せっ た</rt></ruby>
se.tta ⓪

皮底鞋履

07 <ruby>千歳飴<rt>ちとせ あめ</rt></ruby>
chi.to.se.a.me ③

千歲糖

08 <ruby>簪<rt>かんざし</rt></ruby>
ka.n.za.shi ⓪

髮簪

09 <ruby>晴れ着<rt>は ぎ</rt></ruby>
ha.re.gi ⓪

盛裝、華服

10 <ruby>足袋<rt>た び</rt></ruby>
ta.bi ①

短布襪

11 <ruby>鳥居<rt>とり い</rt></ruby>
to.ri.i ⓪

鳥居（神社入口的牌坊）

⑫ <ruby>髪<rt>かみ</rt></ruby><ruby>飾<rt>かざ</rt></ruby>り
ka.mi.ka.za.ri ③

髪飾

⑬ <ruby>風車<rt>かざぐるま</rt></ruby>
ka.za.gu.ru.ma ③

風車

⑭ <ruby>巾着<rt>きんちゃく</rt></ruby>
ki.n.cha.ku ⓪

腰包、提包

⑮ お<ruby>参<rt>まい</rt></ruby>り
o.ma.i.ri ⓪

參拜

⑯ <ruby>記<rt>き</rt></ruby><ruby>念<rt>ねん</rt></ruby><ruby>撮<rt>さつ</rt></ruby><ruby>影<rt>えい</rt></ruby>
ki.ne.n.sa.tsu.ê ④

紀念照

⑰ お<ruby>賽<rt>さい</rt></ruby><ruby>銭<rt>せん</rt></ruby>
o.sa.i.se.n ⓪

捐獻的錢

⑱ <ruby>着<rt>き</rt></ruby><ruby>物<rt>もの</rt></ruby>
ki.mo.no ⓪

和服

⑲ <ruby>賽<rt>さい</rt></ruby><ruby>銭<rt>せん</rt></ruby><ruby>箱<rt>ばこ</rt></ruby>
sa.i.se.n.ba.ko ③

捐獻箱

⑳ <ruby>下<rt>げ</rt></ruby><ruby>駄<rt>た</rt></ruby>
ge.ta ⓪

木屐

夫：もうすぐ春香の初めての七五三だね。

妻：そうね。本当にあっという間ね。子どもってすぐに大きくなるんだね。

夫：うん、この間生まれたばかりみたいなのに。

妻：この機会に、ちゃんとした家族写真でも撮らない。

夫：いいね、じゃあ駅前の写真屋に連絡してみるよ。

妻：わかった。よろしくね。

夫： 春香的七五三參拜的日子馬上就要到了呢。
妻： 就是啊。時間過得真的好快啊。小孩真的很快就長大了呢。
夫： 嗯，就好像前不久才出生一樣呢。
妻： 趁這個機會，要不要好好地來拍全家福照片呢？
夫： 不錯喔，那我來聯絡一下車站前的那家照相館好了。
妻： 好啊，拜託你囉。

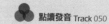

點讀發音 Track 050

子供の成長に感謝

感謝孩子的成長

日本には、生まれてから大人になるまでたくさんの行事があります。昔は病気や栄養状態が原因で子供の死亡率が高かったので、節目節目にその成長に感謝し、家族でお祝いしました。

七五三は、江戸幕府第五代将軍綱吉のころに、江戸から広まったと言われています。「千歳飴」は子供が長生きするようにと祈った食べ物で、江戸時代からあります。袋には、鶴、亀、松、竹、梅などのおめでたい絵が書かれています。

19 父母的節日 親_{おや}のお祝_{いわ}い

母_{はは}の日_ひ

01 似顔絵_{にがおえ}

02 眼鏡_{めがね}

03 笑顔_{えがお}

04 ポニーテール

05 画用紙_{がようし}

06 ネックレス

07 プレゼント

08 カーネーション

09 クレヨン

10 色鉛筆_{いろえんぴつ}

父の日
ちち ひ

⑪ 粘土
ねんど

⑫ 白髪
しらが

⑯ 新聞
しんぶん

⑬ ビール

⑰ 髭
ひげ

⑱ 腕時計
うでどけい

⑭ シャツ

⑮ ネクタイ

⑲ 万年筆
まんねんひつ

01 似顔絵
に がお え
ni.ga.o.e ⓪

人像畫

02 眼鏡
め がね
me.ga.ne ①

眼鏡

03 笑顔
え がお
e.ga.o ①

笑臉

04 ポニーテール
po.nî.tê.ru ④

（髮型）馬尾

05 画用紙
が ようし
ga.yô.shi ②

畫紙

06 ネックレス
ne.kku.re.su ①

項鍊

07 プレゼント
pu.re.ze.n.to ②

禮物

08 カーネーション
kâ.nê.sho.n ③

康乃馨

09 クレヨン
ku.re.yo.n ②

蠟筆

10 色鉛筆
いろ えん ぴつ
i.ro.e.n.pi.tsu ③

色鉛筆

11 粘土
ねん ど
ne.n.do ①

黏土

⑫ 白髪
しらが
shi.ra.ga ③

白髮

⑬ ビール
bî.ru ①

啤酒

⑭ シャツ
sha.tsu ①

襯衫

⑮ ネクタイ
ne.ku.ta.i ①

領帶

⑯ 新聞
しん ぶん
shi.n.bu.n ⓪

報紙

⑰ 髭
ひげ
hi.ge ⓪

鬍子

⑱ 腕時計
うで ど けい
u.de.do.kê ③

手錶

⑲ 万年筆
まん ねん ひつ
ma.n.ne.n.hi.tsu ③

鋼筆

由美：お父さん、いつもお仕事お疲れ様。

父：おっ、ありがとう。

由美：はい、これは私とお母さんから。

父：プレゼントかぁ。今開けてもいいかな。

由美：いいよ。気に入るかどうかわからないけど。

父：わぁ、良いネクタイだね。ありがとう、大切にするよ。

由美：本当。気に入ってくれてよかった。

由美：爸爸，一直以來，工作辛苦你了。

爸爸：喔，謝謝啊。

由美：來，這是我跟媽媽送你的。

爸爸：是禮物啊。現在可以打開嗎？

由美：可以啊。但是不知道你喜不喜歡就是了。

爸爸：哇，好漂亮的領帶耶。謝謝你，我會很珍惜的唷。

由美：真的嗎？你能喜歡這個禮物太好了。

日本生活二三事

「父の日」、「母の日」のプレゼント

父親節和母親節的禮物

日本では、母の日に赤いカーネーションを贈ります。父の日のプレゼントはこれといって決まったものはありませんが、お父さんが好きなお酒やネクタイなどを贈る人もいます。海外では、赤いバラを贈る習慣があるそうです。

プレゼントを買えない子供達は、幼稚園では似顔絵を書いたり、感謝状を作ったりします。小学生になると、手作りの「肩たたき券」や「お手伝い券」などをお父さんお母さんにプレゼントしたりもします。

20 中秋節 お月見（つきみ）

01 すすき

02 梨（なし）

03 にんじん

04 ぶどう

05 りんご

06 栗（くり）

07 サトイモ

08 柿（かき）

09 雲（くも）

10 月見団子（つきみだんご）

11 お供え物（そなえもの）

12 三方（さんぽう）

⑬ 満月（まんげつ）

⑭ 杵（きね）

⑮ 臼（うす）

⑰ ウサギ

⑲ お寺（てら）

⑯ 夜空（よぞら）

⑱ 狸（たぬき）

⑳ 望遠鏡（ぼうえんきょう）

01 すすき
su.su.ki ⓪

芒草

02 梨
na.shi ⓪

梨子

03 にんじん
ni.n.ji.n ⓪

紅蘿蔔

04 ぶどう
bu.dô ⓪

葡萄

05 りんご
ri.n.go ⓪

蘋果

06 栗
ku.ri ②

栗子

07 サトイモ
sa.to.i.mo ⓪

芋頭

08 柿
ka.ki ⓪

柿子

09 雲
ku.mo ①

雲

10 月見団子
tsu.ki.mi.da.n.go ④

日式月餅

11 お供え物
o.so.na.e.mo.no ⓪

供品

⑫ 三方
さん ぼう
sa.n.pô ③

（裝供品的）木台

⑬ 満月
まん げつ
ma.n.ge.tsu ①

滿月

⑭ 杵
きね
ki.ne ①

杵

⑮ 臼
うす
u.su ①

臼

⑯ 夜空
よ ぞら
yo.zo.ra ①

夜空

⑰ ウサギ
u.sa.gi ⓪

兔子

⑱ 狸
たぬき
ta.nu.ki ①

貍貓

⑲ お寺
てら
o.te.ra ⓪

寺廟

⑳ 望遠鏡
ぼう えん きょう
bô.e.n.kyô ⓪

望遠鏡

静香：わぁ、きれいな満月だね。

たかし：本当だね。

静香：ねぇ、日本では月の模様がうさぎに見えるっていうじゃない。

たかし：うん、そうだね。餅つきをしているんだよね。

静香：実はこれ、国によって結構違って、本を読んでいるおばあさんに見えるって国もあるみたいだよ。

たかし：わぁ、それは面白いね。他にはどんなものがあるんだろう。

静香：哇，好美的滿月喔。

剛志：真的耶。

静香：對了，在日本不是說可以在月亮上看到兔子嗎？

剛志：嗯，應該是吧。牠們是在搗麻糬喔。

静香：其實這是因為每個國家不太一樣，好像有些國家也能在月亮上看到正在看書的奶奶呢。

剛志：哇，真有趣啊。還有什麼其他的嗎？

01 蜘蛛の巣（くものす）

02 星（ほし）

03 箒（ほうき）

04 黒猫（くろねこ）

05 かぼちゃ

06 魔女（まじょ）

07 キャンディ

⑭ こうもり

⑧ 墓（はか）

⑨ 月（つき）

⑩ オオカミ男（おとこ）

⑪ ドラキュラ／吸血鬼（きゅうけつき）

⑮ ゾンビ

⑬ クッキー

⑫ ジャック・オー・ランタン

⑯ フランケンシュタイン

⑰ 城 (しろ)

⑳ フクロウ

⑱ ガイコツ

⑲ お化け / 幽霊 (ばけ / ゆうれい)

㉑ ミイラ男 (おとこ)

㉒ 仮装パーティー (かそう)

01 蜘蛛の巣
<ruby>く<rt></rt></ruby><ruby>も<rt></rt></ruby><ruby>す<rt></rt></ruby>
ku.mo.no.su ①

蜘蛛網

02 星
ほし
ho.shi ⓪

星星

03 箒
ほうき
hô.ki ⓪

掃把

04 黒猫
くろ ねこ
ku.ro.ne.ko ⓪

黑貓

05 かぼちゃ
ka.bo.cha ⓪

南瓜

06 魔女
ま じょ
ma.jo ①

巫婆

07 キャンディ
kya.n.di ①

糖果

08 墓
はか
ha.ka ②

墳墓

09 月
つき
tsu.ki ②

月亮

10 オオカミ男
おとこ
ô.ka.mi.o.to.ko ⑤

狼人

11 ドラキュラ / 吸血鬼
きゅうけつ き
do.ra.kyu.ra / kyû.ke.tsu.ki ⓪ / ③

吸血鬼

⑫ ジャック・オー・ランタン
ja.kku・ô・ra.n.ta.n ⑥

南瓜燈籠

⑬ クッキー
ku.kkî ①

餅乾

⑭ こうもり
kô.mo.ri ①

蝙蝠

⑮ ゾンビ
zo.n.bi ①

殭屍

⑯ フランケンシュタイン
fu.ra.n.ke.n.shu.ta.i.n ⑦

科學怪人

⑰ 城
shi.ro ⓪

城堡

⑱ ガイコツ
ga.i.ko.tsu ①

骨頭人

⑲ お化け / 幽霊
o.ba.ke / yû.rê ② / ①

幽靈

⑳ フクロウ
fu.ku.rô ②

貓頭鷹

㉑ ミイラ男
mî.ra.o.to.ko ④

木乃伊

㉒ 仮装パーティー
ka.sô.pâ.tî ④

變裝派對

^{おっと}
夫：こんなに遅くまで何を作っているの。

^{つま}
妻：あぁ、たかしの小学校でハロウィンパーティーがあるみたいで、それの衣装を作っているのよ。

^{おっと}
夫：わぁ、今の小学校ではそんなイベントまであるのか。

^{つま}
妻：すごいわよね。私たちのときなんてハロウィンって聞いてもよくわからなかったのに。

^{おっと}
夫：ところでたかしは何の格好をするんだい。

^{つま}
妻：ドラキュラになりたいみたいなのよね。あとちょっとでできるから、先に寝て。

夫：都這麼晚了，在做什麼啊？

妻：啊，高志的小學裡要辦萬聖節派對，我在做那個派對要用的服裝啦。

夫：哇，現在的小學連這種活動都有啊。

妻：厲害吧。我們那個時代，什麼是萬聖節連聽也沒聽過呢。

夫：那高志想打扮成什麼造型呢？

妻：他想變成吸血鬼德古拉公爵。還有一點就做完了，你先睡吧。

01 角 つの
02 サンタ
03 髭 ひげ
04 煙突 えんとつ
05 プレゼント
06 トナカイ
07 ソリ
08 クリスマスツリー
09 ろうそく
10 クリスマスケーキ
11 リース
12 靴下 くつした
13 マッチ
14 暖炉 だんろ

⑮ クリスマスイブ

⑯ ベル

⑰ イルミネーション

⑱ クリスマスソング

⑳ 手袋

⑲ 雪だるま

01 角
つの
tsu.no ②

（鹿）角

02 サンタ
sa.n.ta ①

聖誕老人

03 髭
ひげ
hi.ge ⓪

鬍子

04 煙突
えん とつ
e.n.to.tsu ⓪

煙囪

05 プレゼント
pu.re.ze.n.to ②

禮物

06 トナカイ
to.na.ka.i ②

麋鹿

07 ソリ
so.ri ①

雪橇

08 クリスマスツリー
ku.ri.su.ma.su.tsu.rî ⑦

聖誕樹

09 ろうそく
rô.so.ku ③

蠟燭

10 クリスマスケーキ
ku.ri.su.ma.su.kê.ki ⑥

聖誕蛋糕

11 リース
rî.su ①

聖誕花圈

⑫ 靴下
くつ した
ku.tsu.shi.ta ②

襪子

⑬ マッチ
ma.cchi ①

火柴

⑭ 暖炉
だん ろ
da.n.ro ①

壁爐

⑮ クリスマスイブ
ku.ri.su.ma.su.i.bu ⑥

平安夜

⑯ ベル
be.ru ①

鈴鐺

⑰ イルミネーション
i.ru.mi.nê.sho.n ④

燈飾

⑱ クリスマスソング
ku.ri.su.ma.su.so.n.gu ⑥

聖誕歌

⑲ 雪だるま
ゆき
yu.ki.da.ru.ma ③

雪人

⑳ 手袋
て ぶくろ
te.bu.ku.ro ②

手套

たかし：わぁ、すごいごちそうだね。

静香（しずか）：うん、クリスマスだからね。

たかし：これ全部（ぜんぶ）ひとりで作（つく）ったの。

静香（しずか）：そうだよ、ちょっとがんばっちゃった。

たかし：すごいなぁ。全部（ぜんぶ）とっても美味（おい）しそうだよ。

静香（しずか）：ありがとう。さっ、冷（さ）めちゃうから、はやく食（た）べよう。ワインもあるよ。

剛志： 哇，好豐盛的宴席喔。

静香： 嗯，因為是聖誕節啊。

剛志： 這些全部都是你一個人做的嗎？

静香： 對啊。我有稍微努力了一下喔。

剛志： 好厲害啊。全部都看起來好好吃的樣子喔。

静香： 謝謝。來，趁熱趕快吃吧。也有紅酒喔。

イルミネーションを見に行こう

去看燈飾吧！

　12月に入ると街中にクリスマスの雰囲気が漂います。クリスマスの飾りや、街路樹をライトで飾ったり、クリスマスのイベントが開催されたりします。東京都内の有名な観光スポットもロマンチックな雰囲気に包まれます。

　神戸では、「神戸ルミナリエ」というイベントが毎年12月に開催されています。1995年1月に起きた阪神・淡路大震災の記憶を次の世代に語り継ぎ、神戸の街の希望と夢を象徴する行事として、毎年開催されています。

家

居家篇

01 玄關 玄関 げんかん

- 01 ドアフォン
- 02 花 はな
- 03 花瓶 かびん
- 04 靴箱 くつばこ
- 05 カギ
- 06 サンダル
- 07 ハイヒール
- 08 靴べら くつ
- 09 ブーツ
- 10 スニーカー
- 11 革靴 かわぐつ
- 12 スリッパ
- 13 玄関マット げんかん

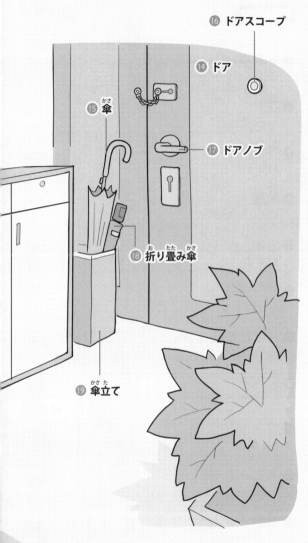

⑯ **ドアスコープ**

⑭ **ドア**

⑮ 傘

⑰ **ドアノブ**

⑱ 折り畳み傘

⑲ 傘立て

01 ドアフォン
do.a.fo.n ③

對講機

02 花
はな
ha.na ②

花

03 花瓶
か びん
ka.bi.n ⓪

花瓶

04 靴箱
くつ ばこ
ku.tsu.ba.ko ②

鞋櫃

05 カギ
ka.gi ②

鑰匙

06 サンダル
sa.n.da.ru ⓪

涼鞋

07 ハイヒール
ha.i.hî.ru ③

高跟鞋

08 靴べら
くつ
ku.tsu.be.ra ③ / ⓪

鞋拔

09 ブーツ
bû.tsu ①

靴子

10 スニーカー
su.nî.kâ ②

運動鞋

11 革靴
かわ ぐつ
ka.wa.gu.tsu ⓪

皮鞋

⑫ スリッパ
su.ri.ppa ②

拖鞋

⑬ 玄関マット
ge.n.ka.n.ma.tto ⑤

玄關墊

⑭ ドア
do.a ①

門

⑮ 傘
ka.sa ①

雨傘

⑯ ドアスコープ
do.a.su.kô.pu ④

（門上的）貓眼

⑰ ドアノブ
do.a.no.bu ⓪

門把

⑱ 折り畳み傘
o.ri.ta.ta.mi.ga.sa ⑥

摺疊傘

⑲ 傘立て
ka.sa.ta.te ②

傘架

千秋(ち あき)：はい、お弁当(べん とう)。

たかし：ありがとう。あっ、今日(きょう)は会議(かい ぎ)だから夜遅(よる おそ)くなるよ。

千秋(ち あき)：晩御飯(ばん ご はん)はどうする。

たかし：外(そと)で簡単(かん たん)に食(た)べてくるからいいよ。

千秋(ち あき)：そう、わかった。じゃあ気(き)をつけてね。

たかし：うん、わかった。行(い)ってきます。

千秋(ち あき)：行(い)ってらっしゃい。

千秋： 來，這是你的便當。
高志： 謝謝。對了，今天要開會，所以會晚一點回來喔。
千秋： 那晚餐怎麼辦？
高志： 在外面簡單吃一吃再回來，所以沒關係喔。
千秋： 好吧，我知道了。那要小心一點喔。
高志： 嗯，我知道。那我出門囉。
千秋： 慢走喔。

くつの置き方
鞋子的擺放方式

日本人の家を訪問したとき、まず最初に気を
つけることといえば、靴の脱ぎ方です。ここで、
簡単な靴の脱ぎ方のマナーを勉強しましょう。

居家篇

❶ 家に入るときはまずあいさつ
突然家に入って靴を脱ぎだすのではなく、入ると
きにまず「おじゃまします」と言いましょう。

進入到屋子裡要先打招呼
突然進入屋子裡就把鞋子脫了下來會有點難為情，
進屋的同時，要先說聲「打擾了」喔。

❷ 靴を脱ぐときは前を向いて脱ぎましょう
この時に後ろを向いて脱がないように注意しま
しょう。

脫鞋時，要朝向前方脫掉鞋子
在這個時候，要注意不要朝著後面脫鞋子喔。

❸ 靴の先を外にむけてそろえます
靴をぬいだら、靴の先を外に向けてそろえま
しょう。でもこの時におしりを家の人にむけない
ように注意してください。そろえた靴は隅におき
ましょう。

鞋尖朝外的整齊擺放
脫鞋的時候，鞋尖要朝著外面擺放喔。但是這個時
候，請注意屁股不要對著屋子裡的人。要將鞋子整
齊地放在角落邊喔。

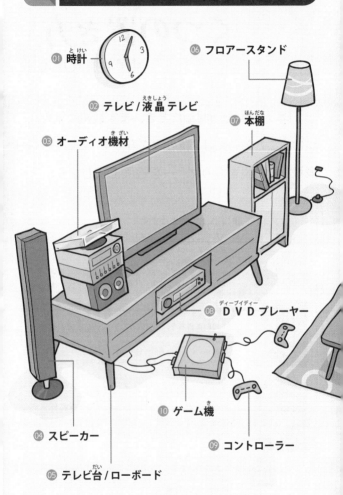

01 時計
06 フロアースタンド
02 テレビ / 液晶テレビ
07 本棚
03 オーディオ機材
08 DVD プレーヤー
04 スピーカー
10 ゲーム機
09 コントローラー
05 テレビ台 / ローボード

⑰ 絵

⑱ 観葉植物（かんようしょくぶつ）

⑪ クッション

⑲ 植木鉢（うえきばち）

⑫ ダブルソファ

⑬ 新聞紙（しんぶんし）

⑭ リモコン

⑯ カーペット

⑳ 雑誌（ざっし）

⑮ リビングテーブル

㉑ シングルソファ

01 時計
とけい
to.kê ⓪

時鐘

02 テレビ / 液晶テレビ
えきしょう
te.re.bi / e.ki.shô.te.re.bi ① / ⑤

電視；液晶電視

03 オーディオ機材
きざい
ô.di.o.ki.za.i ⑤

音響器材

04 スピーカー
su.pî.kâ ②

喇叭

05 テレビ台 / ローボード
だい
te.re.bi.da.i / rô.bô.do ⓪ / ③

電視櫃

06 フロアースタンド
hu.ro.â.su.ta.n.do ⑥

立燈

07 本棚
ほんだな
ho.n.da.na ①

書櫃

08 ＤＶＤプレーヤー
ディーブイディー
dî.bu.i.dî.pu.rê.yâ ⑧

DVD播放器

09 コントローラー
ko.n.to.rô.râ ④

遊戲操控器

10 ゲーム機
き
gê.mu.ki ③

電動遊戲機

11 クッション
ku.ssho.n ①

抱枕、靠墊

⑫ ダブルソファ
da.bu.ru.so.fa ④

雙人沙發

⑬ 新聞紙
しん ぶん し
shi.n.bu.n.shi ③

報紙

⑭ リモコン
ri.mo.ko.n ⓪

遙控器

⑮ リビングテーブル
ri.bi.n.gu.tê.bu.ru ⑤

客廳桌；茶几

⑯ カーペット
kâ.pe.tto ①

地毯

⑰ 絵
え
e ①

畫

⑱ 観葉植物
かん よう しょく ぶつ
ka.n.yô.sho.ku.bu.tsu ⑥

盆栽

⑲ 植木鉢
うえ き ばち
u.e.ki.ba.chi ③

盆栽盆

⑳ 雑誌
ざっ し
za.sshi ⓪

雜誌

㉑ シングルソファ
shi.n.gu.ru.so.fa ⑤

單人沙發

居家篇

ゆりか： わぁ～、すごくいい音_{おと}だね。

ひさし： うん、オーディオ機材_{きざい}とスピーカーを
新_{あたら}しくしたからね。

ゆりか： 高_{たか}かったでしょう。

ひさし： 少_{すこ}しね、でも家_{いえ}で映画_{えいが}を見_みるときとか
すごくいいよ。

ゆりか： 本当_{ほんとう}、今度_{こんど}一緒_{いっしょ}に見_みてみたいな。

ひさし： いいね！じゃあ、来週_{らいしゅう}一緒_{いっしょ}に映画_{えいが}を見_み
ようよ。

ゆりか： わぁ！やった！

由里佳： 哇！好棒的聲音喔！
　尚志： 嗯，因為我新買了音響和喇叭。
由里佳： 應該很貴吧？
　尚志： 有一點啦，但是在家裡看電影的時候很棒啊。
由里佳： 真的嗎？下次想一起看看呢。
　尚志： 好啊！那下次周一看吧！
由里佳： 哇！太好了！

香りが最高！
日本の畳文化！

香味最棒！日本的榻榻米文化！

居家篇

畳は日本の映画やドラマによく登場しますね。日本の畳文化は実は、1000年以上も昔からあるといわれています。今日本に存在する一番古い畳は、奈良時代 7 10年〜 7 9 4年の畳で、奈良東大寺の正倉院に保管されています。自然の素材を使った畳には温度調節の機能があり、湿度の高い日本では昔から非常に重宝されていたようです。

畳の座り方 榻榻米的坐法

這是把兩個膝蓋合起來坐的正式坐法。男性可以稍微將雙膝打開，讓膝蓋和膝蓋的中間留有一些距離，女生則要緊閉雙膝蓋坐。沒有坐習慣的人，腳會容易麻掉，所以要小心點喔。

正座 正坐

這是把兩個膝蓋打開，然後在前面讓腳交叉的坐法。在以前的某些時代，這是正式的坐法，但在現在則變成了日常生活裡常用的坐法。

胡坐 盤腿坐

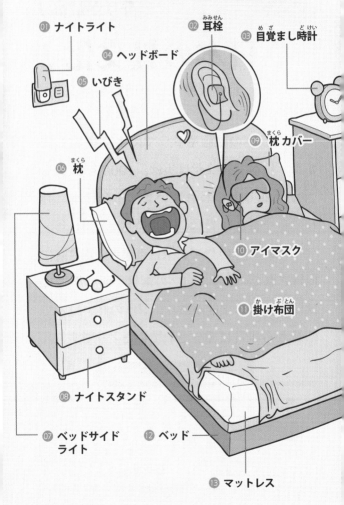

01 ナイトライト

02 耳栓（みみせん）

03 目覚まし時計（めざどけい）

04 ヘッドボード

05 いびき

06 枕（まくら）

09 枕（まくら）カバー

10 アイマスク

11 掛け布団（かぶとん）

08 ナイトスタンド

07 ベッドサイドライト

12 ベッド

13 マットレス

⑰ ハンガー

⑱ ナイトガウン

⑯ 引き出し

⑲ パジャマ

⑳ タンス

⑮ スリッパ

⑭ シーツ

01 ナイトライト
na.i.to.ra.i.to ④

夜燈

02 耳栓（みみ せん）
mi.mi.se.n ⓪

耳塞

03 目覚まし時計（め ざ　　　ど けい）
me.za.ma.shi.do.kê ⑤

鬧鐘

04 ヘッドボード
he.ddo.bô.do ④

床頭板

05 いびき
i.bi.ki ③

鼾聲

06 枕（まくら）
ma.ku.ra ①

枕頭

07 ベッドサイドライト
be.ddo.sa.i.do.ra.i.to ⑦

床頭燈

08 ナイトスタンド
na.i.to.su.ta.n.do ⑤

床頭櫃

09 枕カバー（まくら）
ma.ku.ra.ka.bâ ④

枕頭套

10 アイマスク
a.i.ma.su.ku ③

眼罩

11 掛け布団（か　 ぶ とん）
ka.ke.bu.to.n ③

棉被

⑫ ベッド
be.ddo ①

床

⑬ マットレス
ma.tto.re.su ①

床墊

⑭ シーツ
shî.tsu ①

床單

⑮ スリッパ
su.ri.ppa ②

拖鞋

⑯ 引き出し
hi.ki.da.shi ⓪

抽屜

⑰ ハンガー
ha.n.gâ ①

衣架

⑱ ナイトガウン
na.i.to.ga.u.n ④

睡衣、睡袍

⑲ パジャマ
pa.ja.ma ①

睡衣

⑳ タンス
ta.n.su ⓪

抽屜式衣櫃、五斗櫃

居家篇

點讀發音 Track 068

妻：ねぇ、最近ちょっと疲れているんじゃない。

夫：えっ、どうして。

妻：だって、最近あなたのいびきがすごいから。

夫：本当。

妻：いつも疲れているときは特にいびきがすごいでしょう。だから何かあったのかなって。

夫：最近は仕事が特に忙しいからね。

妻：あまり無理しないでよ。体が一番大事なんだから。

妻：喂，你最近不會覺得很累嗎？

夫：喔，為什麼？

妻：因為你最近打呼的聲音好大聲。

夫：真的嗎？

妻：每次你特別累的時候，打呼聲就好大不是嗎？所以我想你最近應該有什麼事吧。

夫：因為最近工作比較忙吧。

妻：不要太勉強喔。身體還是最重要的啊。

日本はベット派、布団派が半々！

愛床派和鋪床派的五五波之爭

居家篇

日本のドラマ、アニメでよく登場し、民宿や旅館に泊まると敷いてくれるあの日本式の布団ですが、ある日本のネット調査では現在布団を使っている人とベッドを使っている人とは、半半だとのことです。

ベッドのメリット 洋床的優點

- 出したりしまったりしなくていい
  不需要一再拿出來放回去
- 布団よりも起き上がるのが楽
  跟鋪床相比，起身較為輕鬆

ベッドのデメリット 洋床的缺點

- 掃除がしにくい 打掃不容易
- 部屋が狭くなる 房間會變狹窄

布団のメリット 鋪床的優點

- 部屋が広く使える 房間會比較寬
- 引っ越しの時とても楽
  搬家的時候會很輕鬆

布団のデメリット 鋪床的缺點

- 出したりしまったりがめんどうくさい
  一再將棉被拿出來收回去很麻煩
- 収納スペースが必要 需要收納空間

■ 173

02 化粧水 / ローション <ruby>化<rt>け</rt></ruby><ruby>粧<rt>しょう</rt></ruby><ruby>水<rt>すい</rt></ruby>

01 マニキュア

ローション

04 乳液 / ミルク <ruby>乳<rt>にゅう</rt></ruby><ruby>液<rt>えき</rt></ruby>

03 エッセンス

エッセンス

ミルク

05 リップグロス

06 フェイスパウダー

フェイスパウダー

07 パフ

08 パウダーファンデーション

パウダーファンデーション

10 口紅 <ruby>口<rt>くち</rt></ruby><ruby>紅<rt>べに</rt></ruby>

09 スポンジ

11 リップクリーム

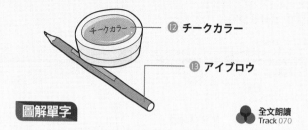

⑫ チークカラー

⑬ アイブロウ

圖解單字

01 マニキュア　ma.ni.kyu.a ⓪ 指甲油

02 化粧水 / ローション
け しょう すい
ke.shô.su.i / rô.sho.n ⓪ / ① 化妝水

03 エッセンス　e.sse.n.su ① 精華液

04 乳液 / ミルク
にゅうえき
nyû.e.ki / mi.ru.ku ⓪ / ① 乳液

05 リップグロス　ri.ppu.gu.ro.su ④ 唇蜜

06 フェイスパウダー　fe.i.su.pa.u.dâ ④ 蜜粉

07 パフ　pa.fu ① 粉撲

08 パウダーファンデーション
pa.u.dâ.fa.n.dê.sho.n ⑦ 粉餅

09 スポンジ　su.po.n.ji ⓪ 海綿

10 口紅
くち べに
ku.chi.be.ni ⓪ 口紅

11 リップクリーム　ri.ppu.ku.rî.mu ⑤ 護唇膏

12 チークカラー　chî.ku.ka.râ ④ 腮紅

13 アイブロウ　a.i.bu.rô ④ 眉筆

居家篇

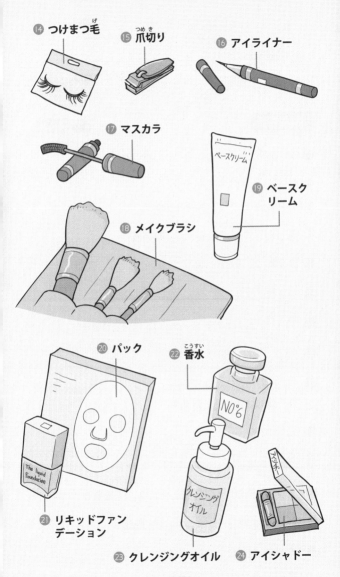

⑭ つけまつ毛（げ）

⑮ 爪切り（つめ き）

⑯ アイライナー

⑰ マスカラ

⑲ ベースクリーム

ベースクリーム

⑱ メイクブラシ

⑳ パック

㉑ リキッドファンデーション

The liquid Foundation

㉒ 香水（こうすい）

NO%

㉓ クレンジングオイル

クレンジングオイル

㉔ アイシャドー

㉕ ハイライト

**㉖ アイラッシュカーラー /
ビューラー**

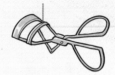

⓮ **つけまつ毛** tsu.ke.ma.tsu.ge ③ 假睫毛

⓯ **爪切り** tsu.me.ki.ri ③ 指甲剪

⓰ **アイライナー** a.i.ra.i.nâ ③ 眼線筆

⓱ **マスカラ** ma.su.ka.ra ⓪ 睫毛膏

⓲ **メイクブラシ** mê.ku.bu.ra.shi ④ 化妝用刷具

⓳ **ベースクリーム** bê.su.ku.rî.mu ④ 隔離霜

⓴ **パック** pa.kku ① 面膜

㉑ **リキッドファンデーション**
ri.ki.ddo.fa.n.dê.sho.n ⑦ 粉底液

㉒ **香水** kô.su.i ⓪ 香水

㉓ **クレンジングオイル**
ku.re.n.ji.n.gu.o.i.ru ⑦ 卸妝油

㉔ **アイシャドー** a.i.sha.dô ③ 眼影

㉕ **ハイライト** ha.i.ra.i.to ③ 亮粉

㉖ **アイラッシュカーラー / ビューラー**
a.i.ra.sshu.kâ.râ / byû.râ ⑥ / ⓪ 睫毛夾

静香：ちょっとこの店に入ってもいい。

たかし：いいよ、何買うの。

静香：ファンデーションとクレンジングオイルを買いたいの。

たかし：えっ、ファンデーションならこの前買ったでしょう。

静香：うん、そうなんだけど肌に合わなかったのよ。

たかし：そうなんだ。あっ、アイシャドーもなくなりそうって言ってたよね。

静香：あっ、そうだった。

静香：　進去這家店一下子好嗎？
剛志：　好啊，要買什麼呢？
静香：　我想要買粉底和卸妝油。
剛志：　咦，粉底不是之前才買的嗎？
静香：　嗯，但是不太適合我的皮膚。
剛志：　原來是這樣。對了，你好像說過眼影也快沒有了。
静香：　啊，對對。

お歯黒
黒牙齒

お歯黒とは文字通り歯を黒く染める風習です。今の「白い歯こそが美しい」と考えている時代から見ると、少し不思議な感じがしますね。でもこのお歯黒は当時の身だしなみの一つで、明治初期まで長い歴史を経て続いていました。

主に既婚の女性がつけていたこのお歯黒ですが、実は虫歯の予防にもなっていたということです。

居家篇

05 衣櫃 クローゼット

① コート
② カッパ／レインコート
③ スーツ
④ ベスト
⑤ 靴下 <ruby>くつした</ruby>
⑥ ネックレス
⑦ シャツ
⑧ ベルト
⑨ ジーンズ
⑩ イヤリング
⑪ スカーフ
⑫ T シャツ <ruby>ティー</ruby>
⑬ スカート
⑭ ブレスレット
⑮ 指輪 <ruby>ゆび わ</ruby>

⑯ セーター

⑲ タンクトップ

⑱ ドレス

⑳ ブラウス

居家篇

⑰ 下着 した・ぎ

㉑ 短パン たん

㉒ ズボン

㉓ ネクタイ

㉔ ミラー

01 コート
kô.to ①
大衣

02 カッパ / レインコート
ka.ppa / rê.n.kô.to ⓪ / ④
雨衣

03 スーツ
sû.tsu ①
西裝

04 ベスト
be.su.to ①
背心

05 靴下
くつ した
ku.tsu.shi.ta ②
襪子

06 ネックレス
ne.kku.re.su ①
項鍊

07 シャツ
sha.tsu ⓪
襯衫

08 ベルト
be.ru.to ⓪
皮帶

09 ジーンズ
jî.n.zu ①
牛仔褲

10 イヤリング
i.ya.ri.n.gu ①
（貼耳式或環狀）耳環

11 スカーフ
su.kâ.fu ②
圍巾

⑫ Tシャツ
ティー
ti.sha.tsu ⓪

T恤

⑬ スカート
su.kâ.to ②

裙子

⑭ ブレスレット
bu.re.su.re.tto ②

手環、手鍊

⑮ 指輪
ゆび わ
yu.bi.wa ⓪

戒指

⑯ セーター
sê.tâ ①

毛衣

⑰ 下着
した ぎ
shi.ta.gi ⓪

內衣

⑱ ドレス
do.re.su ①

洋裝

⑲ タンクトップ
ta.n.ku.to.ppu ④

無袖上衣、（女性）背心

⑳ ブラウス
bu.ra.u.su ②

女用襯衫

㉑ 短パン ta.n.pa.n ⓪
たん

短褲

㉒ ズボン zu.bo.n ② / ①

長褲

㉓ ネクタイ ne.ku.ta.i ①

領帶

㉔ ミラー mi.râ ①

鏡子

點讀發音 Track 074

大輔：あれっ、どうしたの。忘れ物したの。

由美：外がちょっと寒かったから、もう一枚着ようと思ったんだ。

大輔：あぁ、そうなんだ。

由美：ちょっとクローゼットから上着とってくれない。

大輔：いいよ、あの毛皮のコートでいい。

由美：うーん、そこまで寒くないからセーターでいいや。ありがとう。

大輔：咦，怎麼了？忘記東西了嗎？
由美：因為外面有點冷，所以想多穿一件衣服。
大輔：啊，原來是這樣。
由美：我去衣櫃拿一下外衣。
大輔：好啊，那件毛皮外套可以嗎？
由美：嗯～，因為還沒那麼冷，毛衣就可以了。謝謝。

青色のロボットがいるのはクローゼットじゃない！

藍色機器人不在衣櫃裡啦

　漫画ドラえもんで、ドラえもんはのびた君の部屋のあの狭いスペースで寝ていますね。あの場所の名前は「押入れ」といいます。日本の押入れとクローゼットは似ているようで全く異なるものです。押入れは元々布団を仕舞うために設計されているので、クローゼットよりも奥行きがあります。そして真ん中に中段という段があるのが特徴です。クローゼットは上にハンガーをかけるためのバーがあり、奥行きもハンガーより少し広い幅しかありません。ですからもしドラえもんがクローゼットで寝たら、きっと狭くて寝られないでしょうね。

02 ファスナー / チャック

01 マネキン

03 リボン

04 レース

05 フリル

06 あて布 ぬの

08 針 はり

07 メジャー / 巻尺 まきじゃく

09 ピン

10 糸 いと

11 チャコペン

13 針山 はりやま

15 指ぬき ゆび

12 安全ピン あんぜん

14 ボタン

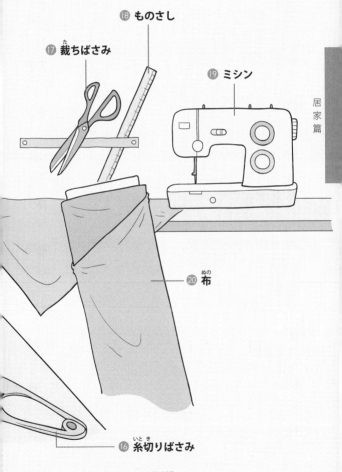

⑰ 裁ちばさみ

⑱ ものさし

⑲ ミシン

居家篇

⑳ 布

⑯ 糸切りばさみ

01 マネキン
ma.ne.ki.n ⓪

人型模特兒

02 ファスナー / チャック
fa.su.nâ / cha.kku ① / ①

拉鍊

03 リボン
ri.bo.n ①

緞帶

04 レース
rê.su ①

蕾絲

05 フリル
fu.ri.ru ①

衣服的花邊

06 あて布
a.te.nu.no ⓪

補丁

07 メジャー / 巻尺
me.jâ / ma.ki.ja.ku ① / ⓪

捲尺

08 針
ha.ri ①

針

09 ピン
pi.n ①

大頭針

10 糸
i.to ①

線

11 チャコペン
cha.ko.pe.n ⓪

做記號用的粉筆

⑫ **安全ピン**
<ruby>安<rt>あん</rt></ruby><ruby>全<rt>ぜん</rt></ruby>ピン
a.n.ze.n.pi.n ③

安全別針

⑬ **針山**
<ruby>針<rt>はり</rt></ruby><ruby>山<rt>やま</rt></ruby>
ha.ri.ya.ma ⓪

針插

⑭ **ボタン**
bo.ta.n ⓪

扣子

⑮ **指ぬき**
<ruby>指<rt>ゆび</rt></ruby>ぬき
yu.bi.nu.ki ⓪

頂針

⑯ **糸切りばさみ**
<ruby>糸<rt>いと</rt></ruby><ruby>切<rt>き</rt></ruby>りばさみ
i.to.ki.ri.ba.sa.mi ⑤

小型刀剪

⑰ **裁ちばさみ**
<ruby>裁<rt>た</rt></ruby>ちばさみ
ta.chi.ba.sa.mi ③

裁縫用剪刀

⑱ **ものさし**
mo.no.sa.shi ③

尺

⑲ **ミシン**
mi.shi.n ①

縫紉機

⑳ **布**
<ruby>布<rt>ぬの</rt></ruby>
nu.no ⓪

布

たかし: まず何からしたらいいかな。

静香: 定規で長さを計って、
それからチャコペンで線を引いて。

たかし: わかった。線を引き終わった布はどこ
に置けばいい。

静香: その棚に重ねて置いておいて、後でタ
チバサミで切るから。

たかし: それにしても、手作りで洋服をつくる
のって大変だね。

静香: そうだね。でも大学の課題だしがんば
らなくちゃね。

剛志: 首先要從哪裡開始好呢?
静香: 先用尺量一下長度,然後用粉筆畫出線來。
剛志: 我知道了。畫好線以後,布要放哪裡比較好呢?
静香: 重疊地放在那個架子上,之後再用剪刀剪開。
剛志: 話說回來,手工做衣服真的很辛苦耶。
静香: 對啊。但是因為這是大學裡的功課,所以要加油一下囉。

着なくなった和服を再利用！

將不穿了的和服再利用！

居家篇

日本の伝統的な服といえば和服ですね。でも成人式や結婚式等の行事のときだけ着るという人も多くなったため、お気に入りの和服なのに家に置いたままだという人もたくさんいます。好きなものを使う事ができないのは少し寂しい気がしますよね。そういう人たちのため、最近は和服を別のものにリフォームするという仕事がでてきました。

02 世界地図 (せかいちず)

01 地球儀 (ちきゅうぎ)

12 テディベア。

03 勉強机 (べんきょうづくえ)

04 デスクライト/
スタンドライト

06 折り紙 (お がみ)

05 ミニカー

13 人形 (にんぎょう)

07 スケッチブック

09 色鉛筆 (いろえんぴつ)

08 クレヨン

14 積み木 (つ き)

10 椅子 (いす)

11 ランドセル

⑮ 二段ベッド
にだん

⑯ はしご

⑰ グローブ

⑱ 怪獣
かいじゅう

⑲ ラジコン

⑳ ロボット

㉑ 絵本
えほん

㉒ ボール

01 地球儀
ち きゅう ぎ
chi.kyû.gi ②

地球儀

02 世界地図
せ かい ち ず
se.ka.i.chi.zu ④

世界地圖

03 勉強机
べん きょうづくえ
be.n.kyô.zu.ku.e ⑤

書桌

04 デスクライト / スタンドライト
de.su.ku.ra.i.to/ su.ta.n.do.ra.i.to ④ / ⑤

（書桌上）
檯燈

05 ミニカー
mi.ni.kâ ②

迷你車

06 折り紙
お がみ
o.ri.ga.mi ②

折紙

07 スケッチブック
su.ke.cchi.bu.kku ⑤

畫本

08 クレヨン
ku.re.yo.n ②

蠟筆

09 色鉛筆
いろ えん ぴつ
i.ro.e.n.pi.tsu ③

色鉛筆

10 椅子
い す
i.su ⓪

椅子

11 ランドセル
ra.n.do.se.ru ③ / ④

書包

⑫ テディベア
te.di.be.a ③
泰迪熊

⑬ 人形
にんぎょう
ni.n.gyô ⓪
玩偶、娃娃

⑭ 積み木
つ　　き
tsu.mi.ki ⓪
積木

⑮ 二段ベッド
に　だん
ni.da.n.be.ddo ④
上下鋪的床

⑯ はしご
ha.shi.go ⓪
梯子

⑰ グローブ
gu.rô.bu ②
棒球手套

⑱ 怪獣
かいじゅう
ka.i.jû ⓪
怪獸

⑲ ラジコン
ra.ji.ko.n ⓪
搖控車

⑳ ロボット
ro.bo.tto ①
機器人

㉑ 絵本
え　ほん
e.ho.n ②
繪本

㉒ ボール
bô.ru ⓪
球

居家篇

お父<ruby>とう</ruby>さん：またこんなにちらかしてる。

美花<ruby>みか</ruby>：だって今<ruby>いま</ruby>遊<ruby>あそ</ruby>んでいるんだもん。

お父<ruby>とう</ruby>さん：後<ruby>あと</ruby>でちゃんと片付<ruby>かたづ</ruby>けるんだよ。

美花<ruby>みか</ruby>：はーい。

お父<ruby>とう</ruby>さん：絵本<ruby>えほん</ruby>はちゃんと本棚<ruby>ほんだな</ruby>に並<ruby>なら</ruby>べて、色鉛筆<ruby>いろえんぴつ</ruby>もケースに入<ruby>い</ruby>れてね。

美花<ruby>みか</ruby>：うん、わかってるよ。

お父<ruby>とう</ruby>さん：ちゃんと片付<ruby>かたづ</ruby>けたら、一緒<ruby>いっしょ</ruby>におやつを食<ruby>た</ruby>べよう。

爸爸：　怎麼又這麼亂七八糟啊。
美花：　因為我現在正在玩嘛。
爸爸：　玩完之後要整理好喔。
美花：　好啦。
爸爸：　繪本要好好地收在書櫃裡，色鉛筆也要放進鉛筆盒裡唷。
美花：　好，我知道了啦。
爸爸：　整理好之後，我們一起吃點心吧。

子供に関す ることわざ

跟孩子有關的諺語

居家篇

子は鎹

子に対する愛情によって、仲の悪い夫婦の関係も融和され、夫婦の縁がつなぎ保たれること。

可愛い子には旅をさせよ

子どもがかわいければ、甘やかして育てるよりも苦しい旅行をさせて辛苦をなめさせた方がいい。親のもとを離れて実社会に出すのがいいということ。

子に過ぎたる宝なし

「子供は、どんな宝よりも、まさっているものである」、ということ。

08 嬰兒房 赤ちゃんの部屋

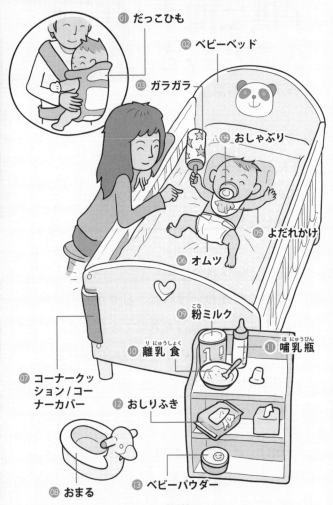

01 だっこひも

02 ベビーベッド

03 ガラガラ

04 おしゃぶり

05 よだれかけ

06 オムツ

07 コーナークッション／コーナーカバー

08 おまる

09 粉ミルク

10 離乳食

11 哺乳瓶

12 おしりふき

13 ベビーパウダー

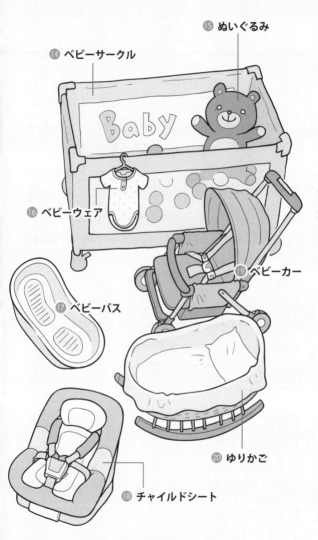

⑭ ベビーサークル

⑮ ぬいぐるみ

⑯ ベビーウェア

⑰ ベビーバス

⑲ ベビーカー

⑱ チャイルドシート

⑳ ゆりかご

01 だっこひも
da.kko.hi.mo ③

背巾

02 ベビーベッド
be.bî.be.ddo ④

嬰兒床

03 ガラガラ
ga.ra.ga.ra ⓪

沙鈴（或其他會發出聲音的玩具）

04 おしゃぶり
o.sha.bu.ri ②

奶嘴

05 よだれかけ
yo.da.re.ka.ke ③

圍兜

06 オムツ
o.mu.tsu ②

尿布

07 コーナークッション / コーナーカバー
kô.nâ.ku.ssho.n / kô.nâ.ka.bâ ⑤ / ⑤

防撞貼條

08 おまる
o.ma.ru ②

嬰兒馬桶

09 粉ミルク
こな
ko.na.mi.ru.ku ③

奶粉

10 離乳食
り にゅうしょく
ri.nyû.sho.ku ②

副食品（粥或泥狀食物）

11 哺乳瓶
ほ にゅうびん
ho.nyû.bi.n ②

奶瓶

⓬ おしりふき
o.shi.ri.fu.ki ③

濕紙巾

⓭ ベビーパウダー
be.bî.pa.u.dâ ④

嬰兒爽身粉

⓮ ベビーサークル
be.bî.sâ.ku.ru ④

嬰兒遊戲床（欄）

⓯ ぬいぐるみ
nu.i.gu.ru.mi ⓪

絨毛玩具

⓰ ベビーウェア
be.bî.w.e.a ④

嬰兒服

⓱ ベビーバス
be.bî.ba.su ④

嬰兒澡盆

⓲ チャイルドシート
cha.i.ru.do.shî.to ⑤

汽車座椅

⓳ ベビーカー
be.bî.kâ ②

嬰兒推車

⓴ ゆりかご
yu.ri.ka.go ②

搖籃

點讀發音 Track 083

妻: この子はいつごろ話せるようになるのか
しら。

夫: 先生の話だと、1歳から2歳の間くらい
みたいだよ。

妻: 早く一緒に色々お話してみたいな。

夫: うん、そうだね。この子はどんな子にな
るのかな。

妻: どうだろうね。まだ想像もできないな。

夫: うん、とにかく元気に大きくなってくれ
たらいいね。

妻: そうね、健康が一番だものね。

妻: 不知道這個孩子什麼時候開始會說話。
夫: 醫生說,大概 1 到 2 歲這段期間就會說了喔。
妻: 好想趕快跟他一起說很多很多話啊。
夫: 嗯,對啊。這個孩子會變成什麼樣的人呢?
妻: 真是無法想像啊。
夫: 對啊,總之還是先健康地長大比較好吧。
妻: 說的也是,健康才是最重要的呢。

赤ちゃんに関する

風習 有關嬰兒的風俗習慣

居家篇

帯祝い（妊娠５ヶ月）

妊娠してから初めてのお祝いです。妊娠５ヶ月になると、赤ちゃんが順調に発育し、流産の心配が少なくなります。この時期に安産を願ってお母さんのお腹に帯を巻きます。

お七夜（生まれてから７日目）

赤ちゃんの名前のお披露目と、健康を祈願して行われます。「名付け祝い」とも呼ばれています。以前は親戚まで招いておこなわれたようですが、今は夫婦が両家の両親を招くという形がおおいようです。

02 湿布
しっぷ

03 風邪薬
かぜぐすり

04 冷却シート
れいきゃく

01 ビタミン剤
ざい

05 のど飴
あめ

06 包帯
ほうたい

07 胃腸薬
いちょうやく

08 便秘薬
べんぴやく

09 目薬（めぐすり）

10 絆創膏（ばんそうこう）

11 毛抜き（けぬき）

圖解單字

01 ビタミン剤（ざい）bi.ta.mi.n.za.i ⓪ 維他命錠

02 湿布（しっぷ）shi.ppu ⓪ 貼布

03 風邪薬（かぜぐすり）ka.ze.gu.su.ri ③ 感冒藥

04 冷却シート（れいきゃく）rê.kya.ku.shî.to ⑤ 退熱貼

05 のど飴（あめ）no.do.a.me ② 喉糖

06 包帯（ほうたい）hô.ta.i ⓪ 繃帶

07 胃腸薬（いちょうやく）i.chô.ya.ku ② 胃腸藥

08 便秘薬（べんぴやく）be.n.pi.ya.ku ③ 便秘藥

09 目薬（めぐすり）me.gu.su.ri ② 眼藥水

10 絆創膏（ばんそうこう）ba.n.sô.kô ⓪ OK繃

11 毛抜き（けぬき）ke.nu.ki ⓪ 平口鑷子

⑫ かゆみ止め

⑭ ガーゼ

⑬ テーピングテープ

⑮ 綿棒

⑯ 体温計

⑰ ピンセット

⑱ 消毒液

⑲ 虫除け
スプレー

⓬ **かゆみ止め** ka.yu.mi.do.me ⓪ 止癢藥

⓭ **テーピングテープ** tê.pi.n.gu.tê.pu ⑥ 透氣膠布

⓮ **ガーゼ** gâ.ze ① 紗布

⓯ **綿棒** me.n.bô ① 棉花棒

⓰ **体温計** ta.i.o.n.kê ⓪ 體溫計

⓱ **ピンセット** pi.n.se.tto ③ 尖嘴鑷子

⓲ **消毒液** shô.do.ku.e.ki ④ 消毒藥水

⓳ **虫除けスプレー** mu.shi.yo.ke.su.pu.rê ⑥ 除蟲噴霧

⓴ **マスク** ma.su.ku ① 口罩

㉑ **はさみ** ha.sa.mi ③ 剪刀

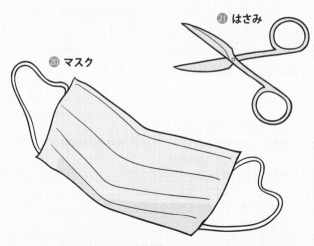

㉑ **はさみ**

⓴ **マスク**

點讀發音 Track 086

たくや： 風邪薬（かぜぐすり）ってどこにあるっけ。

理香（りか）： 隣（となり）の部屋（へや）の引（ひ）き出（だ）しの中（なか）だよ。どうしたの。調子（ちょうし）が悪（わる）いの。

たくや： うん、なんだか熱（ねつ）があるみたいなんだ。

理香（りか）： 咳（せき）は出（で）る。

たくや： 咳（せき）は出（で）ないけど、ちょっとふらふらする。

理香（りか）： ちょっと待（ま）って、今（いま）体温計（たいおんけい）持（も）ってくるから。

たくや： ありがとう。

拓也： 感冒藥放在哪裡呢？
理香： 在隔壁房間的抽屜裡啊。怎麼了？你哪裡不舒服嗎？
拓也： 嗯，總覺得好像熱熱的。
理香： 有咳嗽嗎？
拓也： 是沒有咳嗽啦，就是有一點暈暈的。
理香： 你等一下，我現在就去拿溫度計。
拓也： 謝啦。

富山の薬売り

富山售藥

居家篇

江戸時代の初め、日本全国で疫病が多発していましたが、薬は不十分で、薬や医療はお金が少ない庶民にとって手の届かない存在でした。そこで当時の富山藩藩主は「薬を人の行き来が少ない土地にも届け、人々を助ける」という訓示を出し、常備薬が入った薬箱を各家庭に無料で配布しました。半年後訪問して薬を補充し、利用した薬の代金を支払ってもらうようにしました。「使うことが先、利益は後から」という理念は、富山売薬の創業当初から現代まで脈々と受け継がれています。

① ポスター

② カレンダー

③ パソコン

④ プリンター

⑥ マウス

⑧ ボールペン

⑦ キーボード

⑪ 手帳 てちょう

⑨ スピーカー

⑩ ヘッドホン

⑬ 本棚
ほんだな

⑭ 漫画
まんが

⑮ 写真立て / フォトフレーム
しゃしんた

⑤ 観葉植物
かんようしょくぶつ

⑯ ファイル

⑫ タブレット

⑰ 小説
しょうせつ

⑱ 雑誌
ざっし

⑲ 図鑑
ずかん

居家篇

2020

土 日
6
13 20
27

01 ポスター
po.su.tâ ①
海報

02 カレンダー
ka.re.n.dâ ②
月曆

03 パソコン
pa.so.ko.n ⓪
桌上型電腦

04 プリンター
pu.ri.n.tâ ⓪
印表機

05 観葉植物
ka.n.yô.sho.ku.bu.tsu ⑥
盆栽

06 マウス
ma.u.su ①
滑鼠

07 キーボード
kî.bô.do ③
鍵盤

08 ボールペン
bô.ru.pe.n ⓪
原子筆

09 スピーカー
su.pî.kâ ②
喇叭

10 ヘッドホン
he.ddo.ho.n ③
頭戴式耳機

11 手帳
te.chô ⓪
筆記本

⑫ **タブレット**
ta.bu.re.tto ①

平板電腦

---

⑬ **本棚** <ruby>本<rt>ほん</rt></ruby><ruby>棚<rt>だな</rt></ruby>
ho.n.da.na ①

書櫃

---

⑭ **漫画** <ruby>漫<rt>まん</rt></ruby><ruby>画<rt>が</rt></ruby>
ma.n.ga ⓪

漫畫

---

⑮ **写真立て / フォトフレーム** <ruby>写<rt>しゃ</rt></ruby><ruby>真<rt>しん</rt></ruby><ruby>立<rt>た</rt></ruby>て
sha.shi.n.ta.te / fo.to.fu.rê.mu ② / ④

相框

---

⑯ **ファイル**
fa.i.ru ①

檔案夾

---

⑰ **小説** <ruby>小<rt>しょう</rt></ruby><ruby>説<rt>せつ</rt></ruby>
shô.se.tsu ⓪

小說

---

⑱ **雑誌** <ruby>雑<rt>ざっ</rt></ruby><ruby>誌<rt>し</rt></ruby>
za.sshi ⓪

雜誌

---

⑲ **図鑑** <ruby>図<rt>ず</rt></ruby><ruby>鑑<rt>かん</rt></ruby>
zu.ka.n ⓪

圖鑑

由美：ご飯できたよ。

信一：あぁ、お腹すいた。

由美：先に手を洗ってね。

信一：お父さんまだ書斎から出てこないね。

由美：プリンターで印刷している音がするか
　　　ら、まだ仕事をしているんじゃない。

信一：今は呼ばないほうがいいかな。

由美：そうね、最近仕事が忙しいみたいだか
　　　らね。後で部屋まで持って行ってあげま
　　　しょう。

由美： 飯做好了唷。
信一： 啊，肚子好餓啊。
由美： 先去洗手吧。
信一： 爸爸還沒從書房裡出來耶。
由美： 我聽到印表機在列印的聲音，可能工作還沒做完吧。
信一： 我想現在還是不要叫他比較好吧。
由美： 說的也是，最近工作好像比較忙耶。等一下我再端去房間給他
　　　吃好了。

書斎はお父さんの夢

書房是爸爸們的夢想

「家を建てるぞ！」と一世一代の決意をしたお父さん。家族に「間取りはどうする」と相談します。子供部屋、広いキッチン、ゆったりしたリビング、庭、広いお風呂…。家族のリクエストは止まりません。でも、お父さんだって、書斎を持ちたい！書斎を持つのは男の夢なんだ！

ですが、最終的な設計図はどうでしょう。残念ながら、お父さんの書斎がどこにも見当たらないという結末が待っていることも多いようです…。頑張れ、お父さん達！

居家篇

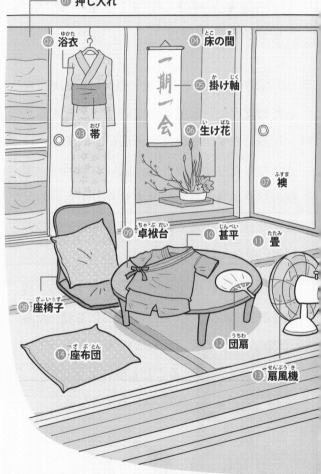

01 押し入れ（おし・い・れ）

02 浴衣（ゆかた）

03 帯（おび）

04 床の間（とこ・の・ま）

05 掛け軸（か・じく）

06 生け花（い・ばな）

07 襖（ふすま）

08 座椅子（ざ・い・す）

09 卓袱台（ちゃ・ぶ・だい）

10 甚平（じんべい）

11 畳（たたみ）

12 団扇（うちわ）

13 扇風機（せんぷうき）

14 座布団（ざ・ぶ・とん）

⑰ 風鈴（ふうりん）

⑯ 招き猫（まねきねこ）

⑮ 達磨（だるま）

⑱ 障子（しょうじ）

⑲ 縁側（えんがわ）

⑳ 雪駄（せった）

01 押し入れ
o.shi.i.re ⓪

壁櫥

02 浴衣
yu.ka.ta ⓪

夏季穿的輕薄和式單衣

03 帯
o.bi ①

（和服上的）腰帶

04 床の間
to.ko.no.ma ⓪

客廳中的凹間

05 掛け軸
ka.ke.ji.ku ②

掛軸、掛字畫

06 生け花
i.ke.ba.na ②

插花擺設

07 襖
fu.su.ma ⓪

和式拉門

08 座椅子
za.i.su ⓪

和室椅

09 卓袱台
cha.bu.da.i ⓪

矮腳飯桌

10 甚平
ji.n.bê ①

夏季和服短袖上衣

11 畳
ta.ta.mi ⓪

榻榻米

⑫ 団扇
う.ち.わ
u.chi.wa ②

團扇

⑬ 扇風機
せん ぷう き
se.n.pû.ki ③

電風扇

⑭ 座布団
ざ ぶ とん
za.bu.to.n ②

布坐墊

⑮ 達磨
だるま
da.ru.ma ⓪

達摩不倒翁人偶

⑯ 招き猫
まね ねこ
ma.ne.ki.ne.ko ④

招財貓

⑰ 風鈴
ふう りん
fû.ri.n ⓪

風鈴

⑱ 障子
しょう じ
shô.ji ⓪

格子門

⑲ 縁側
えん がわ
e.n.ga.wa ⓪

走廊

⑳ 雪駄
せっ た
se.tta ⓪

皮製鞋底的鞋履

居家篇

たかし：**お邪魔します。**

静香：**はい、どうぞ入って。**

たかし：**わぁ、和室なんだ。和室ってやっぱりいい香りがするね。**

静香：**うん、そうだよね。なんだか落ち着く香りだよね。あっ、好きな場所に座ってね。はい、座布団。**

たかし：**ありがとう。縁側まであるんだ。**

静香：**そうだよ、夏にはここから花火が見えるんだよ。**

たかし：**へぇ、それはいいね。**

剛志：打擾了。

静香：來，請進。

剛志：哇，是和室耶。和室的味道果然很香。

静香：嗯，就是說啊。總覺得有種沉靜的香味呢。啊，找個喜歡的地方坐下來吧。來，這是坐墊。

剛志：謝謝。連走廊都有啊。

静香：對啊，夏天的時候還可以在這裡看到煙火喔。

剛志：喔，那真好呢。

一期一会って何？

いちごいちえ / なに

什麼是一期一會？

床の間にかかっている掛け軸に、「一期一会」と書いてありますね。これは茶道由来のことわざで、「あなたと今あっているこの時間は二度と来ないたった一度のもの、だから大事にしましょう」という意味です。この言葉を考えたのは、日本の茶道の創始者ともいえる千利休の弟子、山上宗二（1544-1590）です。お客さんとの時間を大切にする日本のおもてなしの心が表れた良い言葉ですよね。

居家篇

01 テレビ/液晶テレビ

02 やかん

03 ストーブ

04 招き猫

05 編み物

06 毛玉

08 <ruby>雪<rt>ゆき</rt></ruby>だるま

07 <ruby>雪<rt>ゆき</rt></ruby>

11 マフラー

12 こたつ

09 <ruby>湯<rt>ゆ</rt></ruby>たんぽ

10 <ruby>半纏<rt>はんてん</rt></ruby>

14 <ruby>お茶<rt>ちゃ</rt></ruby>

13 リモコン

16 みかん

15 <ruby>猫<rt>ねこ</rt></ruby>

17 <ruby>湯<rt>ゆ</rt></ruby>のみ

18 <ruby>急須<rt>きゅうす</rt></ruby>

19 <ruby>電気<rt>でんき</rt></ruby>ポット

01 テレビ / 液晶テレビ（えきしょう）
te.re.bi / e.ki.shô.te.re.bi ① / ⑤

電視；液晶電視

02 やかん
ya.ka.n ⓪

水壺

03 ストーブ
su.tô.bu ②

暖爐

04 招き猫（まね・ねこ）
ma.ne.ki.ne.ko ④

招財貓

05 編み物（あ・もの）
a.mi.mo.no ②

編織物

06 毛玉（け・だま）
ke.da.ma ⓪

毛線球

07 雪（ゆき）
yu.ki ②

雪

08 雪だるま（ゆき）
yu.ki.da.ru.ma ③

雪人

09 湯たんぽ（ゆ）
yu.ta.n.po ②

熱水袋

10 半纏（はん・てん）
ha.n.te.n ③

短上衣掛

11 マフラー
ma.fu.râ ①

圍巾

⑫ こたつ
ko.ta.tsu ⓪

被爐

⑬ リモコン
ri.mo.ko.n ⓪

搖控器

⑭ お茶
o.cha ⓪

茶

⑮ 猫
ne.ko ①

貓咪

⑯ みかん
mi.ka.n ①

橘子

⑰ 湯のみ
yu.no.mi ③

茶杯

⑱ 急須
kyû.su ⓪

（泡茶用的）小茶壺

⑲ 電気ポット
de.n.ki.po.tto ④

電水壺

たかし： わぁ、暖かいね。

静香： 冬はやっぱりこたつが一番だね。

たかし： そうだね、一度入ったらもう出られないよね。

静香： 見て、外は雪が降っているよ。

たかし： 本当だ。これは積もりそうだね。

静香： 嫌だなぁ、明日は月曜日なのに。

たかし： うん、電車も止まるかもね。

剛志： 哇，好暖和喔。
靜香： 冬天還是有被爐最好了。
剛志： 就是說啊，只要一躲進去就不想再出來了呢。
靜香： 你看，外面在下雪了耶。
剛志： 真的耶。這樣會積雪耶。
靜香： 討厭啦，明天是星期一耶。
剛志： 嗯，電車也有可能會停駛呢。

日本の暖房器具
こたつ！

日本的暖房用具—被爐

居家篇

　寒い冬にはかかせない「こたつ」の起源は中国から僧侶がもたらした行火だといわれています。昔は木炭や練炭を容器に入れて使っていましたが、戦後電気こたつが登場しました。最初のころに発売されていたこたつは熱源部分が白かったのですが、お客は「これは本当に温まるのか」と、なかなか売り上げが伸びませんでした。そこで企業は１９６０年ごろに温かさがちゃんと伝わるように熱源部分を赤くしたところ売り上げが伸びました。

01 コップ

02 フォーク

03 スプーン

04 野菜炒め <ruby>野菜炒め<rt>やさいいた</rt></ruby>

05 炊飯ジャー <ruby>炊飯<rt>すいはん</rt></ruby>

06 漬物 <ruby>漬物<rt>つけもの</rt></ruby>

07 しゃもじ

08 醤油 <ruby>醤油<rt>しょうゆ</rt></ruby>

09 小鉢 <ruby>小鉢<rt>こばち</rt></ruby>

⑩ 箸 <ruby>箸<rt>はし</rt></ruby>

⑪ ご飯 <ruby>ご飯<rt>はん</rt></ruby>

⑫ ご飯茶碗 <ruby>ご飯茶碗<rt>はんぢゃわん</rt></ruby>

⑮ 焼き魚 <ruby>焼き魚<rt>や ざかな</rt></ruby>

⑬ 箸置き <ruby>箸置き<rt>はし お</rt></ruby>

⑭ 長皿 <ruby>長皿<rt>ながざら</rt></ruby>

⑯ とっくり

⑱ 味噌汁 <ruby>味噌汁<rt>み そ しる</rt></ruby>

⑰ お猪口 <ruby>お猪口<rt>ちょこ</rt></ruby>

⑳ おぼん / トレー

⑲ 味噌汁茶碗 / 汁碗 <ruby>味噌汁茶碗<rt>み そ しるぢゃわん</rt></ruby> / <ruby>汁碗<rt>しるわん</rt></ruby>

01 コップ
ko.ppu ⓪ — 杯子

02 フォーク
fô.ku ① — 叉子

03 スプーン
su.pû.n ② — 湯匙

04 野菜炒め
ya.sa.i.i.ta.me ④ — 炒蔬菜

05 炊飯ジャー
su.i.ha.n.jâ ⑤ — 電子鍋

06 漬物
tsu.ke.mo.no ⓪ — 醃漬醬菜

07 しゃもじ
sha.mo.ji ① — 飯杓

08 醤油
shô.yu ⓪ — 醬油

09 小鉢
ko.ba.chi ① — 小碟子

10 箸
ha.shi ① — 筷子

11 ご飯
go.ha.n ① — 飯

⓬ ご飯茶碗
ご<ruby>飯<rt>はん</rt></ruby><ruby>茶<rt>ぢゃ</rt></ruby><ruby>碗<rt>わん</rt></ruby>
go.ha.n.ja.wa.n ④

飯碗

⓭ 箸置き
<ruby>箸<rt>はし</rt></ruby><ruby>置<rt>お</rt></ruby>き
ha.shi.o.ki ②

筷架

⓮ 長皿
<ruby>長<rt>なが</rt></ruby><ruby>皿<rt>ざら</rt></ruby>
na.ga.za.ra ⓪

長盤

⓯ 焼き魚
<ruby>焼<rt>や</rt></ruby>き<ruby>魚<rt>ざかな</rt></ruby>
ya.ki.za.ka.na ③

烤魚

⓰ とっくり
to.kku.ri ⓪

清酒壺

⓱ お猪口
お<ruby>猪口<rt>ちょこ</rt></ruby>
o.cho.ko ②

小酒杯

⓲ 味噌汁
<ruby>味<rt>み</rt></ruby><ruby>噌<rt>そ</rt></ruby><ruby>汁<rt>しる</rt></ruby>
mi.so.shi.ru ③

味噌湯

⓳ 味噌汁茶碗 / 汁碗
<ruby>味<rt>み</rt></ruby><ruby>噌<rt>そ</rt></ruby><ruby>汁<rt>しる</rt></ruby><ruby>茶<rt>ぢゃ</rt></ruby><ruby>碗<rt>わん</rt></ruby> / <ruby>汁<rt>しる</rt></ruby><ruby>碗<rt>わん</rt></ruby>
mi.so.shi.ru.ja.wa.n / shi.ru.wa.n ⑤ / ⓪

湯碗

⓴ おぼん / トレー
o.ba.n / to.rê ⓪ / ②

（木製）托盤

居家篇

父：ご飯の前に手を洗った。

理子：うん、もう洗ったよ。

父：はい、じゃあいただきます。

理子：いただきまーす。

父：お箸をちゃんと持ちなさい。

理子：はーい。ねぇお父さん、これ何て魚。

父：それは平目っていう魚だよ。

爸爸： 吃飯之前要洗手喔。
理子： 嗯，已經洗過了啦。
爸爸： 好，那我們開動吧。
理子： 我要開動了！
爸爸： 筷子請拿好。
理子： 好啦。爸爸，這是什麼魚啊？
爸爸： 那就是比目魚唷。

日本のお米は 300 種類！？

日本的米有300種！？

日本の食卓といえば、欠かせないのはお米ですね。日本にはコシヒカリ、ササニシキ、ひとめぼれ等、ブランド米といわれる人気のお米があります。実はこれ以外にも日本国内には 300 種類もの品種のお米があるとのことです。

ご飯を炊く炊飯器にもこだわる人が増えていて、10 万前後もする高級炊飯器もかなりの台数が売れています。

01 換気扇 （かん き せん）

02 フライ返し （がえ）

03 中華なべ （ちゅう か）

04 フライパン

05 コンロ

06 オーブン

07 魚焼きグリル （さかな や）

08 オーブンミトン

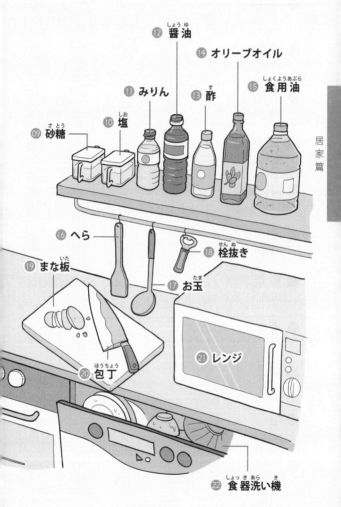

⑫ 醤油（しょうゆ）

⑭ オリーブオイル

⑪ みりん

⑬ 酢（す）

⑮ 食用油（しょくようあぶら）

⑨ 砂糖（さとう）

⑩ 塩（しお）

⑯ へら

⑱ 栓抜き（せんぬき）

⑲ まな板（いた）

⑰ お玉（たま）

⑳ 包丁（ほうちょう）

㉑ レンジ

㉒ 食器洗い機（しょっきあらいき）

01 換気扇
かんきせん
ka.n.ki.se.n ⓪

抽油煙機

02 フライ返し
がえ
fu.ra.i.ga.e.shi ④

鍋鏟

03 中華なべ
ちゅうか
chû.ka.na.be ④

中式炒菜鍋

04 フライパン
fu.ra.i.pa.n ⓪

平底鍋

05 コンロ
ko.n.ro ①

瓦斯爐

06 オーブン
ô.bu.n ①

烤箱

07 魚焼きグリル
さかなや
sa.ka.na.ya.ki.gu.ri.ru ⑥

烤魚專用烤箱

08 オーブンミトン
ô.bu.n.mi.to.n ⑤

隔熱手套

09 砂糖
さとう
sa.tô ②

砂糖

10 塩
しお
shi.o ②

鹽巴

11 みりん
mi.ri.n ⓪

味醂

⑫ しょう ゆ
醤油
shô.yu ⓪

醬油

---

⑬ す
酢
su ①

醋

---

⑭ **オリーブオイル**
o.rî.bu.o.i.ru ⑤

橄欖油

---

⑮ しょくよう あぶら
食用油
sho.ku.yô.a.bu.ra ⑤

料理油

---

⑯ **へら**
he.ra ①

小煎鏟

---

⑰ たま
お玉
o.ta.ma ②

湯杓

---

⑱ せん ぬ
栓抜き
se.n.nu.ki ③

開瓶器

---

⑲ いた
まな板
ma.na.i.ta ⓪

砧板

---

⑳ ほう ちょう
包丁
hô.chô ⓪

菜刀

㉑ **レンジ**
re.n.ji ①

微波爐

㉒ しょっ き あら き
食器洗い機
sho.kki.a.ra.i.ki ⑥

洗碗機

點讀發音 Track 101

正人（まさと）: 何を手伝ったらいい。

裕子（ゆうこ）: じゃあまず食器洗い機の中の食器を食器棚にしまってくれる。

正人（まさと）: わかった。

裕子（ゆうこ）: それが終わったら、レンジの中のジャガイモを出して。それから、そこのまな板で切ってね。

正人（まさと）: うん、あれっ包丁はどこだっけ。

裕子（ゆうこ）: その棚のところよ。

正人： 我可以幫什麼忙嗎？

裕子： 那先把洗碗機裡的餐具放到餐具櫃裡好了。

正人： 我知道了。

裕子： 完成以後，把微波爐裡的馬鈴薯拿出來。然後，在那邊的砧板上切一切吧。

正人： 好，咦，菜刀放哪裡了？

裕子： 在那個架子上啦。

ずぼらご飯 懶人料理

日本は今夫婦共働きが増えていて、忙しい親たちは「子どもにちゃんと料理を作ってあげる時間が作れない」と、悩んでいる人がたくさんいます。そんな中、日本ではある料理方法が流行っています。

それが「ずぼらご飯」です。ずぼらは本来するべきことをしなかったり、だらしがないことを表す言葉ですが、このずぼらご飯は、簡単で早くできる親たちの味方で、たくさんの料理本も出版されています。

239

01 コンセント

05 卵 たまご

04 冷凍庫 れいとうこ

08 牛乳 ぎゅうにゅう

02 プラグ

06 冷蔵庫 れいぞうこ

03 オーブン

07 チョコレート

09 野菜室 やさいしつ

10 パイ

11 テーブルクロス

12 ベーキングシート

13 クッキー

⑭ エプロン

⑮ ケーキ

⑯ めん棒

⑰ 粉ふるい

⑱ ボウル

⑲ ミキサー

⑳ 砂糖

㉓ 計量器

㉒ 小麦粉

㉑ ベーキングパウダー

01 コンセント
ko.n.se.n.to ①
插座

02 プラグ
pu.ra.gu ①
插頭

03 オーブン
ô.bu.n ①
烤箱

04 冷凍庫
rê.tô.ko ③
冷凍庫

05 卵
ta.ma.go ②
蛋

06 冷蔵庫
rê.zô.ko ③
冷藏室

07 チョコレート
cho.ko.rê.to ③
巧克力

08 牛乳
gyû.nyû ⓪
牛奶

09 野菜室
ya.sa.i.shi.tsu ③
蔬果保鮮室

10 パイ
pa.i ①
派

11 テーブルクロス
tê.bu.ru.ku.ro.su ⑤
桌布

⓬ ベーキングシート
bê.ki.n.gu.shî.to ⑥

烘焙用紙

⓭ クッキー
ku.kkî ①

餅乾

⓮ エプロン
e.pu.ro.n ①

圍裙

⓯ ケーキ
kê.ki ①

蛋糕

⓰ めん棒
me.n.bô ①

麵棍

⓱ 粉ふるい
ko.na.fu.ru.i ③

篩網

⓲ ボウル
bô.ru ⓪

大盆子

⓳ ミキサー
mi.ki.sâ ①

攪拌器

⓴ 砂糖
sa.tô ②

砂糖

㉑ ベーキングパウダー
bê.ki.n.gu.pa.u.dâ ⑥

泡打粉、發粉

㉒ 小麦粉
ko.mu.gi.ko ⓪

麵粉

㉓ 計量器
kê.ryô.ki ③

料理秤

點讀發音 Track 104

愛子_{あいこ}： どんな味_{あじ}のクッキーを作_{つく}ろうか。

雄太_{ゆうた}： チョコレートクッキーがいい。

愛子_{あいこ}： いいね、じゃあそこのチョコレートを好_すきな大_{おお}きさに割_わって。

雄太_{ゆうた}： うん、割_わったチョコレートはどうするの。

愛子_{あいこ}： そのボールに入_いれて、ほかの材料_{ざいりょう}と混_まぜてね。

雄太_{ゆうた}： うん、わかった。

愛子： 要做什麼口味的餅乾呢？
雄太： 巧克力餅乾好了。
愛子： 不錯喔，那把那邊的巧克力折成喜歡的大小吧。
雄太： 嗯，折好的巧克力要怎麼處理呢？
愛子： 放進那個碗裡，再跟其他的材料混合攪拌吧。
雄太： 好，我知道了。

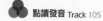
「おやつ」の由来

「點心」的由来

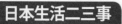

居家篇

　その昔、一日二食の時代に、農民たちが体力を維持するために休憩時間に取っていた間食のことを「おやつ」と呼んでいました。ちょうどその時間が、古い日本の言い方で、「八時（今の午後二時頃）」だったからです。

　「おやつ」というと甘い物を食べるイメージがありますが、ヨーロッパのアフタヌーンティーではサンドイッチなども出てきますね。食事と食事の間隔が空きすぎるようなときなどに、軽い「おやつ」で食事時間の調整をしてみましょう。もちろん、食べすぎはいけませんよ。

03 シェービングクリーム

01 ヘアアイロン

04 電気シェーバー / でんき
髭剃り ひげ そ

02 ドライヤー

05 ヘアワックス

06 ヘアブラシ

07 糸ようじ いと

08 乾燥機 かんそうき

09 洗濯籠 せんたくかご

10 洗濯機 せんたくき

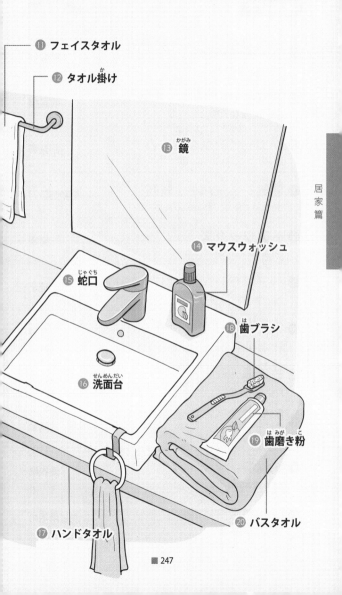

⑪ フェイスタオル

⑫ タオル掛け

⑬ 鏡

居家篇

⑭ マウスウォッシュ

⑮ 蛇口

⑱ 歯ブラシ

⑯ 洗面台

⑲ 歯磨き粉

⑰ ハンドタオル

⑳ バスタオル

01 ヘアアイロン
he.a.a.i.ro.n ④ — 整髮器

02 ドライヤー
do.ra.i.yâ ⓪ / ② — 吹風機

03 シェービングクリーム
shê.bi.n.gu.ku.rî.mu ⑦ — 刮鬍膏

04 電気シェーバー / 髭剃り
de.n.ki.shê.bâ / hi.ge.so.ri ④ / ③ — 電動刮鬍刀

05 ヘアワックス
he.a.wa.kku.su ③ — 髮蠟

06 ヘアブラシ
he.a.bu.ra.shi ③ — 梳子

07 糸ようじ
i.to.yô.ji ③ — 牙線

08 乾燥機
ka.n.sô.ki ③ — 乾衣機

09 洗濯籠
se.n.ta.ku.ka.go ④ — 洗衣籃

10 洗濯機
se.n.ta.ku.ki ④ — 洗衣機

11 フェイスタオル
fê.su.ta.o.ru ④ — 洗臉用毛巾

⓬ タオル掛け
か
ta.o.ru.ka.ke ③

毛巾架

⓭ 鏡
かがみ
ka.ga.mi ③

鏡子

⓮ マウスウォッシュ
ma.u.su.wo.sshu ④

漱口水

⓯ 蛇口
じゃ ぐち
ja.gu.chi ⓪

水龍頭

⓰ 洗面台
せん めん だい
se.n.me.n.da.i ⓪

洗臉台

⓱ ハンドタオル
ha.n.do.ta.o.ru ④

擦手用毛巾

⓲ 歯ブラシ
は
ha.bu.ra.shi ②

牙刷

⓳ 歯磨き粉
は みが こ
ha.mi.ga.ki.ko ③

牙膏

⓴ バスタオル
ba.su.ta.o.ru ③

浴巾

居家篇

敦：ねぇ、押さないでよ。

由加：もう少しそっちに行ってよ。顔が洗えないよ。

敦：ちょっと待ってよ。今、歯を磨いているんだから。

由加：早くしないと、学校に遅れちゃうよ。

敦：えっ、もうこんな時間なの。

由加：だから言ってるでしょう。

敦：うわっ、急がなくちゃ。

敦：喂，不要推我啦。

由加：你站過去那邊一點啦。我還沒洗臉耶。

敦：等一下嘛。我現在在刷牙。

由加：再不快一點，上學要遲到了喔。

敦：什麼？都已經這個時間了？

由加：所以我剛剛不是說了嗎。

敦：嗚哇，不快一點不行了。

粉じゃないのに歯磨き粉？

不是粉末，日文的牙膏卻叫牙粉？

居家篇

　歯磨きに使うものは、「歯ブラシ」と「歯磨き粉」ですね。一般に売られているものはチューブに入ったペースト状のものがほとんどなのに、どうして、「歯磨き粉」というのでしょうか。

　日本では、江戸時代に粉末状の歯磨き粉が売り出されました。その後、改良され、1900年頃から、今のようなペースト状の歯磨き粉が使われるようになりましたが、昔の名残で、今でも「歯磨き粉」と言うそうです。

① 窓 まど

② 換気扇 かんきせん

③ シャワー

④ カーテン

⑤ 風呂 給湯器 ふろきゅうとうき

⑥ 手すり て

⑦ アヒルの おもちゃ

⑧ 風呂ふた ふろ

⑨ 入浴剤 にゅうよくざい

⑩ シャンプー

⑪ コンディショナー

⑫ リンス

⑬ 湯船 ゆぶね

⑭ 滑り止め すべどめ

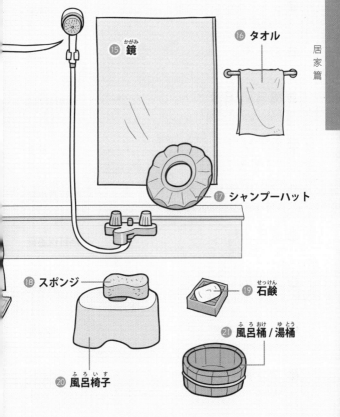

⑮ 鏡 (かがみ)

⑯ タオル

⑰ シャンプーハット

⑱ スポンジ

⑲ 石鹸 (せっけん)

㉑ 風呂桶 (ふろおけ) / 湯桶 (ゆとう)

⑳ 風呂椅子 (ふろいす)

01 窓
まど
ma.do ①

窗戶

02 換気扇
かん き せん
ka.n.ki.se.n ⓪

抽風機

03 シャワー
sha.wâ ①

淋浴

04 カーテン
kâ.te.n ①

浴簾

05 風呂給湯器
ふ ろ きゅう とう き
fu.ro.kyû.tô.ki ⑤

水溫控制器

06 手すり
て
te.su.ri ⓪

扶手

07 アヒルのおもちゃ
a.hi.ru.no.o.mo.cha ⑥

玩具小鴨

08 風呂ふた
ふ ろ
fu.ro.fu.ta ⓪

浴缸保溫蓋

09 入浴剤
にゅうよく ざい
nyû.yo.ku.za.i ④

泡澡劑

10 シャンプー
sha.n.pû ①

洗髮乳

11 コンディショナー
ko.n.di.sho.nâ ③

潤髮乳

⑫ リンス
ri.n.su ①

護髪乳

⑬ 湯船（ゆぶね）
yu.bu.ne ①

浴缸

⑭ 滑り止め（すべ・ど）
su.be.ri.do.me ⓪

止滑墊

⑮ 鏡（かがみ）
ka.ga.mi ③

鏡子

⑯ タオル
ta.o.ru ①

毛巾

⑰ シャンプーハット
sha.n.pû.ha.tto ⑤

浴帽

⑱ スポンジ
su.po.n.ji ⓪

洗澡用海綿

⑲ 石鹸（せっけん）
se.kke.n ⓪

肥皂

⑳ 風呂椅子（ふ・ろ・い・す）
fu.ro.i.su ⓪

洗澡椅

㉑ 風呂桶 / 湯桶（ふ・ろ・おけ・ゆ・とう）
fu.rô.ke / yu.tô ③ / ⓪

舀水木桶

百合子（ゆりこ）：わぁっ、檜（ひのき）のお風呂（ふろ）ですか。

太郎（たろう）：そうなんです。父（ちち）がお風呂（ふろ）は絶対（ぜったい）檜（ひのき）が いいって。

百合子（ゆりこ）：すごいですね。でも高（たか）かったでしょう。

太郎（たろう）：ええ、でもすごくリラックスができる からやっぱりいいですよ。

百合子（ゆりこ）：お手入（てい）れとかは大変（たいへん）じゃありませんか。

太郎（たろう）：気（き）をつけなければいけないことは少（すこ）しあ りますが、たいしたことありませんよ。

百合子：哇，這是檜木的浴室嗎？
太郎：對啊。我爸爸堅持浴室一定要用檜木的。
百合子：好讚喔。但是很貴吧？
太郎：對，但是能讓人非常放鬆，還是很值得的唷。
百合子：應該很不容易保養吧？
太郎：是有一些要小心的事情，但其實是還好啦。

風呂文化（ふろぶんか）　泡湯文化

居家篇

　世界（せかい）のどの国（くに）を見（み）ても、日本人（にほんじん）以上（いじょう）にお風呂（ふろ）を愛（あい）している民族（みんぞく）はいないでしょう。ただ単純（たんじゅん）に体（からだ）を洗（あら）うためというだけでなく、治療（ちりょう）に用（もち）いたり、社交（しゃこう）の場（ば）に使（つか）ったりされる日本（にほん）のお風呂（ふろ）。よく日本人（にほんじん）は「お風呂（ふろ）に入（はい）ると疲（つか）れが取（と）れる」といいますが、ここでは具体的（ぐたいてき）にどのような効能（こうのう）があるのかをご紹介（しょうかい）したいと思（おも）います。

お風呂（ふろ）のいいところ！

❶ 疲（つか）れがとれる

❷ 血流（けつりゅう）がよくなる

❸ 「浮力（ふりょく）」で気分（きぶん）がリラックスする。

257

01 窓 まど

02 タンク

03 音姫 おとひめ

04 リモコン

05 便座カバー べんざ

06 手すり て

07 トイレットペーパー

08 暖房便座 だんぼうべんざ

09 ウォシュレット

10 便座 べんざ

11 トイレマット

12 スリッパ

⑬ 換気扇 （かんきせん）

⑭ 消臭スプレー （しょうしゅう）

⑮ ハンドソープ

⑯ トイレブラシ

⑰ トイレポット

⑱ ラバーカップ / すっぽん

⑲ ハンドタオル

01 窓 まど
ma.do ①

窗戶

02 タンク
ta.n.ku ①

水箱

03 音姫 おと ひめ
o.to.hi.me ②

擬沖水聲音裝置

04 リモコン
ri.mo.ko.n ⓪

操控器

05 便座カバー べん ざ
be.n.za.ka.bâ ④

馬桶蓋

06 手すり て
te.su.ri ⓪

扶手

07 トイレットペーパー
to.i.re.tto.pê.pâ ⑥

衛生紙

08 暖房便座 だん ぼう べん ざ
da.n.bô.be.n.za ⑤

馬桶暖座

09 ウォシュレット
wo.shu.re.tto ③

溫水洗淨便座

10 便座 べん ざ
be.n.za ①

馬桶座

11 トイレマット
to.i.re.ma.tto ④

廁所踏墊

⑫ **スリッパ**
su.ri.ppa ②

拖鞋

⑬ **換気扇**
<ruby>換<rt>かん</rt></ruby><ruby>気<rt>き</rt></ruby><ruby>扇<rt>せん</rt></ruby>
ka.n.ki.se.n ⓪

抽風機

⑭ **消臭スプレー**
<ruby>消<rt>しょう</rt></ruby><ruby>臭<rt>しゅう</rt></ruby>スプレー
shô.shû.su.pu.rê ⑥

除臭噴霧

⑮ **ハンドソープ**
ha.n.do.sô.pu ④

洗手乳

⑯ **トイレブラシ**
to.i.re.bu.ra.shi ④

馬桶刷

⑰ **トイレポット**
to.i.re.po.tto ④

馬桶刷座

⑱ **ラバーカップ / すっぽん**
ra.bâ.ka.ppu / su.ppo.n ④ / ⓪

馬桶疏通吸把

⑲ **ハンドタオル**
ha.n.do.ta.o.ru ④

擦手巾

居
家
篇

■ 261

夫：ママ、ちょっと来て。

妻：何、どうしたの。

夫：トイレのトイレットペーパーが切れているんだけど、新しいのを持ってきてくれない。

妻：予備なら棚の中にまだあると思うわよ。

夫：あっ、本当だ。ごめんごめん。

妻：そろそろ急がないと、会社に遅刻するわよ。

夫：孩子的媽，你來一下。
妻：什麼事，怎麼啦？
夫：廁所的衛生紙沒有了，拿新的來好嗎。
妻：我記得櫃子裡還有預備的衛生紙喔。
夫：啊，真的耶。抱歉抱歉。
妻：再不快一點的話，上班會遲到喔。

音姫が
水の節約に大活躍！

對於節水大有幫助的音姫！

「ほかの人にトイレの音を聞かれたくない。」そう思って、トイレに入ったらまず水を流している日本人女性はとても多いようです。でも「その最初に流している水は非常にもったいない、お金の無駄だ！」ということで、日本のメーカーTOTOは音姫という機械を１９８８年に作りました。今では携帯できるサイズの音姫や、アプリまで出来ていて、女性の必需品となっています。

01 塀 (へい)

02 首輪 (くびわ)

03 花壇 (かだん)

07 犬小屋 (いぬごや)

05 じょうろ

04 軍手 (ぐんて)

08 犬 (いぬ)

06 シャベル

10 犬のエサ (いぬのエサ)

09 植木鉢 (うえきばち)

11 チューリップ

⑬ 物干し竿 （もの ほ ざお）

⑫ 布団たたき （ふ とん）

⑭ 布団 （ふ とん）

居家篇

⑰ 猫 （ねこ）

⑯ 水道 （すいどう）

⑮ 洗濯物 （せんたくもの）

⑱ ホース

01 塀
へい
hê ⓪

圍欄

02 首輪
くび わ
ku.bi.wa ⓪

項圈

03 花壇
か だん
ka.da.n ①

花圃

04 軍手
ぐん て
gu.n.te ⓪

工作手套

05 じょうろ
jô.ro ①

灑水壺

06 シャベル
sha.be.ru ①

鐵鏟

07 犬小屋
いぬ ご や
i.nu.go.ya ⓪

狗屋

08 犬
いぬ
i.nu ②

狗

09 植木鉢
うえ き ばち
u.e.ki.ba.chi ③

盆栽容器

10 犬のエサ
いぬ
i.nu.no.e.sa ⑤

狗飼料

11 チューリップ
chû.ri.ppu ①

鬱金香

⑫ 布団たたき
ふ とん
fu.to.n.ta.ta.ki ④

拍打棉被的工具

⑬ 物干し竿
もの ほ ざお
mo.no.ho.shi.za.o ④

曬衣竿

⑭ 布団
ふ とん
fu.to.n ⓪

棉被

⑮ 洗濯物
せん たく もの
se.n.ta.ku.mo.no ⓪

待洗或已洗衣物

⑯ 水道
すい どう
su.i.dô ⓪

水龍頭

⑰ 猫
ねこ
ne.ko ①

貓

⑱ ホース
hô.su ①

橡皮管

居家篇

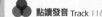

點讀發音 Track 116

真由美：今日はいい天気だから、布団を干しちゃおうかな。

仁史：いいね。僕も庭の草むしりしよう。

真由美：あっ、じゃあ、ついでに花に水をやってくれる。

仁史：もちろんだよ。あっ、もうポチにエサあげた。

真由美：あっ、まだあげてない。

仁史：わかった。じゃあ僕があげるね。

真由美：うん、よろしくね。

真由美：今天天氣好好，來曬個棉被好了。
仁史：不錯耶。我也要來把院子裡的草拔一拔。
真由美：啊，那順便澆澆花好了。
仁史：當然好啊。對了，你餵波吉吃飯了沒？
真由美：啊，還沒有耶。
仁史：我知道了。那我來餵吧。
真由美：嗯，麻煩你了。

人にも地球にもやさしい

グリーンカーテン

對人或地球都好的綠色植生牆

居家篇

夏の省エネ対策として、最近、グリーンカーテンが流行っています。窓を覆うようにツル植物を育てて、自然のカーテンを作ります。グリーンカーテンがあると、外壁の蓄熱を軽減したり、植物から発生する気化熱で周囲の温度を抑制したり、植物の光合成により二酸化炭素が吸収されたりします。それに、花を育てたり、野菜を育てて収穫したり、家族みんなで楽しむことができます。

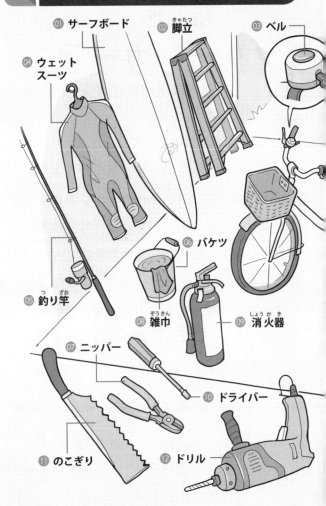

01 サーフボード
02 脚立
03 ベル
04 ウェットスーツ
05 釣り竿
06 バケツ
08 雑巾
09 消火器
07 ニッパー
10 ドライバー
11 のこぎり
12 ドリル

⑬ サドル

⑯ ヘルメット

⑮ ミラー

⑱ 車（くるま）

⑭ 自転車（じてんしゃ）

⑰ バイク

東京100
い 62-26

⑲ タイヤ

⑳ かなづち / トンカチ

㉑ 道具箱（どうぐばこ）

01 サーフボード
sâ.fu.bô.do ④

衝浪板

02 脚立
kya.ta.tsu ⓪

工作摺梯

03 ベル
be.ru ①

腳踏車鈴

04 ウェットスーツ
we.tto.sû.tsu ④

潛水衣

05 釣り竿
tsu.ri.za.o ⓪

釣竿

06 バケツ
ba.ke.tsu ⓪

水桶

07 ニッパー
ni.ppâ ①

老虎鉗

08 雑巾
zô.ki.n ⓪

抹布

09 消火器
shô.ka.ki ③

滅火器

10 ドライバー
do.ra.i.bâ ⓪

螺絲起子

11 のこぎり
no.ko.gi.ri ③ / ④

鋸子

⑫ ドリル
do.ri.ru ①

電鑽

⑬ サドル
sa.do.ru ⓪

腳踏車坐墊

⑭ 自転車
じ てん しゃ
ji.te.n.sha ② / ④

腳踏車

⑮ ミラー
mi.râ ①

照後鏡

⑯ ヘルメット
he.ru.me.tto ① / ③

安全帽

⑰ バイク
ba.i.ku ①

摩托車

⑱ 車
くるま
ku.ru.ma ⓪

車子

⑲ タイヤ
ta.i.ya ⓪

輪胎

⑳ かなづち / トンカチ
ka.na.zu.chi / to.n.ka.chi ③ / ①

鎚子

㉑ 道具箱
どう ぐ ばこ
dô.gu.ba.ko ③

工具箱

たかし： ねぇ、ちょっとそこのドライバーとって
くれる。

静香： 杭の上にあるの。

たかし： うん、そうそう。

静香： あれ。見当たらないよ。

たかし： じゃあ道具箱の中かもしれない。

静香： あっ、あったあった。これでしょう。

たかし： うん、ちょっと持ってきて。

剛志：喂，可以幫我拿一下那邊的螺絲起子嗎？
靜香：在桌上嗎？
剛志：嗯對，沒錯。
靜香：咦？沒看到耶。
剛志：那可能在工具箱裡吧。
靜香：啊，有了有了。是這個吧？
剛志：對，請幫我拿過來。

車離れする日本の若者 不買車的日本年輕人

ここ数年、「若者の〜離れ」というのがよくニュースになっています。その中でもよく言われているのは「車離れ」。以前は車といえばデートに欠かせないものとまで考えられていたようですが、今の特に都会の若い人は「お金がかかりすぎる」、「車自体に興味がない」等を理由にして、車を買わない人も多くなっているようです。

居家篇

■ 275

生活と町

生活城市篇

01 商店街 商店街 しょうてんがい

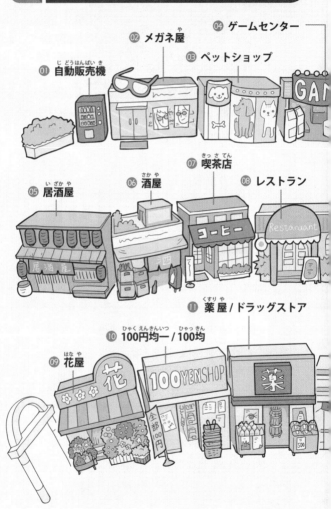

01 自動販売機 じ どうはんばい き

02 メガネ屋 や

03 ペットショップ

04 ゲームセンター

05 居酒屋 い ざか や

06 酒屋 さか や

07 喫茶店 きっ さ てん

08 レストラン

09 花屋 はな や

10 100円均一 / 100均 ひゃく えんきんいつ ひゃっ きん

11 薬屋 / ドラッグストア くすり や

01 自動販売機
ji.dô.ha.n.ba.i.ki ⑥ 自動販賣機

02 メガネ屋 me.ga.ne.ya ⓪ 眼鏡店

03 ペットショップ
pe.tto.sho.ppu ④ 寵物店

04 ゲームセンター
gê.mu.se.n.tâ ④ 遊樂場

05 居酒屋 i.za.ka.ya ⓪ 居酒屋

06 酒屋 sa.ka.ya ⓪ 賣酒的商店

07 喫茶店 ki.ssa.te.n ⓪ / ③ 咖啡廳

08 レストラン re.su.to.ra.n ① 餐廳

09 花屋 ha.na.ya ② 花店

10 100円均一 / 100均
hya.ku.e.n.ki.n.i.tsu / hya.kki.n ⑤ / ⓪
百元商店

11 薬屋 / ドラッグストア
ku.su.ri.ya / do.ra.ggu.su.to.a ⓪ / ⑥
藥妝店

12 コンビニ ko.n.bi.ni ⓪ 便利商店

⑫ コンビニ

生活城市篇

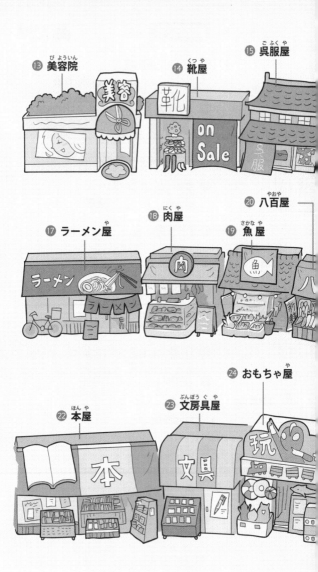

⑬ 美容院（びよういん）

⑭ 靴屋（くつや）

⑮ 呉服屋（ごふくや）

⑰ ラーメン屋（や）

⑱ 肉屋（にくや）

⑲ 魚屋（さかなや）

⑳ 八百屋（やおや）

㉒ 本屋（ほんや）

㉓ 文房具屋（ぶんぼうぐや）

㉔ おもちゃ屋（や）

⑯ **クリーニング屋**_や

⑬ 美容院<ruby>美容院<rt>び よう いん</rt></ruby> bi.yô.i.n ② 美容院

⑭ 靴屋<ruby><rt>くつ や</rt></ruby> ku.tsu.ya ② 鞋店

⑮ 呉服屋<ruby><rt>ご ふく や</rt></ruby> go.fu.ku.ya ⓪ 和服店

⑯ クリーニング屋<ruby><rt>や</rt></ruby>
ku.rî.ni.n.gu.ya ⓪ 洗衣店

⑰ ラーメン屋<ruby><rt>や</rt></ruby>
râ.me.n.ya ⓪ 拉麵店

⑱ 肉屋<ruby><rt>にく や</rt></ruby> ni.ku.ya ② 肉店

⑲ 魚屋<ruby><rt>さかな や</rt></ruby> sa.ka.na.ya ⓪ 魚店

⑳ 八百屋<ruby><rt>やおや</rt></ruby> ya.o.ya ⓪ 蔬菜店

㉑ 果物屋<ruby><rt>くだもの や</rt></ruby>
㉑ 果物屋<ruby><rt>くだ もの や</rt></ruby>
ku.da.mo.no.ya ⓪ 水果店

㉒ 本屋<ruby><rt>ほん や</rt></ruby> ho.n.ya ① 書店

㉓ 文房具屋<ruby><rt>ぶん ぼう ぐ や</rt></ruby>
bu.n.bô.gu.ya ⓪ 文具店

㉔ おもちゃ屋<ruby><rt>や</rt></ruby>
o.mo.cha.ya ⓪ 玩具店

㉕ パン屋<ruby><rt>や</rt></ruby>

㉕ パン屋<ruby><rt>や</rt></ruby> pa.n.ya ① 麵包店

生活城市篇

情境對話

静香：こんなところにレストランあったっけ。

たかし：あぁ、ここは前、薬屋だったところだよ。

静香：そうか、あの薬屋つぶれちゃったんだ。

たかし：うん、まぁ近くにデパートできちゃったからね。

静香：それもそうだね。あっ晩御飯ここで食べない。

たかし：いいね、僕もまだ食べた事ないから、一度来ようと思ってたんだ。

静香： 這種地方會有餐廳嗎？
剛志： 啊，這裡之前是藥局吧。
静香： 是嗎，那間藥局已經倒閉了。
剛志： 嗯，可能附近有了百貨公司的關係吧。
静香： 說的也是。那晚餐要在這裡吃嗎？
剛志： 好啊，我也還沒在這吃過飯，一直想來一次呢。

肉屋さんの お惣菜

肉店的配菜

　商店街の肉屋には、生の肉以外にもいろいろな物が売られています。ソーセージ、味付けがされた焼き肉用の肉、あとは焼くだけになっているハンバーグなどもありますが、なんといっても、揚げたてのお惣菜がおいしいのです！コロッケ、メンチカツ、唐揚げなどがあります。家で揚げ物をしたくない人や独身の人には、揚げたてのお惣菜はとても便利です。東京の吉祥寺にある肉屋では、揚げたてメンチカツが有名です。これを求めて毎日行列が出来ています。

生活城市篇

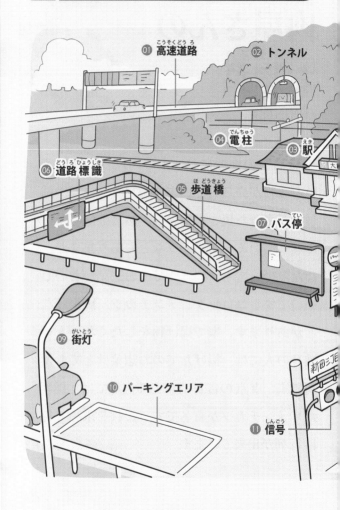

01 こうそくどうろ **高速道路**

02 **トンネル**

04 でんちゅう **電柱**

03 えき **駅**

06 どうろひょうしき **道路標識**

05 ほどうきょう **歩道橋**

07 **バス停**

09 がいとう **街灯**

10 **パーキングエリア**

11 しんごう **信号**

08 **点字ブロック**

14 **サイクリングロード**

12 **ガードレール**

13 **横断歩道**

生活城市篇

⑮ 港（みなと）

⑯ 橋（はし）

⑰ ガソリンスタンド

⑱ 線路（せんろ）

⑲ 踏み切り（ふみきり）

⑳ 地下道（ちかどう）

㉑ 歩道（ほどう）

01 高速道路（こうそくどうろ）
kô.so.ku.dô.ro ⑤

高速公路

02 トンネル
to.n.ne.ru ⓪

隧道

03 駅（えき）
e.ki ①

車站

04 電柱（でんちゅう）
de.n.chû ⓪

電線桿

05 歩道橋（ほどうきょう）
ho.dô.kyô ⓪

天橋

06 道路標識（どうろひょうしき）
dô.ro.hyô.shi.ki ④

道路標誌

07 バス停（てい）
ba.su.tê ⓪

公車站

08 点字ブロック（てんじ）
te.n.ji.bu.ro.kku ⑤

導盲磚

09 街灯（がいとう）
ga.i.tô ⓪

街燈

10 パーキングエリア
pâ.ki.n.gu.e.ri.a ⑥

停車格

11 信号（しんごう）
shi.n.gô ⓪

紅綠燈

生活城市篇

⑫ ガードレール
gâ.do.rê.ru ④

路旁護欄

⑬ 横断歩道
おう だん ほ どう
ô.da.n.ho.dô ⑤

斑馬線

⑭ サイクリングロード
sa.i.ku.ri.n.gu.rô.do ⑦

自行車專用道

⑮ 港
みなと
mi.na.to ⓪

港口

⑯ 橋
はし
ha.shi ②

橋樑

⑰ ガソリンスタンド
ga.so.ri.n.su.ta.n.do ⑥

加油站

⑱ 線路
せん ろ
se.n.ro ①

（電車、火車）軌道

⑲ 踏み切り
ふ き
fu.mi.ki.ri ⓪

平交道

⑳ 地下道
ち か どう
chi.ka.dô ②

地下道

㉑ 歩道
ほ どう
ho.dô ⓪

人行道

點讀發音 Track 125

里美：この雑誌にのってる喫茶店に一緒に行きたいんだけど、行ったことある。

健太：ああ、この辺だったら駅の反対側の出口だよ。

里美：そうなんだ。遠いかな。

健太：ううん、この地下道を通っていけばすぐだよ。

里美：本当、じゃあこれから一緒に行こうよ。

健太：いいよ。

生活城市篇

里美： 我想去這本雜誌裡刊登過的咖啡廳，你有去過嗎？
健太： 啊～這裡就在車站的另一頭出口那啊。
里美： 原來是這樣。遠嗎？
健太： 不會，走這個地下道過去很快就到囉。
里美： 真的嗎？那我們現在一起去吧。
健太： 好啊。

① レストラン

④ 家具売り場 _{かぐうりば}

⑤ 電気製品売り場 _{でんきせいひんうりば}

⑩ 宝石売り場 _{ほうせきうりば}

⑨ 化粧品売り場 _{けしょうひんうりば}

⑪ 靴売り場 _{くつうりば}

⑮ 案内所 / インフォメーションセンター _{あんないじょ}

⑯ 迷子センター _{まいご}

⑰ ファッション雑貨売り場 _{ざっかうりば}

02 エレベーター

03 屋上広場（おくじょうひろば）

07 おもちゃ売り場（うりば）

06 スポーツ用品売り場（ようひんうりば）

08 子供服売り場（こどもふくうりば）

13 ランジェリー売り場（うりば）

12 婦人服売り場（ふじんふくうりば）

14 紳士服売り場（しんしふくうりば）

20 地下駐車場（ちかちゅうしゃじょう）

18 デパ地下（ちか）

19 エスカレーター

生活城市篇

01 レストラン
re.su.to.ra.n ①

餐廳

02 エレベーター
e.re.bê.tâ ③

升降專櫃

03 屋上広場
o.ku.jô.hi.ro.ba ⑤

頂樓廣場

04 家具売り場
ka.gu.u.ri.ba ③

家具專櫃

05 電気製品売り場
de.n.ki.sê.hi.n.u.ri.ba ⑦

電器專櫃

06 スポーツ用品売り場
su.pô.tsu.yô.hi.n.u.ri.ba ⑨

運動用品專櫃

07 おもちゃ売り場
o.mo.cha.u.ri.ba ④

玩具專櫃

08 子供服売り場
ko.do.mo.fu.ku.u.ri.ba ⑥

兒童服飾專櫃

09 化粧品売り場
ke.shô.hi.n.u.ri.ba ⑥

化妝品專櫃

10 宝石売り場
hô.se.ki.u.ri.ba ⑤

珠寶專櫃

11 靴売り場
ku.tsu.u.ri.ba ③

鞋子專櫃

⑫ 婦人服売り場
ふ じんふく う ば
fu.ji.n.fu.ku.u.ri.ba ⑥

女性服飾專櫃

---

⑬ ランジェリー売り場
う ば
ra.n.je.rî.u.ri.ba ⑥

內睡衣專櫃

---

⑭ 紳士服売り場
しん し ふく う ば
shi.n.shi.fu.ku.u.ri.ba ⑥

男性服飾專櫃

---

⑮ 案内所 / インフォメーションセンター
あん ない じょ
a.n.na.i.jo / i.n.fo.mê.sho.n.se.n.tâ ⑤ / ⑧

詢問處

---

⑯ 迷子センター
まい ご
ma.i.go.se.n.tâ ④

走失兒童詢問處

---

⑰ ファッション雑貨売り場
ざっ か う ば
fa.ssho.n.za.kka.u.ri.ba ⑧

流行雜貨專櫃

---

⑱ デパ地下
ち か
de.pa.chi.ka ⓪

百貨地下樓

---

⑲ エスカレーター
e.su.ka.rê.tâ ④

手扶電梯

---

⑳ 地下駐車場
ち か ちゅうしゃじょう
chi.ka.chû.sha.jô ⓪

地下停車場

生活城市篇

お客<ruby>きゃく</ruby>： すみません。

受付<ruby>うけつけ</ruby>： はい、いらっしゃいませ。

お客<ruby>きゃく</ruby>： あのう、紳士服売り場<ruby>しんしふくうば</ruby>はどちらですか。

受付<ruby>うけつけ</ruby>： 紳士服売り場<ruby>しんしふくうば</ruby>は 5 階<ruby>ごかい</ruby>です。

お客<ruby>きゃく</ruby>： そうですか、婦人服売り場<ruby>ふじんふくうば</ruby>も 5 階<ruby>ごかい</ruby>ですか。

受付<ruby>うけつけ</ruby>： いいえ、婦人服売り場<ruby>ふじんふくうば</ruby>は 4 階<ruby>よんかい</ruby>です。

お客<ruby>きゃく</ruby>： わかりました。ありがとうございます。

顧客： 不好意思。
客服人員： 是，歡迎光臨。
顧客： 請問，男士服飾賣場在哪裡？
客服人員： 男士服飾賣場在 5 樓。
顧客： 這樣啊，女性服飾賣場也是 5 樓嗎？
客服人員： 不，女性服飾賣場在 4 樓。
顧客： 我知道了，謝謝你。

デパ地下

百貨地下樓

日本のデパートのほとんどは、地下に食品売り場があります。生鮮食品だけではなく、スイーツや和菓子、お弁当、お惣菜、贈答品のお茶やコーヒー、お酒なども売られています。有名なお店が出店することもあります。

デパ地下では、季節のイベントや季節の味覚などにあわせて、各店で工夫を凝らした商品も出回ります。また、各地の物産展や各地の駅弁を集めたイベント等も行われ、たくさんのお客さんでにぎわっています。

生活城市篇

04 超市 スーパー

03 パン / ベーカリーコーナー

日用品

薬　お菓子

01 日用品 にちようひん

02 ドラッグ / 薬 くすり

弁当 弁当 べんとう 04 弁当

05 お菓子 かし

06 エコバッグ

07 ビニール袋 ぶくろ

08 メンバーズカード

09 お釣り つ

⑩ 飲み物

⑪ 野菜・果物 / 成果コーナー

⑫ お惣菜

⑬ 試食品

⑭ 自動ドア

生活城市篇

⑮ 乳製品
にゅうせいひん

⑯ 肉類 / 精肉コーナー
にくるい　せいにく

⑰ 魚介類 / 鮮魚コーナー
ぎょかいるい　せんぎょ

⑱ 冷凍食品
れいとうしょくひん

⑲ カート

⑳ 買い物かご
か　もの

01 日^{にち}用^{よう}品^{ひん}
ni.chi.yô.hi.n ⓪

日用品

02 ドラッグ / 薬^{くすり}
do.ra.ggu / ku.su.ri ② / ⓪

藥品

03 パン / ベーカリーコーナー
pa.n / bê.ka.rî.kô.nâ ① / ⑥

麵包烘焙區

04 弁^{べん}当^{とう}
be.n.tô ③

便當

05 お菓^か子^し
o.ka.shi ②

糕點

06 エコバッグ
e.ko.ba.ggu ③

環保袋

07 ビニール袋^{ぶくろ}
bi.nî.ru.bu.ku.ro ⑤

塑膠袋

08 メンバーズカード
me.n.bâ.zu.kâ.do ⑥

會員卡

09 お釣^つり
o.tsu.ri ⓪

找的零錢

10 飲^のみ物^{もの}
no.mi.mo.no ②

飲料

11 野^や菜^{さい}・果^{くだ}物^{もの} / 成^{せい}果^かコーナー
ya.sa.i / ku.da.mo.no / sê.ka.kô.nâ ⑧ / ④

蔬果、水果/
蔬果區

生活城市篇

⓬ お惣菜
そう ざい
o.sô.za.i. ⓪

家常配菜

⓭ 試食品
し しょく ひん
shi.sho.ku.hi.n ⓪

試吃品

⓮ 自動ドア
じ どう
ji.dô.do.a ④

自動門

⓯ 乳製品
にゅう せい ひん
nyû.sê.hi.n ③

乳製品

⓰ 肉類 / 精肉コーナー
にく るい せい にく
ni.ku.ru.i / sê.ni.ku.kô.nâ ② / ⑤

肉品區

⓱ 魚介類 / 鮮魚コーナー
ぎょ かい るい せん ぎょ
gyo.ka.i.ru.i / se.n.gyo.kô.nâ ② / ④

海鮮區

⓲ 冷凍食品
れい とう しょく ひん
rê.tô.sho.ku.hi.no ⑤

冷凍食品

⓳ カート
kâ.to ①

購物推車

⓴ 買い物かご
か もの
ka.i.mo.no.ka.go ④

購物籃

點讀發音 Track 130

たかし： このスーパーは品揃えがよくて本当にいいよね。

静香： 本当だね。ベーカリーコーナーのパンも本格的だよね。

たかし： うん、お惣菜も美味しいし、独り暮らしには助かるよ。

静香： ねぇ、それってエコバッグ。

たかし： そうだよ。メンバーズカードを作ったらもらえるよ。

静香： へぇ、じゃあ私も作ろう。

生活城市篇

剛志： 這間超市的商品種類真的很多，很棒耶。

靜香： 真的耶。麵包區的麵包也很真材實料喔。

剛志： 嗯，熟食的配菜也好吃，對獨居的人也很有幫助呢。

靜香： 咦，那是環保袋嗎？

剛志： 對啊。只要辦會員卡就可以得到喔。

靜香： 是喔，那我也來辦一張好了。

02 ドリンクバー

01 喫煙席（きつえんせき）

03 ウエイター

04 ワイン

05 パン

06 ステーキ

07 ワイングラス

⑪ シャンデリア

⑫ テーブル

⑬ キャンドル

⑧ 椅子

⑨ 禁煙席

⑩ スープ

⑭ テーブルクロス

生活城市篇

⑰ ピアニスト

⑯ ピアノ

⑮ コック

⑱ ナプキン

⑳ メニュー

㉑ レジ

㉒ レシート

⑲ ウエイトレス

01 <ruby>喫<rt>きつ</rt></ruby><ruby>煙<rt>えん</rt></ruby><ruby>席<rt>せき</rt></ruby>
ki.tsu.e.n.se.ki ③ — 吸煙座

02 ドリンクバー
do.ri.n.ku.bâ ④ — 飲料吧

03 ウエイター
w.e.i.tâ ② — 男服務生

04 ワイン
wa.i.n ① — 紅酒

05 パン
pa.n ① — 麵包

06 ステーキ
su.tê.ki ② — 牛排

07 ワイングラス
wa.i.n.gu.ra.su ④ — 葡萄酒杯

08 <ruby>椅<rt>い</rt></ruby><ruby>子<rt>す</rt></ruby>
i.su ⓪ — 椅子

09 <ruby>禁<rt>きん</rt></ruby><ruby>煙<rt>えん</rt></ruby><ruby>席<rt>せき</rt></ruby>
ki.n.e.n.se.ki ③ — 禁煙座

10 スープ
sû.pu ① — 湯

11 シャンデリア
sha.n.de.ri.a ③ — 水晶燈

生活城市篇

⓬ テーブル
tê.bu.ru ⓪

桌子

⓭ キャンドル
kya.n.do.ru ①

蠟燭

⓮ テーブルクロス
tê.bu.ru.ku.ro.su ⑤

桌布

⓯ コック
ko.kku ①

廚師

⓰ ピアノ
pi.a.no ⓪

鋼琴

⓱ ピアニスト
pi.a.ni.su.to ③

琴師

⓲ ナプキン
na.pu.ki.n ①

餐巾

⓳ ウエイトレス
w.e.i.to.re.su ②

女服務生

⓴ メニュー
me.nyû ①

菜單

㉑ レジ
re.ji ①

收銀台

㉒ レシート
re.shî.to ②

收據

静香： お会計お願いします。

店員： ありがとうございます。合計で12000円で
ございます。

静香： このカードで支払いできますか。

店員： はい、お預かりいたします。領収証はい
かがいたしますか。

静香： 結構です。

店員： はい、こちらレシートでございます。
ありがとうございました。

生活城市篇

静香： 我要買單。
店員： 謝謝惠顧。一共是 12000 圓。
静香： 可以刷這張卡嗎？
店員： 可以的，收您信用卡。需要報帳用的收據嗎？
静香： 不用了。
店員： 好，這是您的明細收據。謝謝您的光臨。

06 咖啡廳 喫茶店（きっさてん）

① ティーポット

② ストロー

③ オレンジジュース

④ スプーン

⑤ 紅茶（こうちゃ）

⑥ 砂糖（さとう）

⑦ ミルク

⑧ メニュー

⑨ ラテアート

⑩ コーヒー

⑪ カフェラテ

⑰ スパゲッティ

⑫ カフェテラス

⑬ ペンネ

⑭ サンドウィッチ

⑮ ケーキ

⑯ 粉チーズ

⑱ タバスコ

⑳ フォーク

㉑ パフェ

⑲ サラダ

生活城市篇

01 ティーポット
tî.po.tto ③ 　　　　　　茶壺

02 ストロー
su.to.rô ② 　　　　　　吸管

03 オレンジジュース
o.re.n.ji.jû.su ⑤ 　　　　　柳橙汁

04 スプーン
su.pû.n ② 　　　　　　湯匙

05 紅茶
kô.cha ⓪ 　　　　　　紅茶

06 砂糖
sa.tô ② 　　　　　　砂糖

07 ミルク
mi.ru.ku ① 　　　　　　牛奶

08 メニュー
me.nyû ① 　　　　　　菜單

09 ラテアート
ra.te.â.to ③ 　　　　咖啡奶泡上的拉花

10 コーヒー
kô.hî ③ 　　　　　　咖啡

11 カフェラテ
ka.fe.ra.te ⓪ 　　　　　拿鐵咖啡

⓬ **カフェテラス**
ka.fe.te.ra.su ③　　　　　　露天咖啡座

⓭ **ペンネ**
pe.n.ne ①　　　　　　（筆管）義大利麵

⓮ **サンドウィッチ**
sa.n.do.wi.cchi ④　　　　　　三明治

⓯ **ケーキ**
kê.ki ①　　　　　　蛋糕

⓰ **粉チーズ**
ko.na.chî.zu ③　　　　　　起司粉

⓱ **スパゲッティ**
su.pa.ge.tti ③　　　　　　（直條）義大利麵

⓲ **タバスコ**
ta.ba.su.ko ② / ⓪　　　　　　辣椒醬

⓳ **サラダ**
sa.ra.da ①　　　　　　沙拉

⓴ **フォーク**
fô.ku ①　　　　　　叉子

㉑ **パフェ**
pa.fe ①　　　　　　水果冰淇淋聖代

生活城市篇

點讀發音 Track 134

静香：平日なのに、結構人がいますね。

たかし：そうですね。なかなか人気がある喫茶店
みたいですね。

静香：ええ、ガイドブックでも結構取り上げら
れていますよ。

たかし：へぇ、そうなんですか。

静香：なんでもラテアートがすごく可愛いん
ですって。

たかし：わぁ、いいですね。じゃあカフェラテを
頼んでみようかな。

静香：私もカフェラテにします。

静香：平日的人還蠻多的嘛。

剛志：就是啊。好像是很受歡迎的咖啡店呢。

静香：對啊，導覽書上也常常提到介紹唷。

剛志：喔～原來是這樣啊。

静香：據說是因為他們的咖啡拉花很可愛的關係。

剛志：哇，不錯耶。那就麻煩幫我點杯咖啡拿鐵好了。

静香：那我也要點咖啡拿鐵。

ナポリタン

番茄義大利麵

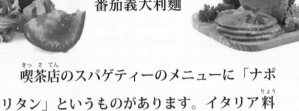

　　喫茶店のスパゲティーのメニューに「ナポリタン」というものがあります。イタリア料理の「スパゲティナナポレターナ」を日本独自に改良し、進化させたのが「ナポリタン」です。

　　基本の材料は至ってシンプル。タマネギ、ピーマン、ハム、ソースにはケチャップを使います。簡単に手に入る材料ばかりなので家でもよく作られますが、なかなか喫茶店のような味になりません。もし作るのを挑戦してみたければ、喫茶店の味を再現するためのレシピがネットでたくさん紹介されていますよ。

生活城市篇

07 速食店 ファーストフード

03 メニュー

01 ドライブスルー

ドライブスルー

02 新発売 しんはつばい

04 テイクアウト

05 店員 てんいん

06 レジ

09 レシート

07 お札 さつ

⑪ ソフトドリンク

⑩ シェイク

⑨ セット

ソフトドリンク

TEA

Milk

SHAKE

W

⑫ クーポン

$500

⑬ ストロー

⑭ ソフトクリーム

⑮ コーヒー

W cafe

W

⑯ コーラ

⑰ ハンバーガー

⑲ ポテト

⑱ ホットドッグ

㉑ マスタード

㉒ ケチャップ

01 ドライブスルー
do.ra.i.bu.su.rû ⑥
車道購餐服務

02 新発売
しん はつ ばい
shi.n.ha.tsu.ba.i ③
最新發表販售

03 メニュー
me.nyû ①
菜單

04 テイクアウト
tê.ku.a.u.to ④
外帶

05 店員
てん いん
te.n.i.n ⓪
店員

06 レジ
re.ji ①
收銀機／收銀台

07 お札
さつ
o.sa.tsu ⓪
鈔票

08 レシート
re.shî.to ②
收據

09 セット
se.tto ①
套餐

10 シェイク
she.i.ku ①
奶昔

11 ソフトドリンク
so.fu.to.do.ri.n.ku ⑤
無酒精飲料

⑫ クーポン
kû.po.n ①

折價卷

---

⑬ ストロー
su.to.rô ②

吸管

---

⑭ ソフトクリーム
so.fu.to.ku.rî.mu ⑤

霜淇淋

---

⑮ コーヒー
kô.hî ③

咖啡

---

⑯ コーラ
kô.ra ①

可樂

---

⑰ ハンバーガー
ha.n.bâ.gâ ③

漢堡

---

⑱ ホットドック
ho.tto.do.ggu ④

熱狗

---

⑲ ポテト
po.te.to ①

薯條

---

⑳ ケチャップ
ke.cha.ppu ②

番茄醬

㉑ マスタード
ma.su.tâ.do ③

芥末醬

點讀發音 Track 137

店員（てんいん）：いらっしゃいませ。ご注文（ちゅうもん）をどうぞ。

佐藤（さとう）：Ａ（エー）セットをください。

店員（てんいん）：かしこまりました。お飲（の）み物（もの）は何（なん）にいたしますか。

佐藤（さとう）：何（なに）がありますか。

店員（てんいん）：こちらからお選（えら）びいただけます。

佐藤（さとう）：じゃあコーラをください。

店員（てんいん）：ありがとうございます。全部（ぜんぶ）で７５０（ななひゃくごじゅう）円（えん）です。

店員：歡迎光臨。這裡可以點餐喔。
佐藤：我要Ａ套餐。
店員：我知道了。飲料要喝什麼呢？
佐藤：有什麼呢？
店員：您可以從這裡選擇。
佐藤：那我要可樂。
店員：謝謝惠顧。總共是 750 圓。

ご当地メニュー

當地菜單

ハンバーガーの大手ファーストフード店は、いまや世界中どこにでも店舗があります。しかし、世界中どこでもすべて同じメニューを売っているのかというと、そうではありません。国ごとにオリジナルメニューがあります。日本では期間限定のメニューがあります。たとえば、お月見の季節には、卵を満月に見立てたハンバーガーが登場します。ほかにもオリンピックやサッカーワールドカップに合わせた期間限定メニューもよく登場します。皆さんの国にはどんなご当地メニューがありますか。

生活城市篇

01 団扇
うちわ

02 提灯
ちょうちん

03 店員
てんいん

04 和服
わ ふく

05 鉢巻き
はち ま

06 カウンター

07 ビール

08 おしぼり

09 やきとり

10 常連客
じょうれんきゃく

11 お通し
とお

豚キムチ鍋 一四〇円

⑫ **品書き／メニュー**（しながき）

⑬ **のれん**

手羽先串　二○○円

タコ唐揚げ　四○○円

焼き鳥（五本）七○○円

刺身盛り合せ　一二○○円

烏雑炊　六○○円

野菜サラダ四六○円

⑮ **日本酒**（にほんしゅ）

⑭ **梅酒**（うめしゅ）

梅酒

村尾

妻

朝日

七十八万石

兼八

⑲ **焼酎**（しょうちゅう）

⑯ **刺身**（さしみ）

⑰ **箸置き**（はしおき）

⑱ **割り箸**（わりばし）

⑳ **よっぱらい**

生活城市篇

01 うちわ
団扇
u.chi.wa ②

團扇

02 ちょうちん
提灯
chô.chi.n ③

燈籠

03 てん いん
店員
te.n.i.n ⓪

店員

04 わ ふく
和服
wa.fu.ku ⓪

和服

05 はち ま
鉢巻き
ha.chi.ma.ki ②

纏頭巾

06 **カウンター**
ka.u.n.tâ ⓪

櫃台

07 **ビール**
bî.ru ①

啤酒

08 **おしぼり**
o.shi.bo.ri ②

濕紙巾

09 **やきとり**
ya.ki.to.ri ⓪

烤雞肉串

10 じょうれんきゃく
常連客
jô.re.n.kya.ku ③

常客、熟客

11 とお
お通し
o.tô.shi ⓪

隨酒附上的小菜

生活城市篇

店員：いらっしゃいませ。何名様でしょうか。

林：二人です。

店員：お席は禁煙席と喫煙席がございますが、
　　　どちらにいたしますか。

林：禁煙席で。

店員：カウンターのお席でもよろしいでしょう
　　　か。

林：ええ、良いですよ。

店員：かしこまりました。こちらへどうぞ。

店員：歡迎光臨，請問有幾位呢？
林：兩位。
店員：我們有禁煙席和吸煙席，請問要坐哪一區呢？
林：要禁煙席。
店員：吧台的位置可以嗎？
林：可以。
店員：好的。這裡請。

とりあえずビール

先來杯啤酒吧！

　　日本の宴会では、よく最初の一杯にビールを注文します。参加者に「とりあえずビールでいい」と確認したり、店員に注文するときも「とりあえずビールね」と言っています。もはや「とりあえずビール」というフレーズは、宴会における慣用句と言っても過言ではありません。

　　銘柄にこだわる人やほかの物を飲みたい人にはちょっと迷惑な話かもしれませんが、最初の一杯だけおつきあいしてみてはいかがでしょう。

生活城市篇

01 窓口 (まどぐち)

02 郵便局員 (ゆうびんきょくいん)

1 郵便

03 はかり

04 郵便配達員 (ゆうびんはいたついん)

05 ポスト

郵便
〒
POST

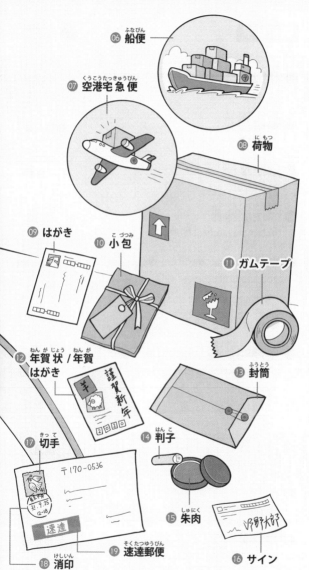

06 **船便** ふなびん

07 **空港宅急便** くうこうたっきゅうびん

08 **荷物** にもつ

09 **はがき**

10 **小包** こづつみ

11 **ガムテープ**

12 **年賀状／年賀はがき** ねんがじょう ねんが

13 **封筒** ふうとう

14 **判子** はんこ

15 **朱肉** しゅにく

16 **サイン**

17 **切手** きって

〒170-0536

速達

18 **消印** けしいん

19 **速達郵便** そくたつゆうびん

生活城市篇

01 窓口
まど ぐち
ma.do.gu.chi ②

櫃檯

---

02 郵便局員
ゆう びん きょく いん
yû.bi.n.kyo.ku.i.n ③

郵局人員

---

03 はかり
ha.ka.ri ③

磅秤

---

04 郵便配達員
ゆう びん はい たつ いん
yû.bi.n.ha.i.ta.tsu.i.n ⑧

郵差

---

05 ポスト
po.su.to ①

郵筒

---

06 船便
ふな びん
fu.na.bi.n ⓪

船運

---

07 空港宅急便
くう こう たっ きゅう びん
kû.kô.ta.kkyû.bi.n ⑦

空運

---

08 荷物
に もつ
ni.mo.tsu ①

包裹

---

09 はがき
ha.ga.ki ⓪

明信片

---

10 小包
こ づつみ
ko.zu.tsu.mi ②

小包裹

---

11 ガムテープ
ga.mu.tê.pu ③

封箱膠帶

---

⑫ 年賀状 / 年賀はがき
<ruby>年<rt>ねん</rt></ruby><ruby>賀<rt>が</rt></ruby><ruby>状<rt>じょう</rt></ruby> / <ruby>年<rt>ねん</rt></ruby><ruby>賀<rt>が</rt></ruby>はがき

ne.n.ga.jô / ne.n.ga.ha.ga.ki ③ / ④

賀年卡

⑬ 封筒
<ruby>封<rt>ふう</rt></ruby><ruby>筒<rt>とう</rt></ruby>

fû.tô ⓪

信封

⑭ 判子
<ruby>判<rt>はん</rt></ruby><ruby>子<rt>こ</rt></ruby>

ha.n.ko ③

圖章

⑮ 朱肉
<ruby>朱<rt>しゅ</rt></ruby><ruby>肉<rt>にく</rt></ruby>

shu.ni.ku ⓪

印泥

⑯ サイン

sa.i.n ①

簽名

⑰ 切手
<ruby>切<rt>きっ</rt></ruby><ruby>手<rt>て</rt></ruby>

ki.tte ⓪

郵票

⑱ 消印
<ruby>消<rt>けし</rt></ruby><ruby>印<rt>いん</rt></ruby>

ke.shi.i.n ⓪

郵戳

⑲ 速達郵便
<ruby>速<rt>そく</rt></ruby><ruby>達<rt>たつ</rt></ruby><ruby>郵<rt>ゆう</rt></ruby><ruby>便<rt>びん</rt></ruby>

so.ku.ta.tsu.yû.bi.n ⑤

快遞

生活城市篇

陳：すみません、これを台湾まで送りたいんですけど…。

郵便局員：重さを量ってみましょう。1キロですね。

陳：エアメールで一番速いのだと、いくらかかりますか。

郵便局員：速いのですと 1800 円ですね。

陳：台湾にいつごろ届きますか。

郵便局員：2 、3 日で届きますよ。

陳：わかりました、それでお願いします。

陳： 不好意思，我想要把這個寄去台灣……。

郵局人員： 先秤一下重量吧。是 1 公斤喔。

陳： 用最快的空運寄的話，要多少錢呢？

郵局人員： 用最快的寄的話，要 1800 圓。

陳： 大概多久會到台灣呢？

郵局人員： 兩三天就會到了唷。

陳： 我知道了，那我要用那個。

暑中見舞い 暑期問候

日本には、季節ごとにハガキを使って季節の挨拶をしたり、近況を連絡しあったりする風習があります。お正月には「年賀状」を、夏には「暑中見舞い」と言って、暑さで体調を崩していないかという内容を書いたハガキを送ったりします。

「暑中見舞い」の挨拶をするのは「立秋」までです。暑中見舞いの始まりは、だいたい梅雨が明け7月に入る頃から準備し始めます。「立秋」を過ぎると「残暑見舞い」という挨拶に変わります。

今年も暑さの厳しいかがお過ごしで暑さはこれからにお願いいたしま本年もどうぞ平成

謹賀新年

生活城市篇

① レート

② 銀行員 <ruby>ぎんこういん</ruby>

③ 番号札 <ruby>ばんごうふだ</ruby>

④ お札 <ruby>さつ</ruby>

⑤ トレー

⑥ 小銭 <ruby>こぜに</ruby>

⑦ キャッシュカード

⑧ 判子 <ruby>はんこ</ruby>

⑨ クレジットカード

⑩ 警備員 <ruby>けいびいん</ruby>

⑪ 預金通帳 <ruby>よきんつうちょう</ruby>

⑫ 貯金 <ruby>ちょきん</ruby>

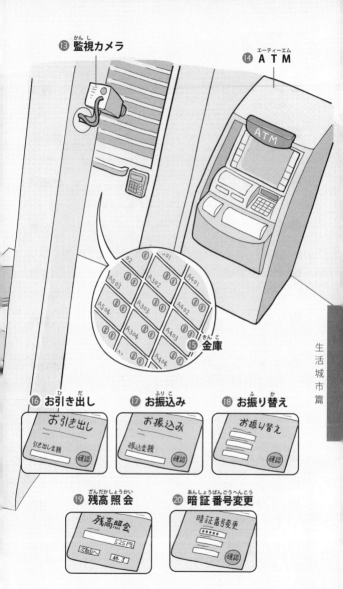

⑬ 監視カメラ（かんし）

⑭ ATM（エーティーエム）

⑮ 金庫（きんこ）

⑯ お引き出し（ひきだし）
お引き出し
引き出し金額
確認

⑰ お振込み（ふりこみ）
お振込み
振込金額
確認

⑱ お振り替え（ふりかえ）
お振り替え
確認

⑲ 残高照会（ざんだかしょうかい）
残高照会
525円
次頁へ　終了

⑳ 暗証番号変更（あんしょうばんごうへんこう）
暗証番号変更
✱✱✱✱✱
確認

生活城市篇

圖解單字

01 レート
re.to ①

匯率

---

02 銀行員
gi.n.kô.i.n ③

銀行員

---

03 番号札
ba.n.gô.fu.da ⑤

號碼牌

---

04 お札
o.sa.tsu ⓪

鈔票

---

05 トレー
to.rê ②

托盤

---

06 小銭
ko.ze.ni ⓪

銅板

---

07 キャッシュカード
kya.sshu.kâ.do ④

提款卡

---

08 判子
ha.n.ko ③

印章（圖章）

---

09 クレジットカード
ku.re.ji.ddo.kâ.do ⑥

信用卡

---

10 警備員
kê.bi.i.n ③

警衛

---

11 預金通帳
yo.ki.n.tsû.chô ④

存摺

---

⑫ 貯金
ちょ きん
cho.ki.n ⓪

存款、儲蓄

⑬ 監視カメラ
かん し
ka.n.shi.ka.me.ra ④

監視攝影機

⑭ ＡＴＭ
エーティーエム
ê.thî.e.mu ⑤

自動提款機

⑮ 金庫
きん こ
ki.n.ko ①

保險箱

⑯ お引き出し
ひ だ
o.hi.ki.da.shi ⓪

提款

⑰ お振込み
ふり こ
o.fu.ri.ko.mi ⓪

匯款

⑱ お振り替え
ふ か
o.fu.ri.ka.e ⓪

轉帳

⑲ 残高照会
ざん だか しょう かい
za.n.da.ka.shô.ka.i ⑤

餘額查詢

⑳ 暗証番号変更
あんしょうばん ごう へん こう
a.n.shô.ba.n.gô.he.n.kô ⑧

變更密碼

生活城市篇

點讀發音 Track 146

理香：ＡＴＭで振り込みがしたいんですけど、使い方がわからないので教えてください。

銀行員：あっ、こちらの窓口でも出来ますよ。

理香：そうですか、じゃあお願いします。

銀行員：まずこちらの用紙に必要事項をご記入ください。

理香：わかりました。

銀行員：10万円を超える現金でのお振込みの場合ですと、本人確認が必要です。

理香：はい、身分証を持って来ました。

理香：我想用 ATM 匯款，但是不知道使用方法，可以教我嗎？
銀行員：啊，這邊的窗口也可以辦理喔。
理香：這樣啊，那麻煩你了。
銀行員：首先，請在這裡的紙上填入必要的事項。
理香：我知道了。
銀行員：如果匯款的金額超過 10 萬圓的話，需要確認是本人喔。
理香：有，我帶身份證來了。

「預金」と「貯金」

「預金」和「貯金」

これらは似ていますが、厳密には違います。

「貯金」の本来の意味は、「お金を貯めること、お金を蓄えること」です。「貯金箱」や「タンス貯金」という言葉もあります。また、「郵便局にお金を預けること」も「貯金」と言います。

一方の「預金」は、「銀行などにお金を預ける」という意味です。しかし、日本郵政公社（郵便局）は民営化されて、「ゆうちょ銀行」という名前になりましたが、いまでも「貯金」という言葉を使っています。

生活城市篇

■ 337

02 ブランコ

03 鉄棒（てつぼう）

01 滑り台（すべりだい）

06 シーソー

09 砂場（すなば）

08 バケツ

07 スコップ

13 虫かご（むしかご）

05 **フリスビー**

04 **ジャングルジム**

11 **縄跳び**

10 **花壇**

12 **ゴミ箱**

生活城市篇

14 **虫取り網**

⑮ <ruby>噴水<rt>ふんすい</rt></ruby>

⑯ <ruby>街灯<rt>がいとう</rt></ruby>

⑰ シート

⑱ <ruby>お弁当<rt>べんとう</rt></ruby>

⑲ ベンチ

⑳ <ruby>水道<rt>すいどう</rt></ruby>

㉑ <ruby>野良猫<rt>のらねこ</rt></ruby>

01 滑り台
すべ だい
su.be.ri.da.i ③

溜滑梯

---

02 ブランコ
bu.ra.n.ko ①

鞦韆

---

03 鉄棒
てつ ぼう
te.tsu.bô ⓪

單槓

---

04 ジャングルジム
ja.n.gu.ru.ji.mu ⑤

立體攀爬架

---

05 フリスビー
fu.ri.su.bî ②

飛盤

---

06 シーソー
shî.sô ①

翹翹板

---

07 スコップ
su.ko.ppu ②

沙鏟

---

08 バケツ
ba.ke.tsu ⓪

小桶子

---

09 砂場
すな ば
su.na.ba ⓪

沙坑

---

10 花壇
か だん
ka.da.n ①

花圃

---

11 縄跳び
なわ と
na.wa.to.bi ③

跳繩

生活城市篇

⑫ ゴミ箱
go.mi.ba.ko ③

垃圾桶

⑬ 虫かご
mu.shi.ka.go ⓪

昆蟲箱

⑭ 虫取り網
mu.shi.to.ri.a.mi ④

捕蟲網

⑮ 噴水
fu.n.su.i ⓪

噴水池

⑯ 街灯
ga.i.tô ⓪

路燈

⑰ シート
shî.to ①

野餐墊

⑱ お弁当
o.be.n.tô ⓪

便當

⑲ ベンチ
be.n.chi ①

長椅

⑳ 水道
su.i.dô ⓪

自來水

㉑ 野良猫
no.ra.ne.ko ⓪

流浪貓

點讀發音 Track 149

麻里：子どもの頃、よくこの公園で遊んだよ
ね。

健一：うん、でも昔とだいぶ遊具が変わってる
よね。

麻里：そうだね、あの滑り台のところにはシー
ソーがあったよね。

健一：そうそう、それからあそこのジャングル
ジムも前はなかったよ。

麻里：うん、でもなんかいいね。思い出の場所
があるって。

健一：本当だね。

生活城市篇

麻里：我們小的時候，常在這個公園裡玩耍耶。

健一：嗯，但是跟以前比起來，很多遊樂設施都變得不一樣了呢。

麻里：對啊，那個溜滑梯的位置，以前是翹翹板耶。

健一：沒錯沒錯，還有那邊的立體方格架，以前也沒有呢。

麻里：嗯，不過有個充滿回憶的地方，好像還不錯呢。

健一：就是說啊。

12 電器屋 電気屋 <ruby>電気屋<rt>でんきや</rt></ruby>

① プロジェクター

② ビデオカメラ

③ デジタルカメラ

④ <ruby>携帯電話<rt>けいたいでんわ</rt></ruby>

⑤ マッサージチェア

⑥ ドライヤー

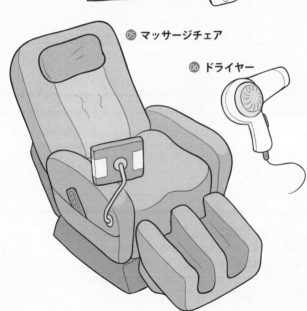

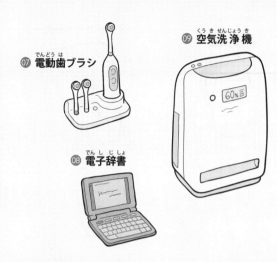

⑦ 電動歯ブラシ

⑨ 空気洗浄機

③ 電子辞書

圖解單字

① プロジェクター pu.ro.je.ku.tâ ③ 投影機

② ビデオカメラ bi.de.o.ka.me.ra ④ 攝影機

③ デジタルカメラ de.ji.ta.ru.ka.me.ra ⑤ 數位相機

④ 携帯電話 kê.ta.i.de.n.wa ⑤ 行動電話

⑤ マッサージチェア ma.ssâ.ji.che.a ⑥ 按摩椅

⑥ ドライヤー do.ra.i.yâ ② 吹風機

⑦ 電動歯ブラシ de.n.dô.ha.bu.ra.shi ⑥ 電動牙刷

⑧ 電子辞書 de.n.shi.ji.sho ④ 電子字典

⑨ 空気洗浄機 kû.ki.se.n.jô.ki ⑥ 空氣清淨器

生活城市篇

⑩ **魔法瓶**（まほうびん）

⑪ コーヒーメーカー

⑫ ジューサー

⑬ ホームベーカリー

⑭ トースター

⑮ ワッフルメーカー

⑯ たこ焼き器（やきき）

⑩ **魔法瓶**（ま ほう びん） ma.hô.bi.n ② 保溫壺

⑪ **コーヒーメーカー** kô.hî.mê.kâ ⑤ 咖啡機

⑫ **ジューサー** jû.sâ ① 果汁機

⑬ **ホームベーカリー** hô.mu.bê.ka.rî ④ 製麵包機

⑭ **トースター** tô.su.tâ ① 烤麵包機

⑮ **ワッフルメーカー** wa.ffu.ru.mê.kâ ⑤ 鬆餅機

⑯ **たこ焼き器**（や）（き） ta.ko.ya.ki.ki ④ 章魚燒機

⑰ **体重計**（たい じゅう けい） ta.i.jû.kê ⓪ 體重機

⑱ **掃除機**（そう じ き） sô.ji.ki ③ 吸塵器

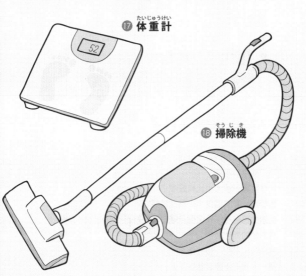

⑰ **体重計**（たい じゅう けい）

⑱ **掃除機**（そう じ き）

店員（てんいん）： いらっしゃいませ、何（なに）かお探（さが）しですか。

たかし： タブレットを探（さが）しているんですが。

店員（てんいん）： サイズはどれくらいのものがよろしいですか。

たかし： そうですね。なるべく小（ちい）さいものがいいと思（おも）うんですけど。

店員（てんいん）： こちらはいかがですか。今月発売（こんげつはつばい）した新商品（しんしょうひん）です。

たかし： 他（ほか）の色（いろ）はありますか。

店員（てんいん）： ホワイトとブラック、レッドがございます。

たかし： うーん、もう少（すこ）し考（かんが）えてみます。

店員： 歡迎光臨，想找些什麼嗎？

剛志： 我想找平板電腦。

店員： 尺寸要哪一種大小比較好呢？

剛志： 這個嘛，我想儘量小一點比較好吧。

店員： 這邊的怎麼樣？是這個月剛發售的新商品喔。

剛志： 有其他的顏色嗎？

店員： 有白色、黑色、和紅色。

剛志： 嗯～，我再考慮看看好了。

たこ焼きパーティー

章魚燒派對

　　大阪人の家には必ずあると言われている「たこ焼き器」。もちろんそんなことはありませんが、普及率はかなりのようです。

　　最近では、家庭用のホットプレートセットにたこ焼きのプレートもセットになったものも売られています。タコ以外に、お餅やチーズ、いたずらでワサビ入りとか、いろんな具材をいれてオリジナルたこ焼きにチャレンジするのも楽しそうですね。みんなでワイワイ、きっと楽しいパーティーになりますよ!

生活城市篇

01 フィギュア

02 プラモデル

03 <ruby>痛車<rt>いたしゃ</rt></ruby>

05 ライトノベル/
ラノベ

04 アニメ<ruby>抱<rt>だ</rt></ruby>き<ruby>枕<rt>まくら</rt></ruby>

06 漫画

08 同人誌

07 キャラクターグッズ

圖解單字

全文朗讀
Track 153

01 フィギュア fi.gyu.a ① 人型公仔

02 プラモデル pu.ra.mo.de.ru ③ 塑膠模型

03 痛車 i.ta.sha ⓪ 車輛彩繪

04 アニメ抱き枕
a.ni.me.da.ki.ma.ku.ra ⑥ 動漫人物抱枕

05 ライトノベル/ラノベ
ra.i.to.no.be.ru / ra.no.be ④/⓪ 輕小說

06 漫画 ma.n.ga ⓪ 漫畫

07 キャラクターグッズ
kya.ra.ku.tâ.gu.zzu ⑥ 角色週邊商品

08 同人誌 dô.ji.n.shi ③ 同人誌

生活城市篇

09 アニメ a.ni.me ① 動畫、卡通

10 ゲーム gê.mu ① 電玩遊戲

11 メイド喫茶
me.i.do.ki.ssa ④ 女僕咖啡廳

12 メイド me.i.do ⓪ 女僕

13 ガチャガチャ / ガチャポン
ga.cha.ga.cha / ga.cha.po.n ⓪ / ⓪
扭蛋機

14 PCパーツ pî.shî.pâ.tsu ⑤ 電腦零件

15 オタク o.ta.ku ⓪ 御宅族

16 電気街 de.n.ki.ga.i ③ 電器街

17 コスプレ ko.su.pu.re ⓪ 角色扮演

18 ゴスロリ / ゴシック・アンド・ロリータ
go.su.ro.ri / go.shi.kku・a.n.do・ro.rî.ta ⓪ / ⑨
哥德蘿莉塔（以黑白色及蕾絲裝扮為主的風格）

19 ゆるキャラ yu.ru.kya.ra ⓪ 吉祥物

11 メイド喫茶

12 メイド

10 ゲーム

09 アニメ

⑭ PCパーツ
（ピーシーパーツ）

⑯ 電気街
（でんきがい）

⑬ ガチャガチャ／
ガチャポン

⑮ オタク

⑰ コスプレ

⑲ ゆるキャラ

⑱ ゴスロリ／
ゴシック・アンド・ロリータ

生活城市篇

■ 353

静香：すみません、このフィギュアを探しているんですが、ありますか。

店員：あ～、これはもう売り切れましたよ。限定品ですから。

静香：そうですか、残念です。

店員：かなり人気がある商品ですから、たぶん他の店でももう売っていないと思いますよ。

静香：じゃ、これはありますか。

店員：あ、こちらでしたらそこの棚にございます。

静香：請問一下，我要找這款公仔，還有嗎？
店員：啊～，這個已經賣完唷，因為這是限定商品。
静香：這樣啊，好可惜喔。
店員：因為這是人氣很夯的商品，我想可能其他店也都賣光了吧。
静香：那，有這個嗎？
店員：啊，這個的話就在那裡的架子。

秋葉原 <ruby>秋<rt>あき</rt></ruby><ruby>葉<rt>は</rt></ruby><ruby>原<rt>ばら</rt></ruby> 秋葉原

世界的な観光地「秋葉原」。電気街としても有名ですが、今ではゲームやアニメ、サブカルチャーの聖地として、世界各地から観光客が訪れます。

メイドカフェでは、「いらっしゃいませ」の代わりに、「お帰りなさいませ、ご主人様♥」と迎えられます。こう言われるとわかっていても、実際に言われると戸惑ってしまいますよね。

しかし人気は絶大で、台湾や韓国、東南アジア、ヨーロッパ、アメリカにも、このスタイルのメイドカフェがあるそうです。

生活城市篇

■ 355

07 パーマ機器（きき）

08 ロッド

01 シャンプー
sha.n.pû ① 洗髪乳

02 リンス
ri.n.su ① 潤髪乳

03 鏡（かがみ）
ka.ga.mi ③ 鏡子

04 パーマ
pâ.ma ① 燙髪

05 ヘアカタログ
he.a.ka.ta.ro.gu ③
髪型型錄

06 シャンプー台（だい）
sha.n.pu.da.i ⓪
洗髪沖水台

07 パーマ機器（きき）
pa.ma.ki.ki ④
燙髪用的機器

08 ロッド
ro.ddo ① 髪捲

生活城市篇

■ 357

09 櫛 / コーム

13 メッシュ

12 カラー

10 バリカン

11 ハサミ

14 霧吹き

17 美容師

16 ドライヤー

15 ブラシ

■ 358

⑱ 観葉植物
かんようしょくぶつ

⑲ マッサージ

⑨ 櫛／コーム
くし

ku.shi／kô.mu ②／① 扁梳

⑩ バリカン

ba.ri.ka.n ⓪ 電動理髮器（剪）

⑪ ハサミ ha.sa.mi ③ 剪刀

⑫ カラー ka.râ ① 染髮

⑬ メッシュ me.sshu ① 挑染

⑭ 霧吹き ki.ri.fu.ki ③ 噴霧器
きりふ

⑮ ブラシ bu.ra.shi ① 梳子

⑯ ドライヤー

do.ra.i.yâ ② 吹風機

⑰ 美容師
びようし

bi.yô.shi ② 美髮師

⑱ 観葉植物
かんようしょくぶつ

ka.n.yô.sho.ku.bu.tsu ⑥ 盆栽

⑲ マッサージ

ma.ssâ.ji ③ 按摩

生活城市篇

🔵 點讀發音 Track 157

美容師：今日はどのようにしますか。

....

田村：この写真みたいにしてもらえますか。

....

美容師：このショートヘアーですね。

....

田村：はい、あと前髪なんですけど、この写真より少し短めにしてほしいんです。

....

美容師：かしこまりました。耳は出しますか。

....

田村：はい、お願いします。

美髮師：今天想要怎麼弄呢？
田村：可以弄得跟這張照片一樣嗎？
美髮師：這種短髮是吧。
田村：對，還有前面的瀏海，我想要比這張照片上還要再短一點。
美髮師：我知道了。耳朵要露出來嗎？
田村：要，麻煩你了。

着付けをしてもらおう

来換和服吧！

お宮参り、七五三、成人式、結婚式など、着物を着る機会はありますが、着物を一人で着られない…。そんなときは、美容院で着付けをしてもらいましょう。和装にあう髪型にしてもらい、メイクもしてもらうこともできます。必ず予約をして、そのときに何を準備したらいいか、事前に確認するとよいでしょう。浴衣の着付けもしてくれる美容院もありますので、利用してみては。

生活城市篇

01 プール

02 シングルルーム

03 ダブルルーム

04 清掃員 (せいそういん)

05 ハウスキーピング

06 レストラン

07 宴会場 (えんかいじょう)

08 ポーター / ベルボーイ

GYM **09** ジム

10 ルームサービス

11 ホテルマン

12 カフェ

16 コンシェルジュ

Check In **17** チェックイン

13 カート

18 フロント

Check Out

14 キャリーバッグ

19 チェックアウト

15 チップ

20 ロビー

01 プール
pû.ru ①
游泳池

02 シングルルーム
shi.n.gu.ru.rû.mu ⑤
單人房

03 ダブルルーム
da.bu.ru.rû.mu ④
雙人房

04 清掃員
せい そう いん
sê.sô.i.n ③
打掃人員

05 ハウスキーピング
ha.u.su.kî.pi.n.gu ④
客房清理

06 レストラン
re.su.to.ra.n ①
餐廳

07 宴会場
えん かい じょう
e.n.ka.i.jô ⓪
宴會廳

08 ポーター／ベルボーイ
pô.tâ / be.ru.bô.i ① / ③
行李員／門房

09 ジム
ji.mu ①
健身房

10 ルームサービス
rû.mu.sâ.bi.su ④
客房服務

11 ホテルマン
ho.te.ru.ma.n ③
飯店工作人員

⑫ カフェ
ka.fe ①

咖啡廳

⑬ カート
kâ.to ①

行李推車

⑭ キャリーバッグ
kya.rî.ba.ggu ④

行李箱

⑮ チップ
chi.ppu ①

小費

⑯ コンシェルジュ
ko.n.she.ru.ju ③

櫃檯服務員

⑰ チェックイン
che.kku.i.n ③ / ④

辦理入住

⑱ フロント
fu.ro.n.to ⓪

櫃台

⑲ チェックアウト
che.kku.a.u.to ④

辦理退房

⑳ ロビー
ro.bî ①

大廳

生活城市篇

點讀發音 Track 160

佐藤： 予約をした佐藤です。

受付： 佐藤たかし様、シングルルーム一泊朝食付きですね。

佐藤： はい、そうです。あっそうだ、突然で申し訳ないんですが、二泊に変更する事って出来ますか。

受付： 少々お待ちください。はい、出来ますよ。では二泊目も朝食付きでよろしいでしょうか。

佐藤： ええ、お願いします。

佐藤： 我是有預約的佐藤。
櫃台： 佐藤剛志先生，單人房，住一個晚上附早餐，對嗎？
佐藤： 對，沒錯。啊對了，突然這麼說很不好意思，可以改成住兩個晚上嗎？
櫃台： 請稍等一下。好了，可以唷。那麼兩天都要附早餐嗎？
佐藤： 對，麻煩你了。

ホテルのサービス

飯店服務

　日本のホテルの部屋にある冷蔵庫はだいたい空っぽです。最近では、環境問題や節電のために、冷蔵庫の電源がオフになっていますので、使うときは自分でオンにしなければなりません。

　また、アイロンや加湿器など特別なものが必要なときは、フロントに聞いてみてください。具合が悪くなったときも、無理をせずにホテルの人に近くの薬局や病院を聞いてみてください。きっと力になってくれますよ。

16 公司 会社 <ruby>会社<rt>かいしゃ</rt></ruby>

01 プロジェクター

02 <ruby>会議室<rt>かいぎしつ</rt></ruby>

03 <ruby>面接<rt>めんせつ</rt></ruby>

04 <ruby>受付嬢<rt>うけつけじょう</rt></ruby>

05 <ruby>受付<rt>うけつけ</rt></ruby>

06 オフィス

07 タイムカード

08 <ruby>棚<rt>たな</rt></ruby> / スチール<ruby>棚<rt>だな</rt></ruby>

09 シュレッダー

10 <ruby>電話<rt>でんわ</rt></ruby>

11 <ruby>食堂<rt>しょくどう</rt></ruby>

⑫ 自動販売機 （じどうはんばいき）

⑬ コピー機 （き）

⑭ オフィスデスク

⑮ 給湯室 （きゅうとうしつ）

⑯ バインダー

生活城市篇

⑰ 社長室（しゃちょうしつ）

⑲ 上司（じょうし）

⑱ 部下（ぶか）

⑳ 先輩（せんぱい）

㉑ 後輩（こうはい）

㉒ 同僚（どうりょう）

㉓ ファイル

㉔ ボーナス

㉕ 給料（きゅうりょう）

01 プロジェクター
pu.ro.je.ku.tâ ③　　　投影機

02 会議室
ka.i.gi.shi.tsu ③　　　會議室

03 面接
me.n.se.tsu ⓪　　　面試

04 受付嬢
u.ke.tsu.ke.jô ④　　　櫃台小姐

05 受付
u.ke.tsu.ke ⓪　　　櫃台

06 オフィス
o.fi.su ①　　　辦公室

07 タイムカード
ta.i.mu.kâ.do ④　　　出勤卡片

08 棚 / スチール棚
ta.na / su.chî.ru.da.na ⓪ / ⑤　　　架子／鐵架

09 シュレッダー
shu.re.ddâ ②　　　碎紙機

10 電話
de.n.wa ⓪　　　電話

11 食堂
sho.ku.dô ⓪　　　餐廳

生活城市篇

⑫ 自動販売機 ji.dô.ha.n.ba.i.ki ⑥　　　　自動販賣機

⑬ コピー機 ko.pî.ki ②　　　　影印機

⑭ オフィスデスク o.fi.su.de.su.ku ④　　　　辦公桌

⑮ 給湯室 kyû.tô.shi.tsu ③　　　　茶水間

⑯ バインダー ba.i.n.dâ ⓪　　　　活頁夾

⑰ 社長室 sha.chô.shi.tsu ②　　　　社長室

⑱ 部下 bu.ka ①　　　　部下

⑲ 上司 jô.shi ①　　　　上司

⑳ 先輩 se.n.pa.i ⓪　　　　前輩

㉑ 後輩 kô.ha.i ①　　　　後輩

㉒ 同僚 dô.ryô ⓪　　　　同事

㉓ ファイル fa.i.ru ①　　　　檔案夾

㉔ ボーナス bô.na.su ①　　　　獎金

㉕ 給料 kyû.ryô ①　　　　薪水

木下（きのした）：今回（こんかい）の新入社員（しんにゅうしゃいん）って何人（なんにん）でしたっけ。

村田（むらた）：男（おとこ）3、女（おんな）5の8人（はちにん）だよ。

木下（きのした）：じゃあこの会議室（かいぎしつ）だけでいいですよね。

村田（むらた）：うん、あっでも確（たし）かこの部屋（へや）のプロジェクターは壊（こわ）れていたよね。

木下（きのした）：そうですか、じゃあ隣（となり）の会議室（かいぎしつ）に変（か）えましょうか。

村田（むらた）：うん、そうしよう。

生活城市篇

木下： 這次的新進社員有多少人啊？
村田： 3個男生，5個女生，總共8個人
木下： 那用這間會議室就可以了吧。
村田： 嗯，不過這個房間的投影機好像壞掉了耶。
木下： 是喔，那就改用隔壁那間會議室吧？
村田： 好啊，就這麼辦。

01 スクールバス

02 視聴覚教室（し ちょうかくきょうしつ）

03 木工室（もっこうしつ）

06 校門（こうもん）

07 廊下（ろう か）

08 ロッカー

09 上履き（うわ ば）

11 学生服（がくせいふく）

10 保健室（ほけんしつ）

12 石像（せきぞう）

⑭ 図書室（としょしつ）

04 音楽室（おんがくしつ）

05 理科室（りかしつ）

⑮ 教室（きょうしつ）

⑬ 職員室（しょくいんしつ）

⑯ 校長室（こうちょうしつ）

生活城市篇

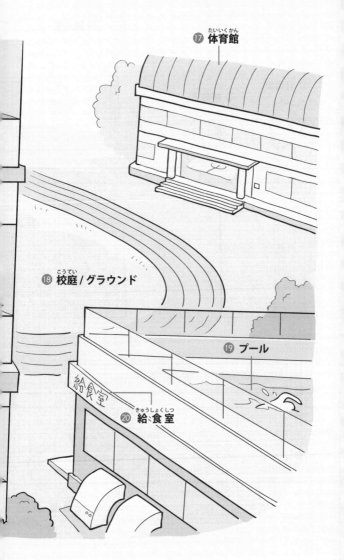

⑰ <ruby>体育館<rt>たいいくかん</rt></ruby>

⑱ <ruby>校庭<rt>こうてい</rt></ruby>/グラウンド

⑲ プール

給食室

⑳ <ruby>給食室<rt>きゅうしょくしつ</rt></ruby>

01 スクールバス
su.kû.ru.ba.su ⑤

校車

02 視聴覚教室
shi.chô.ka.ku.kyô.shi.tsu ⑤

視聽教室

03 木工室
mo.kkô.shi.tsu ③

工藝教室

04 音楽室
o.n.ga.ku.shi.tsu ④

音樂教室

05 理科室
ri.ka.shi.tsu ②

理科教室

06 校門
kô.mo.n ⓪

校門

07 廊下
rô.ka ⓪

走廊

08 ロッカー
ro.kkâ ①

置物櫃

09 上履き
u.wa.ba.ki ⓪

室內鞋

10 保健室
ho.ke.n.shi.tsu ②

保健室

11 学生服
ga.ku.sê.fu.ku ③

學生制服

生活城市篇

⑫ 石像
せき ぞう
se.ki.zô ⓪

石雕像

⑬ 職員室
しょく いん しつ
sho.ku.i.n.shi.tsu ③

職員辦公室

⑭ 図書室
と しょ しつ
to.sho.shi.tsu ②

圖書室

⑮ 教室
きょう しつ
kyô.shi.tsu ②

教室

⑯ 校長室
こう ちょう しつ
kô.chô.shi.tsu ③

校長室

⑰ 体育館
たい いく かん
ta.i.i.ku.ka.n ④

體育館

⑱ 校庭 / グラウンド
こう てい
kô.tê / gu.ra.u.n.do ⓪ / ⓪

操場

⑲ プール
pû.ru ①

游泳池

⑳ 給食室
きゅう しょく しつ
kyû.sho.ku.shi.tsu ④

學校廚房

點讀發音 Track 165

先生：木村さん、どうかしましたか。

木村：先生、ちょっと気分が悪くて…。

先生：それはいけませんね。保健室で見てもらいなさい。ひとりで行けますか。

木村：はい…。

先生：顔色もあまりよくないですね。辛かったら今日は早退しなさい。

木村：わかりました。

生活城市篇

老師：木村同學，怎麼了嗎？

木村：老師，我覺得有一點不舒服……。

老師：這樣下去不行呢。去保健室給保健室老師看看。你自己可以去嗎？

木村：可以……。

老師：臉色看起來也不好耶。真的很不舒服的話，今天就早一點回去吧。

木村：我知道了。

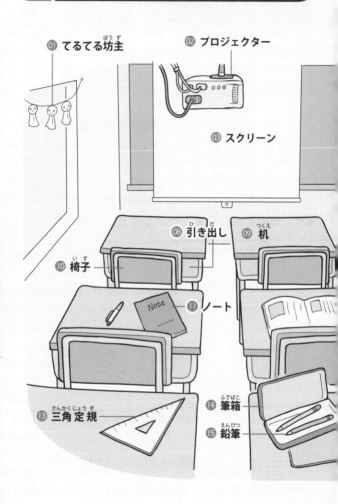

01 てるてる坊主
ぼうず

02 プロジェクター

03 スクリーン

08 引き出し
ひ だ

09 机
つくえ

10 椅子
いす

11 ノート

13 三角定規
さんかくじょうぎ

14 筆箱
ふでばこ

15 鉛筆
えんぴつ

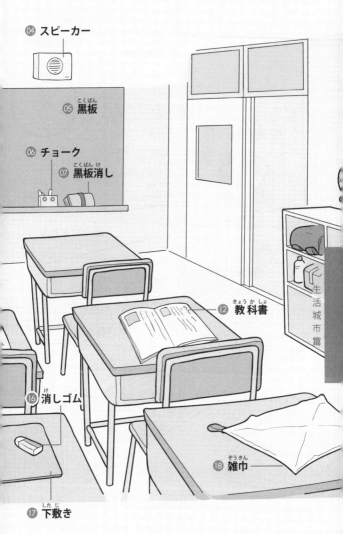

04 スピーカー

05 黒板（こくばん）

06 チョーク

07 黒板消し（こくばんけし）

12 教科書（きょうかしょ）

16 消しゴム（けしゴム）

17 下敷き（したじき）

18 雑巾（ぞうきん）

生活城市篇

⑳ 時間割り

⑲ 地球儀

㉑ 時計

㉒ ランドセル

01 てるてる坊主
ぼう ず
te.ru.te.ru.bô.zu ⑤ — 晴天娃娃

02 プロジェクター
pu.ro.je.ku.tâ ③ — 投影機

03 スクリーン
su.ku.rî.n ③ — 投影螢幕

04 スピーカー
su.pî.kâ ② — 喇叭

05 黒板
こく ばん
ko.ku.ba.n ⓪ — 黑板

06 チョーク
chô.ku ① — 粉筆

07 黒板消し
こく ばん け
ko.ku.ba.n.ke.shi ③ — 板擦

08 引き出し
ひ だ
hi.ki.da.shi ⓪ — 抽屜

09 机
つくえ
tsu.ku.e ⓪ — 書桌

10 椅子
い す
i.su ⓪ — 椅子

11 ノート
nô.to ① — 筆記本

生活城市篇

⑫ 教科書
きょう か しょ
kyô.ka.sho ③

課本

⑬ 三角定規
さん かく じょう ぎ
sa.n.ka.ku.jô.gi ⑤

三角尺

⑭ 筆箱
ふで ばこ
fu.de.ba.ko ⓪

鉛筆盒

⑮ 鉛筆
えん ぴつ
e.n.pi.tsu ⓪

鉛筆

⑯ 消しゴム
け
ke.shi.go.mu ⓪

橡皮擦

⑰ 下敷き
した じ
shi.ta.ji.ki ⓪

墊板

⑱ 雑巾
ぞう きん
zô.ki.n ③

抹布

⑲ 地球儀
ち きゅう ぎ
chi.kyû.gi ②

地球儀

⑳ 時間割り
じ かん わ
ji.ka.n.wa.ri ⓪

課表

㉑ 時計
と けい
to.kê ⓪

時鐘

㉒ ランドセル
ra.n.do.se.ru ④

書包

静香：ねぇ、鉛筆貸して。

たかし：いいよ。筆箱忘れたの。

静香：うん、そうなの。

たかし：消しゴムも二つあるから一つ貸してあげるよ。

静香：本当に！

たかし：気にしないでいいよ。放課後に返してくれればいいよ。

静香：ありがとう。

生活城市篇

靜香：喂，借我鉛筆一下。
剛志：好啊。你忘記帶鉛筆盒喔？
靜香：嗯，對啊。
剛志：我有兩個橡皮擦，借你一個吧。
靜香：真的嗎！
剛志：不用客氣啦。放學後再還我就好囉。
靜香：謝謝。

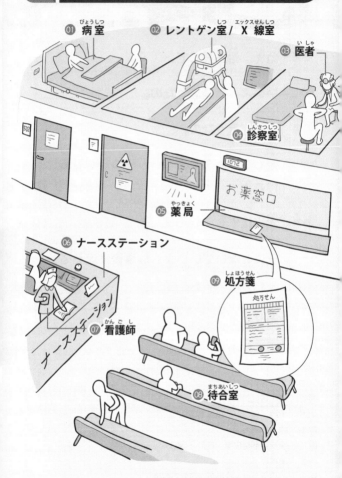

01 病室
びょうしつ

02 レントゲン室／X線室
しつ　エックスせんしつ

03 医者
いしゃ

04 診察室
しんさつしつ

05 薬局
やっきょく

06 ナースステーション

07 看護師
かんごし

08 待合室
まちあいしつ

09 処方箋
しょほうせん

お薬窓口

処方せん

⑩ 手術（しゅじゅつ）

⑪ 手術室（しゅじゅつしつ）

⑫ 内科（ないか）

⑬ 外科（げか）

⑭ 眼科（がんか）

⑮ 小児科（しょうにか）

⑯ 産婦人科（さんふじんか）

⑰ 泌尿器科（ひにょうきか）

⑱ 歯科（しか）

⑲ 皮膚科（ひふか）

⑳ 耳鼻咽喉科（じびいんこうか）

㉑ 点滴（てんてき）

㉒ 車椅子（くるまいす）

㉓ 救急車（きゅうきゅうしゃ）

㉔ ストレッチャー／担架（たんか）

01 病室 びょうしつ byô.shi.tsu ⓪ 病房

02 レントゲン室 / Ｘ線室 しつ エックスせんしつ
re.n.to.ge.n.shi.tsu / e.kku.su.se.n.shi.tsu ⑤ / ⑤ Ｘ光放射室

03 医者 いしゃ i.sha ⓪ 醫生

04 診察室 しんさつしつ shi.n.sa.tsu.shi.tsu ④ 診察室

05 薬局 やっきょく ya.kkyo.ku ⓪ 藥局

06 ナースステーション nâ.su.su.tê.sho.n ⑤ 護理站

07 看護師 かんごし ka.n.go.shi ③ 護理師

08 待合室 まちあいしつ ma.chi.a.i.shi.tsu ③ 候診室

09 処方箋 しょほうせん sho.hô.se.n ⓪ 處方箋

10 手術 しゅじゅつ shu.ju.tsu ① 手術

11 手術室 しゅじゅつしつ shu.ju.tsu.shi.tsu ③ 手術室

12 内科 ないか na.i.ka ⓪ 內科

⑬ 外科 ge.ka ⓪ 　　　　　　　　　外科

⑭ 眼科 ga.n.ka ⓪ 　　　　　　　　眼科

⑮ 小児科 shô.ni.ka ⓪ 　　　　　　小兒科

⑯ 産婦人科 sa.n.fu.ji.n.ka ⓪ 　　婦產科

⑰ 泌尿器科 hi.nyô.ki.ka ⓪ 　　　泌尿科

⑱ 歯科 shi.ka ⓪ 　　　　　　　　牙科

⑲ 皮膚科 hi.fu.ka ⓪ 　　　　　　皮膚科

⑳ 耳鼻咽喉科 ji.bi.i.n.kô.ka ⓪ 　耳鼻喉科

㉑ 点滴 te.n.te.ki ⓪ 　　　　　　點滴

㉒ 車椅子 ku.ru.ma.i.su ③ 　　　輪椅

㉓ 救急車 kyû.kyû.sha ③ 　　　　救護車

㉔ ストレッチャー / 担架
su.to.re.cchâ / ta.n.ka ③ / ① 　擔架

點讀發音 Track 169

あきこ： ひとし、手術お疲れ様。

ひとし： うん、お見舞いに来てくれてありがとう。

あきこ： 救急車で運ばれたときはびっくりしたよ。

ひとし： 急だったからね。でも大丈夫だよ。

あきこ： よかった。まだ歩けないんでしょう。

ひとし： うん、でも車椅子で病院の近くを散歩したりは出来るよ。

あきこ： あまり無理しちゃだめだよ。

明子：阿仁，手術辛苦了。
仁史：嗯，謝謝你來看我。
明子：坐救護車的時候，我嚇了一大跳呢。
仁史：因為很緊急嘛。不過現在沒事了啦。
明子：太好了。現在還不能走路吧？
仁史：對啊，不過可以坐輪椅在醫院附近散步啦。
明子：不要太勉強喔。

フローレンス・ナイチンゲール

佛羅倫斯・南丁格爾

　彼女はイタリア生まれのイギリスの看護師です。１８５４年に始まったクリミア戦争での負傷兵たちの看護の功績から「クリミアの天使」と呼ばれています。彼女が有名になったのは、献身的な看護という面よりも、むしろ、病院や看護施設の創設や改善に努力し、看護師の教育制度を整えたことにあります。ナイチンゲールの著書「看護覚え書き」は、看護教育の場などで古典として読み継がれています。

20 疾病 <ruby>病気<rt>びょうき</rt></ruby>

01 <ruby>風邪<rt>かぜ</rt></ruby> / インフルエンザ

02 <ruby>発熱<rt>はつねつ</rt></ruby>

03 <ruby>嘔吐<rt>おうと</rt></ruby>

04 <ruby>食中毒<rt>しょくちゅうどく</rt></ruby>

05 <ruby>咳<rt>せき</rt></ruby>

06 <ruby>花粉症<rt>かふんしょう</rt></ruby>

07 アレルギー

08 <ruby>下痢<rt>げり</rt></ruby>

09 便秘
べんぴ

10 貧血
ひんけつ

11 眩暈
めまい

全文朗讀
Track 171

圖解單字

01 風邪 / インフルエンザ
かぜ
ka.ze / i.n.fu.ru.e.n.za ⓪ / ⑤ 感冒/流行性感冒

02 発熱 ha.tsu.ne.tsu ⓪ 發燒
はつねつ

03 嘔吐 ô.to ① 嘔吐
おうと

04 食中毒 sho.ku.chû.do.ku ③ 食物中毒
しょくちゅうどく

05 咳 se.ki ⓪ 咳嗽
せき

06 花粉症 ka.fu.n.shô ⓪ 花粉症
かふんしょう

07 アレルギー a.re.ru.gî ② 過敏

08 下痢 ge.ri ⓪ 腹瀉
げり

09 便秘 be.n.pi ⓪ 便秘
べんぴ

10 貧血 hi.n.ke.tsu ⓪ 貧血
ひんけつ

11 眩暈 me.ma.i ② 暈眩
めまい

生活城市篇

■ 393

⑫ 腰痛
ようつう

⑬ 腹痛
ふくつう

⑭ 肩こり
かた

⑮ 頭痛
ずつう

⑯ 不眠
ふみん

⑰ 火傷
やけど

⑱ 鼻血
はなぢ

⑲ 骨折
こっせつ

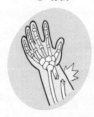

⑳ ギブス

⑫ **腰痛** yô.tsû ⓪ 腰痛

⑬ **腹痛** fu.ku.tsû ⓪ 肚子痛

⑭ **肩こり** ka.ta.ko.ri ② 肩頸痠痛

⑮ **頭痛** zu.tsû ⓪ 頭痛

⑯ **不眠** fu.mi.n ⓪ 失眠

⑰ **火傷** ya.ke.do ⓪ 燙傷

⑱ **鼻血** ha.na.ji ⓪ 鼻血

⑲ **骨折** ko.sse.tsu ⓪ 骨折

⑳ **ギブス** gi.bu.su ① 石膏

㉑ **あざ** a.za ② 瘀傷

㉒ **出血** shu.kke.tsu ⓪ 出血

㉓ **切傷** ki.ri.ki.zu ② 切割傷

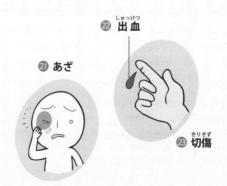

㉒ **出血** しゅっけつ

㉑ **あざ**

㉓ **切傷** きりきず

點讀發音 Track 172

理香
りか：どうしたのマスクして。風邪
かぜ。

広樹
ひろき：ううん、花粉症
かふんしょうなんだよね。

理香
りか：ああ、じゃあこの季節
きせつは辛
つらいよね。

広樹
ひろき：うん、毎年鼻水
まいとしはなみずが止
とまらなくて困
こまるよ。

理香
りか：うちの母親
ははおやもそうだからよくわかるよ。

広樹
ひろき：そうなんだ。あぁ、早
はやく夏
なつになれば良
いい
のに。

理香： 你為什麼戴口罩？感冒嗎？
廣樹： 不是啦，是花粉症。
理香： 啊，這種季節會很辛苦的呢。
廣樹： 對啊，每年都會流鼻水，有夠困擾的。
理香： 我媽媽也會這樣，所以我了解。
廣樹： 這樣啊。啊～，夏天趕快來就好了。

痛みの表現

疼痛的表現

　　「○○が痛いです」と、どこが痛いのか言うことはできても、どのくらい痛いのか、どんな風に痛いのかを外国語で説明するのは難しいと思います。日本語には「擬音語」、「擬態語」というものがあって、よく使われる痛みを表す語には、「ズキズキ」、「ズキンズキン」、「チクチク」、「シクシク」、「キリキリ」などがあります。「チクチク」は針の先で刺されるような感覚、「ズキンズキン」は鼓動のように脈打つ感じです。どんな痛みか想像できますか。

生活城市篇

身體 からだ 体

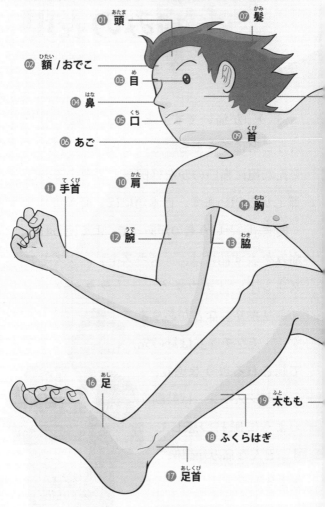

- 01 頭 あたま
- 02 額 / おでこ ひたい
- 03 目 め
- 04 鼻 はな
- 05 口 くち
- 06 あご
- 07 髪 かみ
- 09 首 くび
- 10 肩 かた
- 11 手首 てくび
- 12 腕 うで
- 13 脇 わき
- 14 胸 むね
- 16 足 あし
- 17 足首 あしくび
- 18 ふくらはぎ
- 19 太もも ふと

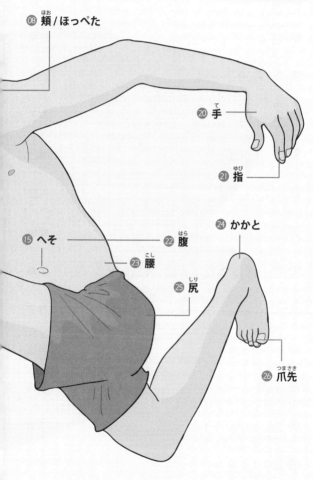

03 頬 / ほっぺた

20 手

21 指

24 かかと

15 へそ

22 腹

23 腰

25 尻

26 爪先

① <ruby>頭<rt>あたま</rt></ruby> a.ta.ma ③ 　　　　　　頭

② <ruby>額<rt>ひたい</rt></ruby> / おでこ hi.ta.i / o.de.ko ⓪ / ② 　　額頭

③ <ruby>目<rt>め</rt></ruby> me ⓪ 　　　　　　　　眼睛

④ <ruby>鼻<rt>はな</rt></ruby> ha.na ⓪ 　　　　　　鼻子

⑤ <ruby>口<rt>くち</rt></ruby> ku.chi ⓪ 　　　　　　嘴巴

⑥ あご a.go ② 　　　　　　下巴

⑦ <ruby>髪<rt>かみ</rt></ruby> ka.mi ② 　　　　　　頭髮

⑧ <ruby>頬<rt>ほお</rt></ruby> / ほっぺた hô / ho.ppe.ta ① / ③ 　臉頰

⑨ <ruby>首<rt>くび</rt></ruby> ku.bi ⓪ 　　　　　　脖子

⑩ <ruby>肩<rt>かた</rt></ruby> ka.ta ① 　　　　　　肩膀

⑪ <ruby>手首<rt>てくび</rt></ruby> te.ku.bi ① 　　　　手碗

⑫ <ruby>腕<rt>うで</rt></ruby> u.de ② 　　　　　　手臂

⑬ <ruby>脇<rt>わき</rt></ruby> wa.ki ② 　　　　　　腋下

⑭ 胸 **mu.ne** ② 　　　　　　　　　　胸部

⑮ へそ **he.so** ⓪ 　　　　　　　　　　肚臍

⑯ 足 **a.shi** ② 　　　　　　　　　　　脚

⑰ 足首 **a.shi.ku.bi** ② 　　　　　　脚踝

⑱ ふくらはぎ **fu.ku.ra.ha.gi** ③ 　小腿

⑲ 太もも **fu.to.mo.mo** ⓪ 　　　　大腿

⑳ 手 **te** ① 　　　　　　　　　　　　手

㉑ 指 **yu.bi** ② 　　　　　　　（手、腳）指

㉒ 腹 **ha.ra** ② 　　　　　　　　　　腹部

㉓ 腰 **ko.shi** ⓪ 　　　　　　　　　　腰部

㉔ かかと **ka.ka.to** ⓪ 　　　　　　脚後跟

㉕ 尻 **shi.ri** ② 　　　　　　　　　　屁股

㉖ 爪先 **tsu.ma.sa.ki** ⓪ 　　　　　脚尖

點讀發音 Track 175

ゆうた： このモデルの人<ruby>人<rt>ひと</rt></ruby>すごく<ruby>足<rt>あし</rt></ruby>が<ruby>長<rt>なが</rt></ruby>いよね。

理子（りこ）： <ruby>羨<rt>うらや</rt></ruby>ましいな。<ruby>私<rt>わたし</rt></ruby>は<ruby>足<rt>あし</rt></ruby>が<ruby>短<rt>みじか</rt></ruby>いから。

ゆうた： <ruby>僕<rt>ぼく</rt></ruby>も<ruby>背<rt>せ</rt></ruby>が<ruby>高<rt>たか</rt></ruby>い<ruby>人<rt>ひと</rt></ruby>にあこがれるな。

理子（りこ）： いいよね、たぶん<ruby>見<rt>み</rt></ruby>えている<ruby>景色<rt>けしき</rt></ruby>も<ruby>違<rt>ちが</rt></ruby>うんだろうな。

ゆうた： うん、そうだよね。

理子（りこ）： せめてあと5センチ<ruby>高<rt>たか</rt></ruby>かったらなぁ。

悠太： 這個模特兒的腿好長唷。
理子： 真是羨慕啊，因為我的腿很短。
悠太： 我也好憧憬當個身高高的人啊。
理子： 真的很好耶，看到的風景可能都不太一樣吧。
悠太： 嗯，應該是吧。
理子： 如果再多個 5 公分該有多好啊。

身体を使った慣用表現

用身體表達的慣用語

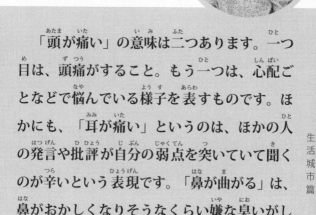

「頭が痛い」の意味は二つあります。一つ目は、頭痛がすること。もう一つは、心配ごとなどで悩んでいる様子を表すものです。ほかにも、「耳が痛い」というのは、ほかの人の発言や批評が自分の弱点を突いていて聞くのが辛いという表現です。「鼻が曲がる」は、鼻がおかしくなりそうなくらい嫌な臭いがしている様子です。

慣用表現は数えきれないほどありますが、難しいと敬遠せずに、楽しみながら覚えましょう。

生活城市篇

旅行レジャー

旅遊休閒篇

01 機場 空港 (くうこう)

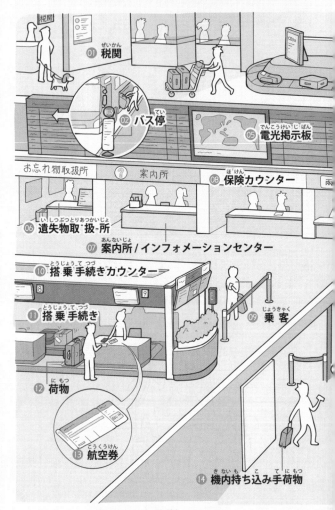

01 税関 (ぜいかん)

02 バス停 (てい)

05 電光掲示板 (でんこうけいじばん)

お忘れ物取扱所

案内所

08 保険カウンター (ほけん)

06 遺失物取扱-所 (いしつぶつとりあつかいじょ)

07 案内所 / インフォメーションセンター (あんないじょ)

10 搭乗手続きカウンター (とうじょうてつづき)

11 搭乗手続き (とうじょうてつづき)

09 乗客 (じょうきゃく)

12 荷物 (にもつ)

13 航空券 (こうくうけん)

14 機内持ち込み手荷物 (きないもちこみてにもつ)

03 ターミナル

04 手荷物受け取り場

20 出発ロビー

DUTY FREE SHOP

19 免税店

両替

15 両替所

18 ゲート型金属探知器

16 入国審査

17 手荷物検査

旅遊休閒篇

01 税関
ぜい かん
zê.ka.n 0

海關

02 バス停
てい
ba.su.tê 0

巴士站

03 ターミナル
tâ.mi.na.ru 1

航廈

04 手荷物受け取り場
て に もつ う け と ば
te.ni.mo.tsu.u.ke.to.ri.ba 2

行李提領處

05 電光掲示板
でん こう けい じ ばん
de.n.kô.kê.ji.ba.n 0

航班顯示表

06 遺失物取扱所
い しつ ぶつ とり あつかい じょ
i.shi.tsu.bu.tsu.to.ri.a.tsu.ka.i.jo 3

失物招領處

07 案内所 / インフォメーションセンター
あん ない じょ
a.n.na.i.jo / i.n.fo.mê.sho.n.se.n.tâ 0 / 8

詢問處

08 保険カウンター
ほ けん
ho.ke.n.ka.u.n.tâ 5

保險櫃台

09 乗客
じょうきゃく
jô.kya.ku 0

乘客

10 搭乗手続きカウンター
とうじょう て つづ
tô.jô.te.tsu.zu.ki.ka.u.n.tâ 10

辦理登機櫃台

11 搭乗手続き
とうじょう て つづ
tô.jô.te.tsu.zu.ki 6

辦理登機

⑫ 荷物
に もつ
ni.mo.tsu ①

行李

⑬ 航空券
こう くう けん
kô.kû.ke.n ③

機票

⑭ 機内持ち込み手荷物
き ない も こ て に もつ
ki.na.i.mo.chi.ko.mi.te.ni.mo.tsu ⑨

登機的手提行李

⑮ 両替所
りょう がえ じょ
ryô.ga.e.jo ⓪

兌幣處

⑯ 入国審査
にゅう こく しん さ
nyû.ko.ku.shi.n.sa ⑤

入關檢查

⑰ 手荷物検査
て に もつけん さ
te.ni.mo.tsu.ke.n.sa ⑤

行李檢查

⑱ ゲート型金属探知器
がた きん ぞく たん ち き
gê.to.ga.ta.ki.n.zo.ku.ta.n.chi.ki ⑫

金屬探測門

⑲ 免税店
めん ぜい てん
me.n.zê.te.n ③

免稅商店

⑳ 出発ロビー
しゅっ ぱつ
shu.ppa.tsu.ro.bî ⑤

候機室

旅
遊
休
閒
篇

■ 409

點讀發音 Track 178

静香：やっと到着したね。

たかし：うん、でも予定より早く着いたんでしょう。

静香：早く遊びに行きたいな。

たかし：後は入国審査して、荷物を受け取ったら終わりだよね。

静香：そうだね、あっちょっと両替所で両替してから行こうよ。

たかし：うん、いいよ。

静香：終於到了啊。
剛志：對啊，但比預定的還要提早到了呢。
静香：真想趕快去玩啊。
剛志：等一下要入境檢查，還要去拿行李才會結束喔。
静香：嗯。啊對了，先去兌幣處換一下錢再走吧。
剛志：嗯，好啊。

空弁 空中便當

そら べん

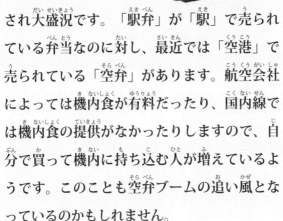

　鉄道の旅には「駅弁」が欠かせません。デパートなどでは、各地の駅弁を集めたイベントも開催され大盛況です。「駅弁」が「駅」で売られている弁当なのに対し、最近では「空港」で売られている「空弁」があります。航空会社によっては機内食が有料だったり、国内線では機内食の提供がなかったりしますので、自分で買って機内に持ち込む人が増えているようです。このことも空弁ブームの追い風となっているのかもしれません。

旅遊休閒篇

01 アイマスク
02 マクラ
03 毛布（もう ふ）
04 通路側の席（つう ろ がわ せき）
05 リクライニングシート
06 座席（ざ せき）
07 シートベルト
08 救命胴衣（きゅうめいどう い）

09 荷物入れ / 荷物棚
にもつい / にもつだな

10 座席番号
ざせきばんごう

11 窓際の席
まどぎわ せき

12 呼び出しボタン
よ だ

13 キャビンアテンダント /
客室乗務員
きゃくしつじょうむいん

14 新聞
しんぶん

15 機内食
きないしょく

旅遊休閒篇

■ 413

⑯ エコノミークラス
⑰ ビジネスクラス
⑱ ファーストクラス

非常口　EXIT

⑲ 酸素マスク

⑳ 非常口

㉑ スクリーン

㉔ 機長／パイロット

㉒ イヤホン

㉓ 機内誌

㉕ 出入国カード

01 アイマスク a.i.ma.su.ku ③ 　　　　眼罩

02 マクラ ma.ku.ra ① 　　　　枕頭

03 毛布 mô.fu ① 　　　　毯子

04 通路側の席 tsû.ro.ga.wa.no.se.ki ⑦ 　　　　靠走道座位

05 リグライニングシート
ri.ku.ra.i.ni.n.gu.shî.to ⑧ 　　　　可傾斜座椅

06 座席 za.se.ki ⓪ 　　　　座位

07 シートベルト shî.to.be.ru.to ④ 　　　　安全帶

08 救命胴衣 kyû.mê.dô.i ⑤ 　　　　救生衣

09 荷物入れ / 荷物棚
ni.mo.tsu.i.re / ni.mo.tsu.da.na ③ / ③ 　　　　艙頂行李櫃

10 座席番号 za.se.ki.ba.n.gô ④ 　　　　座位號碼

11 窓際の席 ma.do.ga.wa.no.se.ki ⑥ 　　　　靠窗座位

12 呼び出しボタン yo.bi.da.shi.bo.ta.n ⑤ 　　　　服務鈴

旅遊休閒篇

⑬ キャビンアテンダント / 客室乗務員 空服員
きゃくしつじょう む いん
kya.bi.n.a.te.n.da.n.to / kya.ku.shi.tsu.jô.mu.i.n ⑤ / ⑦

⑭ 新聞 shi.n.bu.n ⓪
しん ぶん
報紙

⑮ 機内食 ki.na.i.sho.ku ②
き ないしょく
機上餐

⑯ エコノミークラス e.ko.no.mî.ku.ra.su ⑥
經濟艙

⑰ ビジネスクラス bi.ji.ne.su.ku.ra.su ⑤
商務艙

⑱ ファーストクラス fâ.su.to.ku.ra.su ⑤
頭等艙

⑲ 酸素マスク sa.n.so.ma.su.ku ④
さん そ
氧氣面罩

⑳ 非常口 hi.jô.gu.chi ②
ひ じょうぐち
逃生門

㉑ スクリーン su.ku.rî.n ③
螢幕

㉒ イヤホン i.ya.ho.n ②
耳機

㉓ 機内誌 ki.na.i.shi ②
き ない し
機上雑誌

㉔ 機長 / パイロット ki.chô / pa.i.ro.tto ① / ③ 機長
き ちょう

㉕ 出入国カード shu.tsu.nyû.ko.ku.kâ.do ⑦ 出入境卡
しゅつにゅうこく

麻里： すみません、ちょっとお伺いしたいんですが…。

ＣＡ： はい、どうなさいましたか。

麻里： このＡ１２の席ってどのあたりでしょうか。

ＣＡ： Ａ１２ですと、前の方の席ですね。

麻里： あっ、そうですか。

ＣＡ： はい、こちらの通路を真っ直ぐいって、左の窓側の席です。

麻里： ありがとうございます。

麻里：不好意思，請問一下……。
空服員：是，請問有什麼事嗎？
麻里：這個 A12 的位置是在哪裡呢？
空服員：A12 是在前面的位置喔。
麻里：啊，原來是這樣啊。
空服員：是的，從這裡的走道一直往前走，就在左側窗戶邊的位置。
麻里：謝謝你。

旅遊休閒篇

03 旅行用品 旅行用品（りょこうようひん）

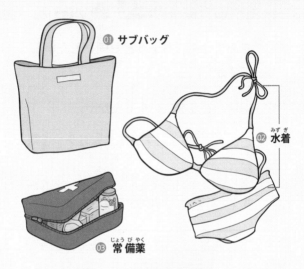

01 サブバッグ

02 水着（みずぎ）

03 常備薬（じょうびやく）

05 化粧品（けしょうひん）

04 日焼け止め（ひやけどめ）

06 酔い止め（よいどめ）

07 財布（さいふ）

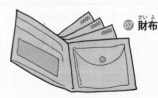

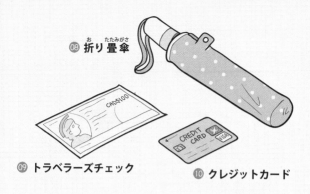

⑧ <ruby>折<rt>お</rt></ruby>り<ruby>畳傘<rt>たたみがさ</rt></ruby>

⑨ トラベラーズチェック

⑩ クレジットカード

圖解單字

🔊 全文朗讀
Track 182

① サブバッグ sa.bu.ba.ggu ③ 手提袋

② <ruby>水着<rt>みず ぎ</rt></ruby> mi.zu.gi ⓪ 泳衣

③ <ruby>常備薬<rt>じょう び やく</rt></ruby> jô.bi.ya.ku ③ 常備藥品

④ <ruby>日焼け止め<rt>ひ や ど</rt></ruby> hi.ya.ke.do.me ⓪ 防曬乳

⑤ <ruby>化粧品<rt>け しょうひん</rt></ruby> ke.shô.hi.n ⓪ 化妝品

⑥ <ruby>酔い止め<rt>よ ど</rt></ruby> yo.i.do.me ⓪ 暈車（機）藥

⑦ <ruby>財布<rt>さい ふ</rt></ruby> sa.i.fu ⓪ 錢包

⑧ <ruby>折り畳傘<rt>お たたみ がさ</rt></ruby> o.ri.ta.ta.mi.ga.sa ⑥ 折傘

⑨ トラベラーズチェック

to.ra.be.râ.zu.che.kku ⑦ 旅行支票

⑩ クレジットカード

ku.re.ji.tto.kâ.do ⑥ 信用卡

旅遊休閒篇

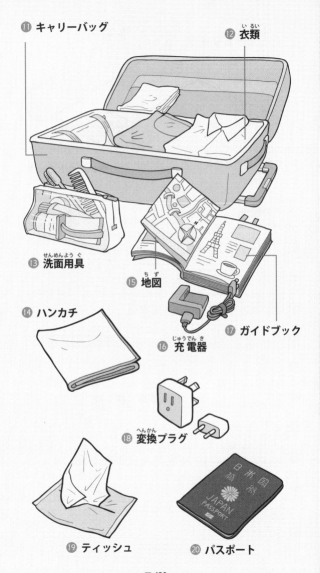

⑪ キャリーバッグ

⑫ 衣類（いるい）

⑬ 洗面用具（せんめんようぐ）

⑮ 地図（ちず）

⑭ ハンカチ

⑯ 充電器（じゅうでんき）

⑰ ガイドブック

⑱ 変換プラグ（へんかん）

⑲ ティッシュ

⑳ パスポート

⑪ **キャリーバッグ** kya.rî.ba.ggu ④ 行李箱

⑫ **衣類** i.ru.i ① 衣服
<small>いるい</small>

⑬ **洗面用具** se.n.me.n.yô.gu ⑤ 盥洗用品
<small>せんめんようぐ</small>

⑭ **ハンカチ** ha.n.ka.chi ③ 手帕

⑮ **地図** chi.zu ① 地圖
<small>ちず</small>

⑯ **充電器** jû.de.n.ki ③ 充電器
<small>じゅうでんき</small>

⑰ **ガイドブック** ga.i.do.bu.kku ④ 旅遊書

⑱ **変換プラグ** he.n.ka.n.pu.ra.gu ⑤ 轉接插頭
<small>へんかん</small>

⑲ **ティッシュ** ti.sshu ① 面紙

⑳ **パスポート** pa.su.pô.to ③ 護照

㉑ **デジタルカメラ** de.ji.ta.ru.ka.me.ra ⑤ 數位相機

㉒ **ビデオカメラ** bi.de.o.ka.me.ra ④ 攝影機

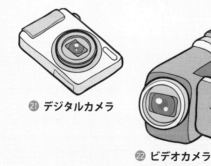

㉑ **デジタルカメラ**

㉒ **ビデオカメラ**

美香: 後は何を持って行ったら良いかな。

雄太: サブバッグを一つ入れておいたら。散歩したりするのに便利だよ。

美香: ああ、確かに必要だよね。

雄太: うん、後は地図もガイドブックも入れたし…、デジカメは。

美香: デジカメは手荷物の小さいバッグに入れるつもり。充電器はそこのポケットに入ってるよ。

雄太: じゃあもう大体いいんじゃない。

美香: 還要帶什麼去比較好呢？

雄太: 放一個手提袋在裡面比較好吧？散步什麼的話拿著比較方便。

美香: 對對，確實有必要呢。

雄太: 嗯，然後地圖和導覽書也有放進去……，數位相機呢？

美香: 數位相機放在手提行李的小袋子裡。充電器就放在那個口袋裡喔。

雄太: 這樣一來就大致完成囉。

海外旅行の
おすすめグッズ

海外旅遊的必備物品

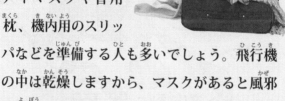

　長時間フライトに備え、アイマスクや首用枕、機内用のスリッパなどを準備する人も多いでしょう。飛行機の中は乾燥しますから、マスクがあると風邪の予防にもなります。

　また、粉末の洗濯洗剤を持って行くと便利です。特に下着や靴下などは、こまめに洗っておくと臭いの心配がありません。それから、海外のホテルには備え付けのスリッパが無いところも多いので、サンダルを一足持って行くと部屋の中でくつろぐ時に使えます。

旅遊休閒篇

04 撮影 撮影 (さつえい)

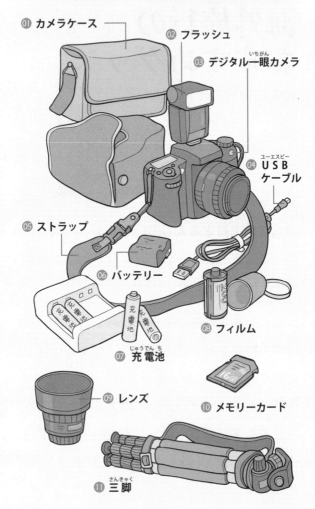

① カメラケース

② フラッシュ

③ デジタル一眼カメラ (いちがん)

④ USB ケーブル (ユーエスビー)

⑤ ストラップ

⑥ バッテリー

⑦ 充電池 (じゅうでんち)

⑧ フィルム

⑨ レンズ

⑩ メモリーカード

⑪ 三脚 (さんきゃく)

⑫ 防水ケース
（ぼうすい）

⑬ デジタルカメラ

圖解單字

全文朗讀 Track 185

⑪ カメラケース ka.me.ra.kê.su ④ 相機包（袋）

⑫ フラッシュ fu.ra.sshu ② 閃光燈

⑬ デジタル一眼カメラ
（いち がん）

de.ji.ta.ru.i.chi.ga.n.ka.me.ra ⑨ 數位單眼相機

⑭ USBケーブル yû.e.su.bî.kê.bu.ru ⑦ USB傳輸線
（ユーエスビー）

⑮ ストラップ su.to.ra.ppu ③ 相機帶

⑯ バッテリー ba.tte.rî ⓪ 電池

⑰ 充電池 jû.de.n.chi ③ 充電電池
（じゅうでん ち）

⑱ フィルム fi.ru.mu ① 底片

⑲ レンズ re.n.zu ① 鏡頭

⑳ メモリーカード me.mo.rî.kâ.do ⑤ 記憶卡

⑪ 三脚 sa.n.kya.ku ⓪ 腳架
（さんきゃく）

⑫ 防水ケース bô.su.i.kê.su ⑤ 防水袋
（ぼう すい）

⑬ デジタルカメラ de.ji.ta.ru.ka.re.ra ⑤ 數位相機

旅遊休閒篇

■ 425

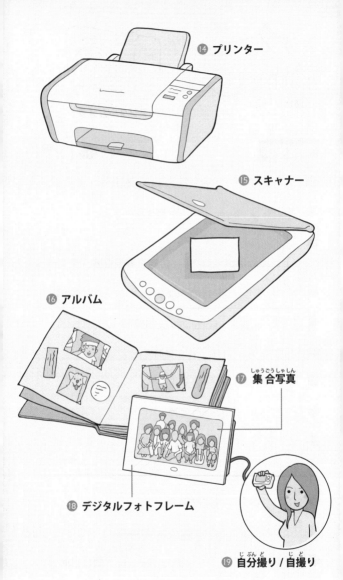

⑭ プリンター

⑮ スキャナー

⑯ アルバム

⑰ 集合写真

⑱ デジタルフォトフレーム

⑲ 自分撮り / 自撮り

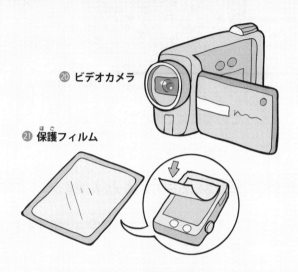

⑳ ビデオカメラ

㉑ 保護フィルム

❶❹ プリンター pu.ri.n.tâ ⓪ / ② 印表機

❶❺ スキャナー su.kya.nâ ② 掃瞄器

❶❻ アルバム a.ru.ba.mu ⓪ 相本

❶❼ 集合写真 shû.gô.sha.shi.n ⑤ 團體合照

❶❽ デジタルフォトフレーム
de.ji.ta.ru.fo.to.fu.rê.mu ⑧ 數位相框

❶❾ 自分撮り / 自撮り
ji.bu.n.do.ri / ji.do.ri ⓪ / ⓪ 自拍

⑳ ビデオカメラ bi.de.o.ka.me.ra ④ 攝影機

㉑ 保護フィルム ho.go.fi.ru.mu ③ 保護貼

點讀發音 Track 186

みしま
三島：　この写真よく撮れていますね。

うい
宇井：　ありがとうございます。

みしま
三島：　全部あなた一人で撮ったんですか。

うい
宇井：　ええ、この写真は北海道の山小屋で3ヶ
　　　　月泊り込んで撮りました。

みしま
三島：　それはすごいですね。

うい
宇井：　ええ、でもこうやって作品を並べたら、
　　　　なんだか達成感が湧いてきました。

みしま
三島：　それはそうでしょう。いやぁ、本当に
　　　　すごい。

三島：　這些照片拍得真好呢。
宇井：　多謝讚美。
三島：　全部都是你一個人拍的嗎？
宇井：　是的，這些照片是我住在北海道的山林小屋三個月時拍的。
三島：　好驚人喔。
宇井：　對啊，可是把這些完成的作品排列出來時，總覺得會有一種成
　　　　就感湧現出來。
三島：　那是一定的吧。哎呀，真的是太了不起了。

カメラ女子

愛相機的女生

　ちょっと前まではカメラは男性の趣味といういうイメージが強かったのですが、初心者向けの一眼レフが出始めた頃から、カメラを趣味とする女性が増えてきました。また、カメラの操作が分かりやすくなったことやデジタル一眼レフカメラも手に入りやすい価格になってきたこともあり、カメラや写真にこだわる女子が急増中です。以前はシンプルなカメラグッズしかありませんでしたが、最近はおしゃれなものがたくさん売られています。

旅遊休閒篇

01 券売機 （けんばいき）
02 インフォメーションセンター
03 駅員 （えきいん）
04 監視カメラ （かんし）
05 エレベーター
06 電光掲示板 （でんこうけいじばん）
07 乳母車 / ベビーカー （うばぐるま）
08 乗客 （じょうきゃく）
09 エスカレーター

INFORMATION INFORMATION

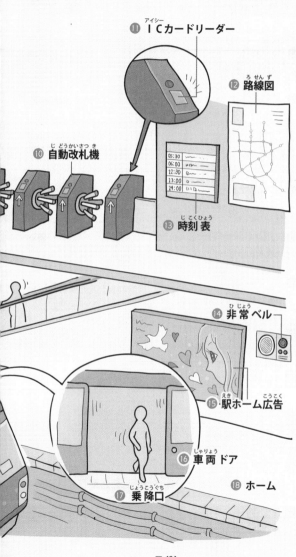

⑪ アイシー
ICカードリーダー

⑫ ろ せん ず
路線図

⑩ じ どうかいさつ き
自動改札機

⑬ じ こくひょう
時刻表

⑭ ひ じょう
非常ベル

⑮ えき こうこく
駅ホーム広告

⑯ しゃりょう
車両ドア

⑱ ホーム

⑰ じょうこうぐち
乗降口

01 券売機
けんばいき
ke.n.ba.i.ki ③

售票機

---

02 インフォメーションセンター
i.n.fo.mê.sho.n.se.n.tâ ⑧

詢問中心

---

03 駅員
えきいん
e.ki.n ②

站務人員

---

04 監視カメラ
かんし
ka.n.shi.ka.me.ra ④

監視器

---

05 エレベーター
e.re.bê.tâ ③

電梯

---

06 電光掲示板
でんこうけいじばん
de.n.kô.kê.ji.ba.n ⓪

電子告示板

---

07 乳母車 / ベビーカー
うばぐるま
u.ba.gu.ru.ma / be.bî.kâ ③ / ②

嬰兒推車

---

08 乗客
じょうきゃく
jô.kya.ku ⓪

乘客

---

09 エスカレーター
e.su.ka.rê.tâ ④

電扶梯

---

10 自動改札機
じどうかいさつき
ji.dô.ka.i.sa.tsu.ki ⑥

自動閘口機

---

11 ＩＣカードリーダー
アイシー
a.i.sî.kâ.do.rî.dâ ⑧

IC卡感應區

旅遊休閒篇

乗客：すみません、新宿まで行きたいんですが、いくらの切符を買えばいいですか。

駅員：新宿までですと、１９０円です。そちらの券売機で買ってください。

乗客：わかりました。何番線の電車ですか。

駅員：１番線です。そこの改札機から入っていただいて、エスカレーターで降りたところのホームです。

乗客：ありがとうございます。

乘客：不好意思，我想去新宿，請問我要買多少錢的車票？

站務員：到新宿的話，是 190 圓日幣。請在那裡的售票機購票。

乘客：好的。請問是幾號線呢？

站務員：一號線。請從那裡的閘口進來，然後搭電扶梯下去的月台就是了。

乘客：謝謝你。

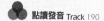

乗_のり換_かえ便利_{べんり}マップ 轉乘便利地圖

　東京_{とうきょう}に住_すんでいる人_{ひと}にとっても面倒_{めんどう}な乗_のり換_かえ。それを助_{たす}けてくれるのが、東京_{とうきょう}の地下_{ちか}鉄_{てつ}のホームの柱_{はしら}に貼_はってある「乗_のり換_かえ便利_{べんり}マップ」です。これを見_みれば、どの車両_{しゃりょう}に乗_のればどの出口_{でぐち}や乗_のり換_かえ口_{ぐち}に近_{ちか}いか、エスカレーターやエレベーターの場所_{ばしょ}、トイレの場_ば所_{しょ}までわかるようになっています。これを発_{はつ}明_{めい}したのは、なんとある一人_{ひとり}の主婦_{しゅふ}なんです。ポスターに書_かかれた情報_{じょうほう}は、その主婦_{しゅふ}が一人_{ひとり}で地下鉄_{ちかてつ}の駅一_{えきひと}つ一_{ひと}つに降_おりて調_{しら}べた「汗_{あせ}の結晶_{けっしょう}」なんです。

旅遊休閒類

435

06 | 海灘 ビーチ

03 麦わら帽子

02 ヨット

01 ジェットスキー

04 海パン

05 パレオ

06 シュノーケル

07 ビーチボール

08 水着

11 浮き輪

09 海

10 足ヒレ

⑫ 砂のお城
すな しろ

⑭ スイカ割り
わ

⑬ 砂浜
すなはま

⑮ 日焼け
ひや

⑯ ビキニ

⑰ 日焼け止め
ひや ど

旅遊休閒篇

⑱ カモメ

⑲ ビーチパラソル

⑳ サングラス

㉑ ビーチチェア

㉒ ビーチサンダル / ビーサン

全文朗讀
Track 191

01 ジェットスキー
je.tto.su.kî ⑤
水上摩托車

02 ヨット
yo.tto ①
帆船

03 麦わら帽子
mu.gi.wa.ra.bô.shi ⑤
草帽

04 海パン
ka.i.pa.n ⓪
海灘褲

05 パレオ
pa.re.o ①
圍在腰上的長裙

06 シュノーケル
shu.nô.ke.ru ②
潛水呼吸管

07 ビーチボール
bî.chi.bô.ru ④
海灘球

08 水着
mi.zu.gi ⓪
泳衣

09 海
u.mi ①
海

10 足ヒレ
a.shi.hi.re ⓪
蛙鞋

11 浮き輪
u.ki.wa ⓪
游泳圈

旅遊休閒篇

⑫ 砂のお城
すな　　　　しろ
su.na.no.o.shi.ro ⓪

沙堡

---

⑬ 砂浜
すな　はま
su.na.ha.ma ⓪

沙灘

---

⑭ スイカ割り
わ
su.i.ka.wa.ri ③

打西瓜遊戲

---

⑮ 日焼け
ひ　や
hi.ya.ke ⓪

日光浴

---

⑯ ビキニ
bi.ki.ni ①

比基尼

---

⑰ 日焼け止め
ひ　や　　ど
hi.ya.ke.do.me ⓪

防曬乳

---

⑱ カモメ
ka.mo.me ⓪

海鷗

---

⑲ ビーチパラソル
bî.chi.pa.ra.so.ru ④

海灘傘

---

⑳ サングラス
sa.n.gu.ra.su ③

太陽眼鏡

㉑ ビーチチェア
bî.chi.che.a ④

沙灘椅

㉒ ビーチサンダル / ビーサン
bî.chi.sa.n.da.ru / bî.sa.n ④ / ⓪

沙灘涼鞋、夾腳拖鞋

ひろし： いっぱい泳いだから、なんだかお腹が
　　　　すいたな。

由美： そうだね。わたしもちょっと疲れちゃっ
　　　　た。休憩しよう。

ひろし： うん、じゃあ、あそこの海の家で何か
　　　　食べようか。

由美： いいね、じゃあ焼きそば食べない。
　　　　さっき見たときおいしそうだったん
　　　　だ。

ひろし： いいよ、そうしよう。のどもかわいた
　　　　な。

由美： ジュースが飲みたいな。

廣志： 游了好久，總覺得肚子好餓啊。
由美： 對啊。我也覺得有一點累。我們休息一下吧。
廣志： 好啊。那，我們去那邊的海邊小屋吃點什麼東西吧。
由美： 不錯喔，要不要吃炒麵？剛剛我有看到，好像很好吃的樣子。
廣志： 好啊，就這麼辦。喉嚨也好渴啊。
由美： 我好想喝果汁喔。

旅遊休閒篇

07 滑雪 スキー

01 ゲレンデ / スキー場

02 雪

03 帽子

04 サングラス

05 グローブ / 手袋

06 マスク

07 マフラー

08 スキーウェア

09 プロテクター

10 スキーストック

11 スキービンディング

12 スキー板 / 板

⑭ リフト

⑬ 雪だるま

⑮ スノーボード / スノボ

⑯ ヘルメット
⑰ ゴンドラ
⑱ スノーゴーグル /
　 ゴーグル
⑲ インストラクター
⑳ ショートスキー
㉑ スキー靴 /
　 スキーブーツ
㉒ ソリ

01 ゲレンデ / スキー場<ruby>場<rt>じょう</rt></ruby>
ge.re.n.de / su.kî.jô ⓪ / ⓪ — 滑雪場

02 <ruby>雪<rt>ゆき</rt></ruby>
yu.ki ② — 雪

03 <ruby>帽子<rt>ぼう し</rt></ruby>
bô.shi ⓪ — 帽子

04 サングラス
sa.n.gu.ra.su ③ — 太陽眼鏡

05 グローブ / <ruby>手袋<rt>て ぶくろ</rt></ruby>
gu.rô.bu / te.bu.ku.ro ② / ② — 手套

06 マスク
ma.su.ku ① — 口罩

07 マフラー
ma.fu.râ ① — 圍巾

08 スキーウェア
su.kî.we.a ④ — 滑雪衣

09 プロテクター
pu.ro.te.ku.tâ ③ — 護具

10 スキーストック
su.kî.su.to.kku ⑤ — 滑雪杖

11 スキービンディング
su.kî.bi.n.di.n.gu ④ — （雪橇上的）固定扣環

旅遊休閒篇

⑫ スキー板 / 板
su.kî.i.ta / i.ta ③ / ①

滑雪橇

⑬ 雪だるま
yu.ki.da.ru.ma ③

雪人

⑭ リフト
ri.fu.to ①

纜車

⑮ スノーボード / スノボ
su.nô.bô.do / su.no.bo ④ / ③

滑雪板

⑯ ヘルメット
he.ru.me.tto ①

頭盔

⑰ ゴンドラ
go.n.do.ra ⓪

密閉式纜車

⑱ スノーゴーグル / ゴーグル
su.nô.gô.gu.ru / gô.gu.ru ④ / ⓪

護目鏡

⑲ インストラクター
i.n.su.to.ra.ku.tâ ⑤

指導教練

⑳ ショートスキー
shô.to.su.kî ⑤

短的滑雪橇

㉑ スキー靴 / スキーブーツ
su.kî.gu.tsu / su.kî.bû.tsu ② / ④

滑雪鞋（靴）

㉒ ソリ
so.ri ①

雪橇板

陳：スキー初めてだから緊張するなぁ。

鈴木：えっ、初めてなの。

陳：うん、私の国では雪が降らないからね。

鈴木：あぁ、そうだよねぇ。じゃあ僕が教えて
あげるよ。

陳：本当に。でも難しくない。

鈴木：ゆっくり練習すれば大丈夫だよ。

陳：ようし、頑張るぞ。

陳：我是第一次滑雪，所以好緊張啊。

鈴木：咦，第一次滑嗎？

陳：對啊，因為在我的國家是不會下雪的嘛。

鈴木：啊，說的也對。那，我來教你好了。

陳：真的嗎？但是不會很難嗎？

鈴木：只要慢慢地練習，就不會有問題唷。

陳：好，我會加油的。

旅遊休閒篇

01 サッカー

02 野球 (やきゅう)

03 バスケットボール

04 テニス

05 バレーボール

06 卓球 (たっきゅう)

07 ラグビー

08 マラソン

09 ゴルフ

⑩ 水泳（すいえい）

圖解單字

01 **サッカー** sa.kkâ ① 足球

02 **野球**（やきゅう） ya.kyû ⓪ 棒球

03 **バスケットボール** ba.su.ke.tto.bô.ru ⑥ 籃球

04 **テニス** te.ni.su ① 網球

05 **バレーボール** ba.rê.bô.ru ④ 排球

06 **卓球**（たっきゅう） ta.kkyû ⓪ 桌球

07 **ラグビー** ra.gu.bî ① 橄欖球

08 **マラソン** ma.ra.so.n ⓪ 馬拉松

09 **ゴルフ** go.ru.fu ① 高爾夫球

⑩ **水泳**（すいえい） su.i.ê ⓪ 游泳

旅遊休閒篇

⑪ 居合道（いあいどう）

⑬ 弓道（きゅうどう）

⑫ 剣道（けんどう）

⑭ 柔道（じゅうどう）

⑮ 相撲（すもう）

⑯ ボクシング

⑰ カンフー

⑱ レスリング

⑲ テコンドー

⑳ 空手（からて）

⑪ 居合道（いあいどう） i.a.i.dô ② 居合道

⑫ 剣道（けんどう） ke.n.dô ① 剣道

⑬ 弓道（きゅうどう） kyû.dô ① 弓道

⑭ 柔道（じゅうどう） jû.dô ① 柔道

⑮ 相撲（すもう） su.mô ⓪ 相撲

⑯ ボクシング bo.ku.shi.n.gu ① 拳擊

⑰ カンフー ka.n.fû ① 功夫

⑱ レスリング re.su.ri.n.gu ① 摔角、角力

⑲ テコンドー te.ko.n.dô ② 跆拳道

⑳ 空手（からて） ka.ra.te ⓪ 空手道

旅遊休閒篇

上野：ワールドカップ、盛り上がっていますね。

川田：本当ですね。私も毎日見ていますよ。

上野：昨日のアメリカとドイツの試合もすごかったですよね。

川田：ええ、最後の最後まで目が離せませんでした。

上野：でも、放送時間がいつも深夜なのがちょっと辛いですよね。

川田：そうですよね。録画も出来るんですけど、それだと雰囲気が出ないし。

上野：世界杯比賽的氣氛變得熱烈起來了呢。

川田：說的沒錯耶。我每天都有在看比賽唷。

上野：昨天美國隊和德國隊的比賽也非常精彩耶。

川田：對啊，一直到最後的最後，我都無法移開我的目光。

上野：可是，播放時間總是在深夜，我覺得有一點累啊。

川田：說的也是啊。雖然也可以看錄影畫面，但是那樣就沒有氣氛了啊。

駅伝（えき でん） 接力賽跑

　　数人（すうにん）が長距離（ちょうきょり）をリレーする競技（きょうぎ）で、日（に）本発祥（ほんはっしょう）の陸上競技（りくじょうきょうぎ）です。日本（にほん）で開催（かいさい）される有名（ゆうめい）な駅伝（えきでん）に、毎年（まいとし）1月（いちがつ）2日（ふつか）と3日（みっか）に開催（かいさい）される「東京箱根間往復大学駅伝競（とうきょうはこねかんおうふくだいがくえきでんきょう）争（そう）」があります。箱根駅伝（はこねえきでん）の歴史（れきし）は古（ふる）く、1920年（せんきゅうひゃくにじゅうねん）に第1回大会（だいいっかいたいかい）が開催（かいさい）され、2015年（にせんじゅうごねん）は 9 1回大会（きゅうじゅういっかいたいかい）となります。

　　「箱根（はこね）の山（やま）は天下（てんか）の険（けん）」と歌（うた）われたほどアップダウンの激（はげ）しいコースです。東京（とうきょう）から芦ノ湖（あしのこ）までの往路約（おうろやく）108km、復路約（ふくろやく）110kmをそれぞれ5区間（くかん）に分（わ）け、大学（だいがく）生走者（せいそうしゃ）が襷（たすき）を手渡（てわた）しながらリレーします。

09 健身房 ジム

① バランスボール

② エアロビクス

③ ヨガ

④ マット

⑤ ジャージ / 運動着（うんどうぎ）

⑥ ストレッチ

07 トレーニング

08 インストラクター

09 ダンベル

圖解單字

全文朗讀
Track 198

01 バランスボール ba.ra.n.su.bô.ru ⑤ 平衡球

02 エアロビクス e.a.ro.bi.ku.su ④ 有氧運動

03 ヨガ yo.ga ① 瑜伽

04 マット ma.tto ① 瑜伽墊

05 ジャージ / 運動着 jâ.ji / u.n.dô.gi ⓪ / ③ 運動服

06 ストレッチ su.to.re.cchi ③ 伸展運動

07 トレーニング to.rê.ni.n.gu ② 訓練

08 インストラクター
i.n.su.to.ra.ku.tâ ⑤ 教練、指導員

09 ダンベル da.n.be.ru ⓪ 啞鈴

旅遊休閒篇

■ 455

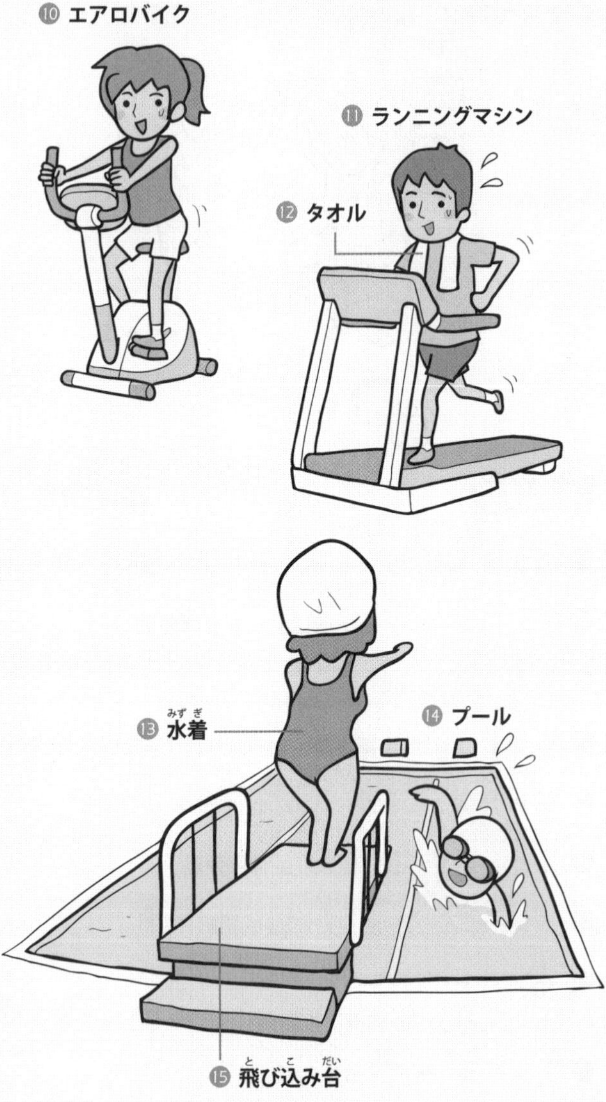

⑩ エアロバイク

⑪ ランニングマシン

⑫ タオル

⑬ 水着

⑭ プール

⑮ 飛び込み台

⑩ エアロバイク　e.a.ro.ba.i.ku ④ 健身腳踏車

⑪ ランニングマシン　ra.n.ni.n.gu.ma.shi.n ⑦ 跑步機

⑫ タオル　ta.o.ru ① 毛巾

⑬ 水着　mi.zu.gi ⓪ 泳裝

⑭ プール　pû.ru ① 游泳池

⑮ 飛び込み台　to.bi.ko.mi.da.i ⓪ 跳水台

⑯ サウナ　sa.u.na ① 三溫暖

⑰ シャワー室　sha.wâ.shi.tsu ② 沖澡間

⑱ ロッカー　ro.kkâ ① 置物櫃

⑲ 自動販売機　ji.dô.ha.n.ba.i.ki ⑥ 自動販賣機

⑯ サウナ

⑰ シャワー室

⑱ ロッカー

⑲ 自動販売機

内田_{うちだ}： 木村_{きむら}さん最近_{さいきん}毎日_{まいにち}ジムに来_きていますよ
ね。

木村_{きむら}： ええ、夏_{なつ}までにダイエットしたいと思_{おも}っ
ているんです。

内田_{うちだ}： そうなんですか。目標_{もくひょう}とかあります
か。

木村_{きむら}： なんとか後_{あと}2キロは落_おとしたいと思_{おも}って
ます。

内田_{うちだ}： わぁ、それは大変_{たいへん}ですね。がんばって
ください。

木村_{きむら}： ありがとうございます。

内田： 木村先生最近每天都會來健身房耶。
木村： 對啊，在夏天之前我想要減肥。
内田： 原來是這樣啊。那你有設定目標嗎？
木村： 我想至少要再減 2 公斤。
内田： 哇，那要很辛苦耶。請加油囉。
木村： 謝謝你。

コツを教えて

小撇步報你知

「肩こりや腰痛の改善」「もうすぐ夏が来るから」…いろいろな理由でジム通いを思い立ちますが、お金がかかるし、仕事が終わってからだと疲れているし、土日に行くのもちょっと…とためらって、結局断念。そんな人たちのために、もっと気軽にできる「ながらエクササイズ」や「一日○分エクササイズ」なるものが溢れています。どれも短時間で終わるのに、なぜかどれも三日坊主。だれか続けるコツを教えてください！

旅遊休閒篇

10 登山 山登り (やまのぼり)

01 カラビナ

02 リュック / ザック

03 リュックカバー / ザックカバー

04 レインコート

05 ピッケル

06 ストック / ステッキ

07 登山靴 (とざんぐつ) / トレッキングシューズ

08 折り畳み傘 (おたたみがさ)

09 地図 (ちず)

10 水筒 (すいとう)

11 コンパス

12 ライター

01 カラビナ　ka.ra.bi.na ⓪ 掛勾

02 リュック / ザック　ryu.kku / za.kku ① / ① 後背包

03 リュックカバー / ザックカバー
ryu.kku.ka.bâ / za.kku.ka.bâ ④ / ④ 背包罩

04 レインコート　rê.n.kô.to ④ 雨衣

05 ピッケル　pi.kke.ru ⓪ / ① 登山鎬

06 ストック / ステッキ
su.to.kku / su.te.kki ② / ② 登山杖

07 登山靴 / トレッキングシューズ
to.za.n.gu.tsu / to.re.kki.n.gu.shû.zu ② / ⑦ 登山靴

08 折り畳み傘　o.ri.ta.ta.mi.ga.sa ⑥ 折疊傘

09 地図　chi.zu ① 地圖

10 水筒　su.i.tô ⓪ 水壺

11 コンパス　ko.n.pa.su ① 指南針

12 ライター　ra.i.tâ ① 打火機

13 救急セット
kyû.kyû.se.tto ⑤ 急救包

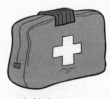

13 救急セット

旅遊休閒篇

■ 461

⑭ 帽子（ぼうし）

⑮ ロープ

⑯ 手袋（てぶくろ）

⑰ 靴下（くつした）

⑱ 山ガール（やま）

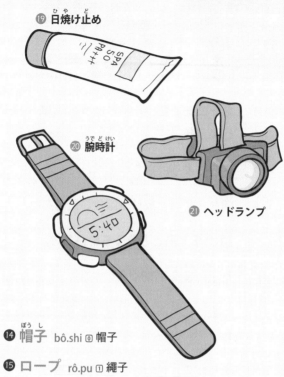

⑲ <ruby>日<rt>ひ</rt></ruby><ruby>焼<rt>や</rt></ruby>け<ruby>止<rt>ど</rt></ruby>め

⑳ <ruby>腕<rt>うで</rt></ruby><ruby>時<rt>ど</rt></ruby><ruby>計<rt>けい</rt></ruby>

㉑ ヘッドランプ

⑭ <ruby>帽<rt>ぼう</rt></ruby><ruby>子<rt>し</rt></ruby> bô.shi ⓪ 帽子

⑮ ロープ rô.pu ① 繩子

⑯ <ruby>手<rt>て</rt></ruby><ruby>袋<rt>ぶくろ</rt></ruby> te.bu.ku.ro ② 手套

⑰ <ruby>靴<rt>くつ</rt></ruby><ruby>下<rt>した</rt></ruby> ku.tsu.shi.ta ② 襪子

⑱ <ruby>山<rt>やま</rt></ruby>ガール ya.ma.gâ.ru ③ 喜歡登山的女孩

⑲ <ruby>日<rt>ひ</rt></ruby><ruby>焼<rt>や</rt></ruby>け<ruby>止<rt>ど</rt></ruby>め hi.ya.ke.do.me ⓪ 防曬乳

⑳ <ruby>腕<rt>うで</rt></ruby><ruby>時<rt>ど</rt></ruby><ruby>計<rt>けい</rt></ruby> u.de.do.kê ③ 手錶

㉑ ヘッドランプ he.ddo.ra.n.pu ④ 頭燈

旅遊休閒篇

點讀發音 Track 202

夏美：あそこまで登ったらちょっと休憩しようか。

たくや：そうしよう、もうへとへとだよ。

夏美：朝からずっと登りっぱなしだもんね。

たくや：頂上まであとどれくらいあるの。

夏美：たぶん後2時間くらいかな。

たくや：わぁ、じゃあもう半分以上登ったんだね。

夏美：そうだよ、後ちょっとがんばろう。

夏美：爬到那邊以後，我們稍微休息一下吧？
拓也：就這麼辦，已經快沒力了啦。
夏美：因為從早上開始就一直在爬個沒停嘛。
拓也：大概還要多久才能爬到山頂啊？
夏美：大概還要再2個小時吧。
拓也：哇，那還有一半以上要爬耶。
夏美：沒錯，等一下要繼續加油喔。

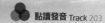
富士登山
ふ　じ　と　ざん

登富士山

　日本の象徴とも言える山「富士山」。2013年には、富士山と関連する文化財群とともに世界文化遺産に登録されました。世界遺産に登録されたこともあって、富士登山にチャレンジする人がさらに増えています。富士登山は、7月上旬から8月（登山ルートによって9月上旬）までできます。それ以外の季節は登ることができません。標高3776メートルの高山ですので、高山病の心配もあります。体調を整え、しっかりとした装備が必要ですよ。

旅遊休閒篇

01 釣り

02 川

04 双眼鏡

03 虫取り網

05 カブトムシ

06 虫かご

07 太陽 (たいよう)

10 煙 (けむり)

11 クーラーボックス

08 魚 (さかな)

12 焚き火 (たきび)

13 薪 (まき)

09 虫除けスプレー (むしよけスプレー)

旅遊休閒篇

⑭ キャンピングカー

⑮ バーベキュー

⑯ ナイフ

⑰ 薪割り（まきわり）

⑱ テント

⑲ 寝袋（ねぶくろ）

⑳ リス

01 釣り
つ
tsu.ri ⓪
釣魚

02 川
かわ
ka.wa ②
河流

03 虫取り網
むし と あみ
mu.shi.to.ri.a.mi ④
捕昆蟲的網

04 双眼鏡
そう がん きょう
sô.ga.n.kyô ⓪
雙筒望遠鏡

05 カブトムシ
ka.bu.to.mu.shi ③
獨角仙

06 虫かご
むし
mu.shi.ka.go ⓪
昆蟲箱

07 太陽
たい よう
ta.i.yô ①
太陽

08 魚
さかな
sa.ka.na ⓪
魚

09 虫除けスプレー
むし よ
mu.shi.yo.ke.su.pu.rê ⑦
防蟲噴霧

10 煙
けむり
ke.mu.ri ⓪
煙

11 クーラーボックス
kû.râ.bo.kku.su ⑤
保冷箱

旅遊休閒篇

⓬ 焚き火
た び
ta.ki.bi ⓪

營火

⓭ 薪
まき
ma.ki ⓪

木材

⓮ キャンピングカー
kya.n.pi.n.gu.kâ ⑤

露營車

⓯ バーベキュー
bâ.be.kyû ③

烤肉

⓰ ナイフ
na.i.fu ①

刀子

⓱ 薪割り
まき わ
ma.ki.wa.ri ④

劈柴

⓲ テント
te.n.to ①

帳篷

⓳ 寝袋
ね ぶくろ
ne.bu.ku.ro ⓪

睡袋

⓴ リス
ri.su ①

松鼠

たかし： 天気予報を見て心配していたけど、なんとか大丈夫そうだね。

静香： そうだね。本当に晴れてよかったね。

たかし： さっ、はやくテントをはって夕食の準備をしようか。

静香： うん、暗くなってからじゃ面倒だしね。

たかし： そうそう、じゃあ車から出すの手伝ってくれる。

静香： わかった。

剛志： 雖然看天氣預報讓人有點擔心，但感覺好像沒問題啊。

静香： 就是啊。能放晴真的是太好了呢。

剛志： 來，我們趕快搭好帳篷準備晚餐吧。

静香： 好，萬一天色變暗就麻煩了呢。

剛志： 沒錯沒錯，那你可以幫忙把東西從車子裡拿過來嗎？

静香： 我知道了。

旅遊休閒篇

01 ウォーターライド

02 記念写真

03 ゴーカート

04 回転ブランコ

05 メリーゴーランド

06 コーヒーカップ

07 マスコットキャラクター

⑫ ジェットコースター

⑧ フリーフォール

⑬ ショー

⑨ パレード

⑩ 風船
　ふうせん

⑪ ピエロ

休閒篇

⑭ 観覧車（かんらんしゃ）

⑮ バイキング

お化け屋敷

⑯ お化け屋敷（ばけやしき）

⑰ レストラン

レストラン

⑲ チュロス

⑱ フードコート

⑳ ホットドッグ

全文朗讀
Track 206

01 ウォーターライド
wô.tâ.ra.i.do ⑤

在水上漂流的遊樂設施

02 記念写真
ki.ne.n.sha.shi.n ④

紀念照

03 ゴーカート
gô.kâ.to ③

賽車

04 回転ブランコ
ka.i.te.n.bu.ra.n.ko ⑤

旋轉飛椅

05 メリーゴーランド
me.rî.gô.ra.n.do ④

旋轉木馬

06 コーヒーカップ
kô.hî.ka.ppu ⑤

咖啡杯

07 マスコットキャラクター
ma.su.ko.tto.kya.ra.ku.tâ ⑥

遊樂園的吉祥物

08 フリーフォール
fu.rî.fô.ru ④

自由落體

09 パレード
pa.rê.do ② / ①

遊行

10 風船
fû.se.n ⓪

氣球

11 ピエロ
pi.e.ro ①

小丑

旅遊休閒篇

⑫ ジェットコースター
je.tto.kô.su.tâ ④

雲霄飛車

⑬ ショー
shô ①

表演秀

⑭ 観覧車
かんらんしゃ
ka.n.ra.n.sha ③

摩天輪

⑮ バイキング
ba.i.ki.n.gu ①

海盜船

⑯ お化け屋敷
ばけ　やしき
o.ba.ke.ya.shi.ki ④

鬼屋

⑰ レストラン
re.su.to.ra.n ①

餐廳

⑱ フードコート
fû.do.kô.to ④

美食廣場

⑲ チュロス
chu.ro.su ①

吉拿棒

⑳ ホットドッグ
ho.tto.do.ggu ④

熱狗

静香 (しずか)：ねぇ、次 (つぎ) はあれに乗 (の) ろうよ！

たかし：えぇ、また絶叫系 (ぜっきょうけい)…。

静香 (しずか)：何言 (なにい) ってんの！テーマパークといえば絶叫 (ぜっきょう) マシーンでしょう。

たかし：まぁそうだけど…、ちょっと休憩 (きゅうけい) したいな。

静香 (しずか)：よしっ、じゃああれ乗 (の) ってから休憩 (きゅうけい) しよう。

たかし：しょうがないなぁ。

静香：喂，我們下一個去坐那個吧！

剛志：啊～又是這種尖叫型的設施啊……

静香：你說什麼啊！來遊樂園就是要玩這種讓人大叫的設施才對啊。

剛志：說的是沒錯啦……，不過我想休息一下耶。

静香：好吧，那坐那個之後先休息一下吧。

剛志：真拿你沒辦法。

旅遊休閒篇

13 演唱會 コンサート

01 会場 / コンサート会場

02 スピーカー

03 スクリーン

04 バックダンサー

05 ボーカル

06 ステージ / 舞台

07 サーチライト

08 ベース

09 マイク

10 マイクスタンド

11 ドラム

12 ライブスタッフ

13 ファン

⑯ ペンライト

⑮ メガホン

⑭ ギター

旅遊休閒篇

⑰ 観客（かんきゃく）

⑱ コンサートグッズ

⑲ コンサートうちわ

⑳ 入場券（にゅうじょうけん）

㉑ 警備員（けいびいん）

01 会場 / コンサート会場
ka.i.jô / ko.n.sâ.to.ka.i.jô ⓪ / ⑥ — 演唱會場

02 スピーカー
su.pî.kâ ② — 喇叭

03 スクリーン
su.ku.rî.n ③ — 螢幕

04 バックダンサー
ba.kku.da.n.sâ ④ — 舞群

05 ボーカル
bô.ka.ru ⓪ / ① — 主唱

06 ステージ / 舞台
su.tê.ji / bu.ta.i ② / ① — 舞台

07 サーチライト
sâ.chi.ra.i.to ④ — 探照燈

08 ベース
bê.su ① / ⓪ — 貝斯

09 マイク
ma.i.ku ① — 麥克風

10 マイクスタンド
ma.i.ku.su.ta.n.do ⑤ — 麥克風架

11 ドラム
do.ra.mu ① / ⓪ — 鼓

旅遊休閒篇

⑫ ライブスタッフ
ra.i.bu.su.ta.ffu ⑤

工作人員

---

⑬ ファン
fa.n ⓪

粉絲

---

⑭ ギター
gi.tâ ①

吉他

---

⑮ メガホン
me.ga.ho.n ①

擴音筒

---

⑯ ペンライト
pe.n.ra.i.to ③

螢光棒

**⑰ かんきゃく
観客**
ka.n.kya.ku ⓪

觀眾

---

⑱ コンサートグッズ
ko.n.sâ.to.gu.zzu ⑥

演唱會週邊商品

---

⑲ コンサートうちわ
ko.n.sâ.to.u.chi.wa ⑥

演唱會應援扇

**⑳ にゅうじょうけん
入場券**
nyû.jô.ke.n ③

入場卷、門票

**㉑ けいびいん
警備員**
kê.bi.i.n ③

警衛保全

點讀發音 Track 209

夫：どうしたの嬉しそうな顔して、何かいい
　　ことあったの。

妻：実は前から行きたかったエグザイルのコン
　　サートチケットが取れたんだ。

夫：ええっ本当に。あれすごく人気があるん
　　でしょう。

妻：そうだよ。発売してすぐ売り切れちゃうん
　　だから。

夫：すごいなぁ、よく買えたね。

妻：うん、運がよかったみたい。

夫：為什麼你的臉看起來這麼開心，有什麼好事發生嗎？
妻：其實我拿到了從很久以前就想去看的放浪兄弟的演唱會門票。
夫：啊，真的嗎？那個不是很受歡迎嗎？
妻：對啊。開賣以後馬上就賣光耶。
夫：好厲害啊，你竟然買的到啊。
妻：嗯，運氣好像還不錯唷。

旅遊休閒篇

■ 483

14 管絃樂團 オーケストラ

① ハープ
② マリンバ
③ サックス
④ ピアノ
⑤ ホルン
⑥ オーボエ
⑦ バイオリン

⑪ シンバル

⑨ ティンパニー

⑫ クラリネット

⑩ ファゴット

⑧ ビオラ

⑬ 指揮者
しきしゃ

⑭ トロンボーン　⑮ バスドラム　⑱ チューバ　⑯ フルート　⑰ トランペット　⑲ チェロ　⑳ コントラバス

01 ハープ
ha.pu ①
豎琴

02 マリンバ
ma.ri.n.ba ②
木琴

03 サックス
sa.kku.su ⓪
薩克斯風

04 ピアノ
pi.a.no ⓪
鋼琴

05 ホルン
ho.ru.n ①
法國號

06 オーボエ
o.bo.e ① / ⓪
雙簧管

07 バイオリン
ba.i.o.ri.n ⓪
小提琴

08 ビオラ
bi.o.ra ⓪
中提琴

09 ティンパニー
ti.n.pa.ni ①
定音鼓

10 ファゴット
fa.go.tto ①
巴松管

11 シンバル
shi.n.ba.ru ①
鈸

旅遊休閒篇

⑫ クラリネット
ku.ra.ri.ne.tto ④

豎笛、單簧管

⑬ 指揮者
し き しゃ
shi.ki.sha ②

指揮

⑭ トロンボーン
to.ro.n.bô.n ④

伸縮喇叭

⑮ バスドラム
ba.su.do.ra.mu ③

大鼓

⑯ フルート
fu.rû.to ②

長笛

⑰ トランペット
to.ra.n.pe.tto ④

小喇叭

⑱ チューバ
chû.ba ①

低音號

⑲ チェロ
che.ro ①

大提琴

⑳ コントラバス
ko.n.to.ra.ba.su ⑤

低音大提琴

^{うえしま}
上島： わぁ、すごく広い会場ですね。

^{さとう}
佐藤： そうですね。天井もすごく高いですね。

^{うえしま}
上島： 佐藤さん、クラシックはお好きですか。

^{さとう}
佐藤： はい、でもこんなに大きな会場で聞く
なんて初めてです。

^{うえしま}
上島： そうですか。私は彼らの演奏を聴くのは
三回目ですが、とてもいいですよ。

^{さとう}
佐藤： わぁ、それは楽しみだなぁ。今日は誘っ
てくれて本当にありがとうございます。

^{うえしま}
上島： いえいえ、ちょうどチケットが二枚手に
入ったので。

上島： 哇，好大的會場喔。
佐藤： 就是說啊。天花板也好高喔。
上島： 佐藤小姐，你喜歡古典樂嗎？
佐藤： 喜歡啊，可是在這麼大的會場聽演奏還是第一次唷。
上島： 是嗎？我是第三次聽他們的演奏了，非常讚喔。
佐藤： 哇，那真是令人期待啊。今天真的很謝謝你的邀約。
上島： 哪裡哪裡。因為我正好有兩張門票啊。

旅
遊
休
閒
篇

① ブレイキング

② ジャズダンス

③ タップダンス

④ ポールダンス

⑤ フォークダンス

⑥ ベリーダンス

⑦ フラダンス

⑧ チアダンス

09 フラメンコ

10 バレエ

圖解單字

01 **ブレイキング** bu.rê.ki.n.gu ② 霹靂舞

02 **ジャズダンス** ja.zu.da.n.su ③ 爵士舞

03 **タップダンス** ta.ppu.da.n.su ④ 踢踏舞

04 **ポールダンス** pô.ru.da.n.su ④ 鋼管舞

05 **フォークダンス** fô.ku.da.n.su ④ 土風舞

06 **ベリーダンス** be.rî.da.n.su ④ 肚皮舞

07 **フラダンス** fu.ra.da.n.su ③ 草裙舞

08 **チアダンス** chi.a.da.n.su ③ 啦啦隊舞

09 **フラメンコ** fu.ra.me.n.ko ③ 佛朗明哥舞

10 **バレエ** ba.rê ① 芭蕾舞

旅遊休閒篇

⑪ ワルツ

⑫ サンバ

⑬ サルサ

⑭ ルンバ

⑮ タンゴ

⑯ チャチャチャ

⑰ モダンダンス

⑪ ワルツ　wa.ru.tsu ① 華爾滋

⑫ サンバ　sa.n.ba ① 森巴舞

⑬ サルサ　sa.ru.sa ① 騷莎舞、拉丁舞

⑭ ルンバ　ru.n.ba ① 倫巴舞

⑮ タンゴ　ta.n.go ① 探戈舞

⑯ チャチャチャ　cha.cha.cha ③ 恰恰舞

⑰ モダンダンス　mo.da.n.da.n.su ④ 現代舞

⑱ 阿波踊り　あわおど　a.wa.o.do.ri ③ 阿波舞

⑲ 日本舞踊　にほんぶよう　ni.ho.n.bu.yô ④ 日本舞

⑳ 盆踊り　ぼんおど　bô.n.o.do.ri ③ 盆舞（夏日節慶舞）

⑱ 阿波踊り　あわおど

⑳ 盆踊り　ぼんおど

⑲ 日本舞踊　にほんぶよう

田山（たやま）: 石井（いしい）さんの趣味（しゅみ）は何（なん）ですか。

石井（いしい）: 私（わたし）の趣味（しゅみ）はダンスです。

田山（たやま）: へぇ～、素敵（すてき）ですね。どんなダンスですか。

石井（いしい）: 社交（しゃこう）ダンスを高校（こうこう）のときからやっています。

田山（たやま）: わぁ、それはすごい。

石井（いしい）: 楽（たの）しいし、運動（うんどう）にもなるので、今（いま）も続（つづ）けているんです。大会（たいかい）にも参加（さんか）していますよ。

田山： 石井先生的興趣是什麼呢？
石井： 我的興趣是跳舞。
田山： へ～，很讚耶。是哪一種舞蹈呢？
石井： 我從高中時代就開始學社交舞了。
田山： 哇，那很厲害耶。
石井： 因為好玩又可以運動，所以現在還是有持續在跳喔。我也有參加比賽唷。

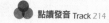
日本のハワイ？！

日本的夏威夷？！

　　日本で本格的なフラダンスを楽しめる場所が東北地方にあります。福島県いわき市にある「スパリゾートハワイアンズ」は、映画「フラガール」のモデルとなったところです。ショーで活躍するダンサーたちは、昭和４０年に日本で初めてのポリネシア民族舞踊、フラメンコの各種学校として設立された常磐音楽舞踏学院の卒業生たちです。この学校では、フラダンスのほか、フラメンコ、タヒチアンダンス、ポリネシア民族舞踊も学ぶことができます。

旅遊休閒篇

16 卡拉 OK カラオケ

01 ミラーボール

02 スクリーン

03 採点システム（さいてん）

04 マイク

06 マイクスタンド

05 タンバリン

08 選曲用リモコン（せんきょくよう）

07 歌本（うたぼん）

09 お手拭（てぶき）

10 マラカス

11 ポテト

12 メニュー

⑰ 電話(でんわ)

⑮ 部屋番号(へやばんごう) 325

⑯ ネクタイ

⑱ 拍手(はくしゅ)

⑬ ジュース

⑭ から揚(あ)げ

⑲ 酔(よ)っ払(ぱら)い

⑳ ソファ

㉑ ビール

圖解單字

01 ミラーボール
mi.râ.bô.ru ④

霓虹燈彩球

02 スクリーン
su.ku.rî.n ③

螢幕

03 採点システム
さい てん
sa.i.te.n.shi.su.te.mu ⑤

計分系統

04 マイク
ma.i.ku ①

麥克風

05 タンバリン
ta.n.ba.ri.n ①

鈴鼓

06 マイクスタンド
ma.i.ku.su.ta.n.do ④

麥克風架

07 歌本
うた ぼん
u.ta.bo.n ⓪

點歌本

08 選曲用リモコン
せん きょく よう
se.n.kyo.ku.yô.ri.mo.ko.n ⑦

選歌搖控器

09 お手拭
て ふき
o.te.fu.ki ②

擦手巾

10 マラカス
ma.ra.ka.su ⓪

沙鈴

11 ポテト
po.te.to ①

薯條

⑫ **メニュー**
me.nyû ①
菜單

⑬ **ジュース**
jû.su ①
果汁

⑭ **から揚げ**
ka.ra.a.ge ⓪
日式炸雞塊

⑮ **部屋番号**
he.ya.ba.n.gô ③
房間號碼

⑯ **ネクタイ**
ne.ku.ta.i ①
領帶

⑰ **電話**
de.n.wa ⓪
電話

⑱ **拍手**
ha.ku.shu ①
鼓掌

⑲ **酔っ払い**
yo.ppa.ra.i ⓪
喝醉的人

⑳ **ソファ**
so.fa ①
沙發

㉑ **ビール**
bî.ru ①
啤酒

旅遊休閒篇

點讀發音 Track 216

たかし： 次は何を歌おうかな。

静香： あっ、この曲私が入れたやつだ。

たかし： わあっ、この曲いいよね～。

静香： 私たちが学生のときはやったよね。

たかし： そうそう。

静香： 男性パート歌える。一緒に歌おうよ。

たかし： いいよ。はい、マイク。

剛志： 下一首唱什麼好呢？
靜香： 啊，這首歌是我點的。
剛志： 哇，這首歌很好聽耶～。
靜香： 在我們還是學生的時候很流行呢。
剛志： 沒錯沒錯。
靜香： 要唱男生的部份嗎？我們一起唱嘛。
剛志： 好喔。來，麥克風給我。

カラオケの楽しみ方

卡拉 OK 的玩法

　カラオケが世の中に出始めた頃はスナックやホテルの宴会場に置かれることが多く、お酒のついでにカラオケを楽しむというイメージでした。しかし、１９80年半ばにカラオケだけを楽しむことができる「カラオケボックス」が登場して、大人から子供まで楽しめるようになりました。最近では、一人でカラオケを楽しむ「一人カラオケ」も流行っています。ストレス発散にも、会社の飲み会や合コンに向けてこっそり練習するのにもいいですね。

旅遊休閒篇

01 ポスター

02 スケッチブック／スケブ

03 ファン

04 漫画家 (まんがか)

05 サイン色紙 (しきし)

06 コスプレイヤー／レイヤー

07 カメラ小僧 (こぞう)／カメコ

08 イラストレーター

コミケ

09 着ぐるみ

⑩ コミケ袋

旅遊休閒篇

⑪ 売り子

⑫ 宅配便サービス

⑬ 限定品

⑭ 同人誌

⑮ サークル

⑯ ブース

⑰ フィギュア

⑱ 関連グッズ

全文朗讀
Track 218

01 ポスター
po.su.tâ ①
海報

02 スケッチブック / スケブ
su.ke.cchi.bu.kku / su.ke.bu ⑤ / ⓪
素描簿

03 ファン
fa.n ①
粉絲、愛好者

04 漫画家
ma.n.ga.ka ⓪
漫畫家

05 サイン色紙
sa.i.n.shi.ki.shi ④
要簽名的紙

06 コスプレイヤー / レイヤー
ko.su.pu.re.i.yâ / re.i.yâ ④ / ⓪
角色扮演者

07 カメラ小僧 / カメコ
ka.me.ra.ko.zô / ka.me.ko ⑤ / ①
業餘攝影愛好者

08 イラストレーター
i.ra.su.to.rê.tâ ⑤
插畫家

09 着ぐるみ
ki.gu.ru.mi ⓪
大型人偶

10 コミケ袋
ko.mi.ke.bu.ku.ro ④
動漫宣傳袋

11 売り子
u.ri.ko ⓪
售貨員

旅遊休閒篇

昌也：　なんとか準備が間に合ったね。

美智子：　うん、よかったね。わぁ、今年もたく
　　　　　さんサークルが参加してるなぁ。

昌也：　うん、外国のサークルもたくさん参加
　　　　　しているみたいだよ。僕らの同人誌も
　　　　　たくさん売れたらいいね。

美智子：　うん、一緒にがんばろう。

昌也：　そうだね。最後までがんばろうね。

昌也：　幸好我們趕得上準備了呢。
美智子：　嗯，太好了，哇，今年也有很多社團參加耶。
昌也：　嗯，聽說有很多外國社團也有參加的樣子。希望我們的同人
　　　　　誌也賣得很好。
美智子：　嗯，我們一起加油吧。
昌也：　好啊！一起加油到最後吧！

旅遊休閒篇

01 試写会（ししゃかい）

02 スクリーン

03 映画スター（えいが）

04 ポスター

05 3D（スリーディー）メガネ

06 ポップコーン

07 ホットドッグ

08 パンフレット

09 上映時間表（じょうえいじかんひょう）

10 チケット売り場（うりば）

11 チケット

12 前売りチケット（まえうり）

⑬ アクション映画

⑭ ＳＦ映画

⑮ ファンタジー映画

⑯ ホラー映画

⑰ コメディ映画

⑱ スポーツ映画

⑲ 戦争映画

⑳ アニメ映画

旅遊休閒篇

① 試写会
ししゃかい
shi.sha.ka.i ② / ⓪

試映會

② スクリーン
su.ku.rî.n ③

大銀幕

③ 映画スター
えいが
ê.ga.su.tâ ⑤

電影明星

④ ポスター
po.su.tâ ①

海報

⑤ 3Dメガネ
スリーディー
su.rî.dî.me.ga.ne ⑥

3D眼鏡

⑥ ポップコーン
po.ppu.kô.n ④

爆米花

⑦ ホットドッグ
ho.tto.do.ggu ④

熱狗

⑧ パンフレット
pa.n.fu.re.tto ①

節目單

⑨ 上映時間表
じょうえいじかんひょう
jô.ê.ji.ka.n.hyô ⓪

放映時間表

⑩ チケット売り場
うば
chi.ke.tto.u.ri.ba ⑤

售票處

⑪ チケット
chi.ke.tto ②

電影票

⓬ 前売りチケット
まえ う
ma.e.u.ri.chi.ke.tto ⑤

預售票

⓭ アクション映画
えい が
a.ku.sho.n.ê.ga ⑤

動作片

⓮ ＳＦ映画
エスエフ えい が
e.su.e.fu.ê.ga ⑤

科幻片

⓯ ファンタジー映画
えい が
fa.n.ta.jî.ê.ga ⑥

奇幻片

⓰ ホラー映画
えい が
ho.râ.ê.ga ④

恐怖片

⓱ コメディ映画
えい が
ko.me.di.ê.ga ④

喜劇

⓲ スポーツ映画
えい が
su.pô.tsu.ê.ga ⑤

運動片

⓳ 戦争映画
せん そう えい が
se.n.sô.ê.ga ⑤

戦争片

⓴ アニメ映画
えい が
a.ni.me.ê.ga ④

動畫片

ゆりか： いい映画だったね。

次郎： うん、感動したよ。

ゆりか： 私なんて途中で泣いちゃった。

次郎： 途中の別れのシーンは僕も泣きそう
だった。

ゆりか： うんうん、あっそうだ。この映画続編
があるらしいよ。

次郎： 本当に！絶対に見なくちゃね。

ゆりか： そうだよね。楽しみだなあ。

百合香： 真是一部好電影呢。
次郎： 嗯，好感人喔。
百合香： 我看到一半還哭了呢。
次郎： 中途看到離別的場景，我也快哭了。
百合香： 就是嘛，啊對了。這部電影好像有續集耶。
次郎： 真的嗎！那絕對不看不行啊。
百合香： 對啊。好期待喔！

CD2 發音 Track 222

活動弁士
（かつ どう べん し）

電影旁白者

　音声のない映画を見たことがありますか。サイレント映画とか無声映画と呼ばれ、音楽も台詞も収録されていない映画です。どうやって台詞を伝えたか。それは「字幕」です。今は翻訳として表示されている字幕が、昔は物語を伝える「台詞そのもの」だったのです。日本では海外の映画の字幕を理解することができませんから、当時は映画館に「活動弁士」がいて、映画に合わせ、情緒豊かに情景や台詞を観客に伝えていました。

旅遊休閒篇

19 美術館 美術館 (びじゅつかん)

01 撮影禁止 (さつえいきんし)

02 飲食禁止 (いんしょくきんし)

03 注意書き (ちゅういがき)

04 題名 (だいめい)

05 キャプション / 解説 (かいせつ)

06 ミュージアムショップ

museumshop ミュージアムショップ

07 警備員 (けいびいん)

08 入場券 (にゅうじょうけん)

09 額_{がく}

10 音声ガイド_{おんせい}

11 ライト

12 絵_え

13 ガイド

14 ベンチ

15 画家_{がか}

旅遊休閒篇

⑯ **オブジェ**

⑰ 監視カメラ
かんし

⑱ 銅像
どうぞう

⑲ 石像
せきぞう

01 撮影禁止
さつ えい きん し
sa.tsu.ê.ki.n.shi ⓪

禁止攝影

02 飲食禁止
いん しょく きん し
i.n.sho.ku.ki.n.shi ⓪

禁止飲食

03 注意書き
ちゅう い が
chû.i.ga.ki ⓪

注意事項

04 題名
だい めい
da.i.mê ⓪

藝術品名稱

05 キャプション / 解説
かい せつ
kya.pu.sho.n / ka.i.se.tsu ① / ⓪

作品說明

06 ミュージアムショップ
myû.ji.a.mu.sho.ppu ⑥

紀念品店

07 警備員
けい び いん
kê.bi.i.n ③

警衛保全

08 入場券
にゅうじょうけん
nyû.jô.ke.n ③

門票

09 額
がく
ga.ku ⓪

畫框

10 音声ガイド
おん せい
o.n.sê.ga.i.do ⑤

語音導覽

11 ライト
ra.i.to ①

美術燈、投射燈

旅遊休閒篇

⑫ 絵
　え
　e ①
　　　　　　　　　畫

⑬ ガイド
　ga.i.do ①
　　　　　　　　　導覽解說

⑭ ベンチ
　be.n.chi ①
　　　　　　　　　長椅

⑮ 画家
　が　か
　ga.ka ⓪
　　　　　　　　　畫家

⑯ オブジェ
　o.bu.je ①
　　　　　　　　　藝術展覽品

⑰ 監視カメラ
　かん　し
　ka.n.shi.ka.me.ra ④
　　　　　　　　　監視攝影機

⑱ 銅像
　どう　ぞう
　dô.zô ⓪
　　　　　　　　　銅像

⑲ 石像
　せき　ぞう
　se.ki.zô ⓪
　　　　　　　　　石像

點讀發音 Track 224

真由美： うわぁ、すごい人の数だね。

信一： うん、今日本で一番人気がある芸術家だもんね。

真由美： でもこんなに人が多かったら、ゆっくり見られないよ。

信一： そうだね。もうちょっと静かに楽しみたいな。

真由美： 本当だね。まぁ、今日は土日だから余計にこんでいるだろうね。

信一： うん、しょうがないね。

真由美：哇～，好多人喔。

信一：嗯，因為是現在日本最有人氣的藝術家嘛。

真由美：可是人這麼多，我們就不能悠哉地看了耶。

信一：說的也是。我想再安靜一點地看呢。

真由美：真的！啊，因為今天是週末，所以人特別多吧。

信一：嗯，這也是沒辦法的囉。

02 恐竜 きょうりゅう

01 卵 たまご

03 貝殻 かいがら

04 化石 かせき

05 マンモス

06 石器 せっき

07 土器 どき

08 原始人 げんしじん

09 土偶（どぐう）

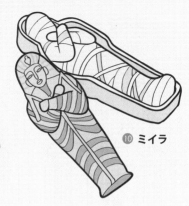

10 ミイラ

圖解單字

全文朗讀 Track 225

01 卵（たまご） ta.ma.go ② 蛋

02 恐竜（きょうりゅう） kyô.ryû ⓪ 恐龍

03 貝殻（かいがら） ka.i.ga.ra ③ 貝殻

04 化石（かせき） ka.se.ki ⓪ 化石

05 マンモス ma.n.mo.su ① 長毛象

06 石器（せっき） se.kki ⓪ 石器

07 土器（どき） do.ki ① 陶器

08 原始人（げんしじん） ge.n.shi.ji.n ③ 原始人

09 土偶（どぐう） do.gû ⓪ 泥偶人

10 ミイラ mî.ra ① 木乃伊

旅遊休閒篇

⑪ 剝製〔はくせい〕

⑬ 社会科見学〔しゃかい か けんがく〕

⑫ 標本〔ひょうほん〕

⑭ 体験コーナー〔たいけん〕

⑮ 館内マップ〔かんない〕

⑯ 案内所／インフォメーション〔あんないじょ〕

⑰ 模型〔も けい〕

⑱ **クラシックカー**

き かんしゃ
⑲ **機関車**

⑪ <ruby>剥<rt>はく</rt></ruby><ruby>製<rt>せい</rt></ruby> ha.ku.sê ⓪ 剝製動物做成的標本

⑫ <ruby>標<rt>ひょう</rt></ruby><ruby>本<rt>ほん</rt></ruby> hyô.ho.n ⓪ 標本

⑬ <ruby>社<rt>しゃ</rt></ruby><ruby>会<rt>かい</rt></ruby><ruby>科<rt>か</rt></ruby><ruby>見<rt>けん</rt></ruby><ruby>学<rt>がく</rt></ruby> sha.ka.i.ka.ke.n.ga.ku ⑤ 參觀教學

⑭ <ruby>体<rt>たい</rt></ruby><ruby>験<rt>けん</rt></ruby>コーナー ta.i.ke.n.kô.nâ ⑤ 體驗區

⑮ <ruby>館<rt>かん</rt></ruby><ruby>内<rt>ない</rt></ruby>マップ ka.n.na.i.ma.ppu ⑤ 館內地圖

⑯ <ruby>案<rt>あん</rt></ruby><ruby>内<rt>ない</rt></ruby><ruby>所<rt>じょ</rt></ruby> / インフォメーション

a.n.na.i.jo / i.n.fo.mê.sho.n ⓪ / ④ 詢問處

⑰ <ruby>模<rt>も</rt></ruby><ruby>型<rt>けい</rt></ruby> mo.kê ⓪ 模型

⑱ **クラシックカー** ku.ra.shi.kku.kâ ⑤ 老爺車

⑲ <ruby>機<rt>き</rt></ruby><ruby>関<rt>かん</rt></ruby><ruby>車<rt>しゃ</rt></ruby> ki.ka.n.sha ② 蒸汽火車

旅
遊
休
閒
篇

友樹：うわぁ、化石がいっぱいだね。

英太：本当だね。この博物館は日本で一番展示品が多いらしいよ。

友樹：これだけ多かったら、全部見るのに半日はかかりそうだね。

英太：うん、そうだね。それにしても親子連れが多いね。

友樹：あぁ、たぶん夏休みが始まったからでしょう。

英太：そうかぁ、もうそんな時期だよね。

友樹：哇，化石的數量好多喔。
英太：真的耶。這間博物館好像是日本展示品最多的唷。
友樹：像這麼多的量，全部都看完得花掉半天的時間吧。
英太：嗯，就是說啊。話說回來，親子檔也蠻多的嘛。
友樹：啊，大概是因為已經開始放暑假的關係吧。
英太：原來如此，又到了這個時候啦。

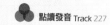
映画「ナイトミュージアム」

電影「博物館驚魂夜」

　2006年に公開されたアメリカのファンタジーコメディー映画です。真夜中、朝日が上るまでの間だけ、蠟人形もマネキンもミニチュアの人形も、恐竜の化石も動物達も自由に動ける不思議な博物館が舞台です。子供から大人まで楽しめ、日本での公開では、日本博物館協会と東京都歴史文化財団に推薦されました。

　この映画を見た子供達は、博物館に行くたびに「この展示物も真夜中に動くのかも？！」と思っているかもしれませんね。

21 動物園 動物園
どうぶつえん

01 ペンギン

02 らくだ

03 鹿
しか

04 ゴリラ

05 パンダ

06 コアラ

07 フラミンゴ

08 カバ

09 カンガルー

10 ウサギ

11 ダチョウ

⑭ キリン

⑮ シマウマ

⑫ 猿
さる

⑯ 象
ぞう

⑰ サイ

⑲ ライオン

⑬ トラ

⑱ 豹
ひょう

⑳ 熊
くま

01 ペンギン
pe.n.gi.n ⓪ — 企鵝

02 らくだ
ra.ku.da ⓪ — 駱駝

03 鹿 (しか)
shi.ka ① — 鹿

04 ゴリラ
go.ri.ra ① — 大猩猩

05 パンダ
pa.n.da ① — 貓熊

06 コアラ
ko.a.ra ① — 無尾熊

07 フラミンゴ
fu.ra.mi.n.go ③ — 紅鶴

08 カバ
ka.ba ① — 河馬

09 カンガルー
ka.n.ga.rû ③ — 袋鼠

10 ウサギ
u.sa.gi ⓪ — 兔子

11 ダチョウ
da.chô ⓪ — 鴕鳥

⑫ 猿 さる
sa.ru ①

猴子

⑬ トラ
to.ra ⓪

老虎

⑭ キリン
ki.ri.n ⓪

長頸鹿

⑮ シマウマ
shi.ma.u.ma ⓪

斑馬

⑯ 象 ぞう
zô ①

大象

⑰ サイ
sa.i ①

犀牛

⑱ 豹 ひょう
hyô ①

豹

⑲ ライオン
ra.i.o.n ⓪

獅子

⑳ 熊 くま
ku.ma ②

熊

たかし： 何の動物がいちばん好き。

静香： 私は熊が好きだなぁ。

たかし： へぇ～、どうして。

静香： う～ん、小さい頃に熊のぬいぐるみを
買ってもらってからかな。あなたは何
の動物が好きなの。

たかし： 僕はライオンが好きだな。かっこいい
からね。

静香： そうなんだ。あ、私あとウサギも
好き。

剛志： 你最喜歡什麼動物？
靜香： 我喜歡熊吧。
剛志： 咦～，為什麼？
靜香： 嗯～，可能小時候收過別人買送給我的熊熊玩偶吧。那你喜歡
什麼動物呢？
剛志： 我喜歡獅子。因為很酷嘛。
靜香： 這樣啊。啊對了，我也喜歡兔子喔。

旭川動物園

旭川動物園

　１９９６年までは一般的な動物園でした。普通の展示方法では入場者数は減る一方で、それを打開するため、動物園は、動物の自然な生態が見られる「行動展示」の施設に生まれ変わりました。オランウータンが地上１７ｍを空中散歩していたり、３６０度見渡せる水中トンネルからはペンギンが飛ぶように泳いでいる姿が見られます。生き生きとした動物達を見ることができ、今では日本第三位の入場者数を誇る世界でも有名な動物園となりました。

旅遊休閒篇

22 牧場 牧場 ぼくじょう

01 山 やま

02 雲 くも

05 アヒル

03 牧羊犬 ぼくようけん

04 ヒツジ

06 馬 うま

07 牧場主 ぼくじょうぬし

08 牧草ロール ぼくそう

ABC 牧場

09 看板 かんばん

⑩ 湖 （みずうみ）

⑪ 牧草 （ぼくそう）

⑫ 豚 （ぶた）

⑬ エサ

⑭ 太陽 （たいよう）

⑮ バケツ

⑯ 搾乳 （さくにゅう）

旅遊休閒篇

■ 533

⑰ 虹（にじ）

⑱ 鷹（たか）

⑲ 牛（うし）

⑳ ミルク / 牛乳（ぎゅうにゅう）

㉑ 柵（さく）

㉒ 小屋（こや）

㉓ にわとり

㉔ ひよこ

㉕ 卵（たまご）

01 山
^{やま}
ya.ma ②

山

02 雲
^{くも}
ku.mo ①

雲

03 牧羊犬
^{ぼく よう けん}
bo.ku.yô.ke.n ⓪

牧羊犬

04 ヒツジ
hi.tsu.ji ⓪

綿羊

05 アヒル
a.hi.ru ⓪

鴨子

06 馬
^{うま}
u.ma ⓪

馬

07 牧場主
^{ぼく じょう ぬし}
bo.ku.jô.nu.shi ③

牧場主人

08 牧草ロール
^{ぼく そう}
bo.ku.sô.rô.ru ⑤

牧草堆

09 看板
^{かん ばん}
ka.n.ba.n ⓪

招牌

10 湖
^{みずうみ}
mi.zû.mi ②

湖

11 牧草
^{ぼく そう}
bo.ku.sô ⓪

牧草

旅遊休閒篇

⑫ 豚 （ぶた）bu.ta ⓪ 　　　　　　　　　　　豬

⑬ エサ e.sa ② 　　　　　　　　　　　　　飼料

⑭ 太陽 （たいよう）ta.i.yô ① 　　　　　　　太陽

⑮ バケツ ba.ke.tsu ⓪ 　　　　　　　　　　水桶

⑯ 搾乳 （さくにゅう）sa.ku.nyû ⓪ 　　　　　擠牛奶

⑰ 虹 （にじ）ni.ji ⓪ 　　　　　　　　　　　彩虹

⑱ 鷹 （たか）ta.ka ① 　　　　　　　　　　　老鷹

⑲ 牛 （うし）u.shi ⓪ 　　　　　　　　　　　牛

⑳ ミルク／牛乳 （ぎゅうにゅう）mi.ru.ku／gyû.nyû ①／⓪ 　牛奶

㉑ 柵 （さく）sa.ku ② 　　　　　　　　　　　柵欄

㉒ 小屋 （こや）ko.ya ② 　　　　　　　　　　茅舍

㉓ にわとり ni.wa.to.ri ⓪ 　　　　　　　　雞

㉔ ひよこ hi.yo.ko ⓪ 　　　　　　黃色小雞、雛雞

㉕ 卵 （たまご）ta.ma.go ② 　　　　　　　　蛋

田所：　やっと着きましたね。

小池：　ええ、長かったですね。

田所：　この牧場では牛の乳搾り体験ができるん
　　　　ですよ。

小池：　本当ですか。楽しそうですね。

田所：　あそこの受付で申し込むみたいですね。

小池：　一緒にやってみませんか。

田所：　そうですね。せっかくだからやってみま
　　　　しょうか。

田所：　終於到了啊。
小池：　對啊，蠻久的耶。
田所：　這個牧場可以讓人體驗擠牛奶喔。
小池：　真的嗎？感覺很好玩的樣子耶。
田所：　好像可以在那邊的櫃台報名喔。
小池：　要不要一起去玩玩看？
田所：　說的也是喔。難得有機會，我們就去試試看吧。

中文翻譯

日本文化節慶篇

P 027

世界遺產，是根據「世界遺產條約（正式名稱：保護世界文化遺產和自然遺產公約）所考核登錄的。這份條約是把世界遺產變成為屬於全體人類的遺產。為了不讓其遭受到破壞或損毀，以建立國際性的協助及共同合作的體制為目的所制定的條約。直至2014年的6月，日本已經有14個文化遺產、4個自然遺產被登記成為世界遺產。目前全世界共有1007個世界遺產。

這些遺跡和大自然，不只是屬於住在那裡的人們而已，而是全體人類的事物。讓我們用全球性的關注來守護這些遺跡和大自然吧。

P 033

在距今大約500年前，這個世界是個大航海的時代。世界的人們都以「黃金之國日本」為目標。日本在當時，正好是室町時代的結束，長崎港向世界開啟了門戶。那個時候，葡萄牙的烤蛋糕和西班牙卡斯蒂亞地區的麵包做法傳入了日本。之後，日本在江戶時代進行了鎖國政策，直到明治時代開國，「葡式蛋糕」在日本國內獨自發展了起來。葡式蛋糕會變成現在這個樣子，就是明治時代所形成的。然後，「葡式蛋糕」就從西洋蛋糕變成了「日式蛋糕」了。

P 039

外國人對於「壽司」的印象也許都是「握壽司」吧，其實還有其他很多種類。像是卷壽司、稻禾壽司、手捲壽司、散壽司、五目壽司、押壽司、鮨壽司、創作壽司等等。卷壽司、稻禾壽司、五目壽司、手捲壽司在家裡也可以做。尤其是手捲壽司，在家庭派對的場合上大家都會很開心，所以很棒唷。

除了這些，還有日本地區特有的壽司。不只是握壽司，也挑戰一下各地方的壽司吧？

P 045

不倒翁的模型是由禪宗的始祖達摩大師演變而來的。關於達摩大師，有著他因為面壁修行坐禪九年，導致手腳腐壞的傳說。那也就是為什麼不倒翁會被做成沒有手腳的樣子的由來。

現在不只是禪宗這個宗教，而是超越宗教被人所喜愛的吉祥物。

人們有著這種習慣：一開始，眼睛的部份並不會畫出來，而是留著空白的地方，然後要許願某事的時候，會畫上一隻眼睛，等到願望實現時，再將另一隻眼睛也畫上去。

P 051

從戰國時代開始，領導當時成為太平盛世的是三名武將。戰國時代終結，有著巨大影響力的是織田信長，信長之後，繼承天下統一的是豐臣秀吉，然後秀吉去世之後，建立起天下太平盛世的則是德川家康。

有一句名言表現出了信長的強硬作風、秀吉的積極性、家康的忍耐度。

如果杜鵑不啼，就殺了牠！（織田信長）

如果杜鵑不啼，就想辦法讓牠叫！（豐臣秀吉）

如果杜鵑不啼，就等到牠叫！（德川家康）

P 057

這是在江戶時代完成並傳承到現代的一種傳統說話藝術。談話的內容有趣詼諧是它的特徵。這種結尾被稱為「落ち（相聲的結尾）」，現在的對口相聲或小品也會使用這種手法。單口相聲大致上分為關東的江戶（東京舊稱）相聲和關西的上方（京都大阪一帶）相聲，即使是同樣的節目，演出的方式也不一樣。另外，根據節目製作的年代，也會被分成古典相聲和新作相聲。

年輕的單口相聲粉絲也很多，所以也有很多設有「單口相聲研究會」的大學喔。

P 063

日本的學校從4月開始到隔年的3月為止算是一個學年，所以開學典禮在4月，而畢業典禮是在3月舉行。因為開學和畢業典禮正好是櫻花盛開的時候，所以在春天會發售很多以「櫻花」和「出發」為主題的歌曲。

以4月為開始這種習慣，不只是學校，行政機關和一般公司也是如此。這種習慣是從明治時代就開始的，日本特別稱呼從4月開始到隔年3月為止的這一整年為「年度」。

P 069

因為有著包含「祝福踏上嶄新道路」在內的心情，所以包禮金用的鈔票會使用新鈔。禮金的金額要為奇數。因為偶數有「分開」「離別」等不好的起源涵意。

「八」是偶數，但因為有漸漸繁榮的意思是個很好的數字，所以沒有問題。最近有些人覺得2萬圓有「一對」的意思，所以也會有包2萬圓的狀況，只是要把一張一萬圓鈔和兩張五千圓鈔放進禮金袋裡做為奇數比較好。至於「4」和「9」會讓人聯想到「死」和「苦」，所以要避免喔。

P 075

你覺得奶油蛋糕日是哪一天呢？

日本的奶油蛋糕，是先用生奶油抹在以一般的海綿蛋糕做成的基底上，然後在蛋糕上面放草莓來裝飾。因為有「草莓（イチゴ）」的關係，1（いち）和5（ご），所以奶油蛋糕日是每個月的十五日……不對喔！

其實是以日曆上七天為一排的配置來看，22日的上面一定是「15（いちご）」日，所以每個月的22日才是奶油蛋糕日喔。

P105

從除夕夜的晚上11點半開始一直到新年凌晨12點，都能聽到從寺院裡傳出的鐘聲響。

在除夕跨新年的時候敲鐘，稱為「除夕夜的鐘聲」。在該年要結束之前要敲107下，而迎接新年的當下要敲一下，照慣例總共要敲108下。至於為什麼要敲108下，是蘊藏著「人有108種煩惱，要擺脫煩惱，迎接新的一年」這種意思。除夕夜的鐘聲，深刻地響徹在寂靜的除夕夜裡。那種聲響是非常莊嚴肅穆的。

P111

日本的政府行政機關和大多數的企業，從12月29日開始到1月3日都會放假。但是月曆上只有標示1月1日為國定假日，這是為什麼呢？

仔細看月曆的話，12月28日這一天上面寫著「御用納め」。這是「這一年最後一天辦公的日子」的意思。因為是從1月4日開始工作，所以這一天被叫做「御用始め」。原本是指政府行政機關依法律所規定的年終跟年初休假，不過也有很多一般企業以這個為標準來行事喔。

P117

情人節是戀人們愛的誓言日，但是在日本的過節習慣有一點點不一樣喔。女性會送愛的告白巧克力給男性。要送給單戀的對象或男朋友、喜愛的人，會送「本命巧克力」；要送朋友們或職場同事，會送「義理巧克力」；現在也有送給同性友人的「好友巧克力」。

對了對了，如果收到禮物的話，可不要忘記回贈禮物唷。在日本，回禮的日子是「白色情人節（3月14日）」喔！

P123

女兒節的時候要喝蛤蜊湯。因為如果不是成對的貝殼，是無法緊密合在一起的，所以蛤蜊的殼，含有了「將來會遇見好的對象這一類願望」的涵意。

端午節日，人們會吃柏餅。因為柏餅上面使用的槲樹葉，在新芽發出來之前，老葉是不會掉落的，象徵著「家族香火不斷」「子孫繁盛」。就是因為背負了那種意義，所以才要吃柏餅喔。

P129

在日本，從出生開始到長大成人為止，會經歷很多儀式活動。以前因為疾病和營養狀況的原因，孩子的死亡率很高，所以在各個節日時家人會感謝並慶祝孩子的成長。

七五三，是在江戶幕府第五代將軍綱吉的時代，從江戶開始就這麼被廣泛談著。「千歲糖」是為了祈求孩子能長壽的食物，從江戶時代開始就有的了。袋子上畫的則是鶴、烏龜、松、竹、梅等慶賀性的繪圖。

P135

在日本，母親節時會送紅色康乃馨。父親節的禮物則沒有什麼特別固定的東西，也有人會送給爸爸喜歡的酒或是領帶等等。在國外，好像也有送紅玫瑰的習慣。

無法買禮物的孩子們，會在幼稚園畫人像或者做感謝卡片。至於小學生，會自己親手做「搥背卷」或是「幫忙卷」等等當成禮物來送給爸爸媽媽喔。

P153

進入12月，街上瀰漫著一股聖誕節的氣息。聖誕節的裝飾，以及用燈光點綴的行道樹和聖誕節所舉辦的活動。東京都內著名的觀光景點也圍繞著羅曼蒂克的氣氛呢。

在神戶，每年的12月會舉辦「神戶光之祭典」的活動。為了讓後代傳承記得這段在1995年1月發生的阪神淡路大地震的記憶，所以每一年都會舉辦這些象徵神戶大街小巷的希望和夢想的相關活動。

居家篇

P 161

去日本人的家裡作客時，首先得要注意的事情呢，就是脫鞋子的方式。在這裡，我們來學學簡單的脫鞋禮儀。

P 167

榻榻米很常出現在日本的電影跟連續劇裡哨。聽說日本的榻榻米文化其實是距今1000年以前就有的。目前日本存在最久的榻榻米是奈良時代（710年～794年）的榻榻米，放在奈良東大寺裡保管。使用自然素材的榻榻米具有調整溫度的功能，在濕度很高的日本，從以前到現在就很受到重視。

P 173

在日劇和動畫裡常能看到，如果是住民宿或是旅館裡，會有人幫忙鋪好日式的棉被和床。有日本的網路調查發現，現在鋪床睡覺的人和睡在床上的人，比例是一半一半。

P 179

黑牙齒，顧名思義是一種把牙齒染黑的風俗習慣。在現在這個「牙齒潔白就是美」的時代來看這個舊俗，實在是會有點覺得不可思議的感覺。不過黑牙齒在當時是一種注重儀表和禮數的象徵，經過了漫長的歷史，一直延續到明治初期。

雖說主要是已婚女性有這種將牙齒染黑的習慣，不過實際上也有為了預防蛀牙的效果喔。

P 185

在漫畫「哆啦A夢」裡，哆啦A夢是睡在大雄房間的某個狹小空間裡的。那個地方有個名稱叫做「儲物櫃」。日本的儲物櫃和衣櫃有點像，不過卻是完全不同的東西。儲物櫃原先是為了收納棉被所設計的，所以深度比衣櫃還要大。此外，儲物櫃有一個特徵，就是中間會有一段叫「中段」的層板。衣櫃的上層為了要掛衣架所以有橫桿，也因此衣櫃的深度只有比衣架來得寬一點點。因此如果哆啦A夢是睡在衣櫃裡的話，一定會覺得很擠而睡不著對吧。

P 191

說到日本的傳統服裝，應該就是和服了吧。但是只為了在成人式或結婚典禮等這些活動時所穿和服的人變多，將心愛的和服原封不動放在家裡的人也很多。不能使用喜愛的東西，多少會覺得有一點落寞吧。為了這些人們，最近出現了像是將和服改造成其他物品這一類的工作喔。

P 197

孩子是鐵箍（孩子是父母之間的潤滑劑）

孩子對於愛情來說，是讓關係不好的夫妻之間融洽，維繫支撐夫妻緣份的橋樑。

孩子雖然可愛，但還是要讓他去闖一闖（愛子就是要讓他經歷風雨見世面）

即便孩子如此可愛，比起任意放縱的養育他們，還是讓他們經歷一下辛苦的旅程比較好。讓他們離開父母的身邊，進入現實社會看一看，這是有幫助的。

沒有比孩子更好的寶物（孩子是無價之寶）

「孩子呢，就是比什麼寶物都能勝出的無價之寶」，就是這樣的意思。

P 203

祝賀束帶（懷孕5個月）

從懷孕開始的第一個祝賀儀式。懷孕到了5個月的時候，胎兒順利地在發育著，這時擔心會流產的不安也會減少。在這個時期，為了祈求安產，會在媽媽的肚子上纏上束帶。

第七夜（嬰兒出生後的第七天晚上）

這是為了要宣佈嬰兒的名字，祈願嬰兒身體健康所舉行的活動，也被稱做「命名儀式」。在以前會邀請親戚們來參加，但現在較多是夫妻邀請雙方家庭的父母參加而已。

P 209

江戶時代初期，在日本全國發生了很多傳染病，因為藥很不充足，對錢不夠的平民來說，藥品和醫療根本是無法買到手的存在。因此，當時的富山藩的藩主發出了「在人群來往稀少的土地上也要傳送藥品，幫助人們」的告示。藥商將常備藥物放入藥箱裡，免費配送到各個家庭去。半年後去探訪時，補充藥品，再收取已經用過的藥品的費用。這種「先用後利」的理念，富山製藥從一開始創業到現在，延續不斷地繼承了下來。

P 215

「蓋房子吧！」這樣做了一生一次決定的爸爸。家人會討論著「房子格局該怎麼弄」，小孩的房間、寬敞的廚房、舒適的客廳、庭院、大間浴室……。家人的要求是不會停止的。但是，爸爸們也想要有書房啊！擁有書房簡直就是男人的夢想啊！

但是，最後的設計圖是什麼樣子呢？很遺憾，結果就是哪裡也看不到爸爸們的書房，像這樣的結果也很常見啊。加油吧，爸爸們！

P 221

在和室客廳中的凹間會掛著捲軸，上面會寫著「一期一會」。這是源自茶道而來的俚語，有著「和你相聚的這個瞬間只會有一次，不會再來第二次，所以要好好珍惜」的涵意。思索出這句話的，可以稱為是日本茶道創始者千利休的弟子山上宗二（1544-1590）。好好珍惜和客人的時刻，表達出日本款待人的真心，是一句很好的話喔。

P 227

寒冬裡少不了的「被爐」，據說是起源自中國僧侶所帶來的腳用暖爐。以前是將木炭或煤球丟進容器裡來使用，第二次世界大戰後就換成電被爐登場了。

最初一開始販售的時候，被爐的熱源部份是白色的

唷，但是顧客會覺得「這個真的會溫暖嗎？」，所以銷售額並沒有很快地增加。因此企業在1960年的時候，將熱源部份完全變成了紅色，銷售額就提高了。

P 233

談到日本的餐桌嘛，不能少的就是米了吧。日本有越光、笹錦、一見鍾情等被稱做是名牌米的人氣米。事實上除了這些以外，其實日本國內還擁有300個種類的品種米喔。

講究用電鍋煮飯的人增加了，10萬圓左右的高級電鍋也賣了相當多的數量喔。

P 239

在現在的日本，夫妻都去工作賺錢的狀況正在增加，忙碌的雙親為了「沒有時間好好的為孩子們做料理」，煩惱的人相當的多。在這種情況下，日本正在流行一種料理方式。

那就是「懶人料理」。「ずぼら」這句話原本的意思，是指不做該做的事，做事很隨便的意思。這種懶人料理，既簡單又可以快速完成，是家長們的好朋友，也有很多相關的料理書出版喔。

P 245

在以前那個一天只吃兩餐的時代，農民們為了維持體力，會在休息時間吃些點心，他們稱之為「おやつ」。因為用古日本的說法來看，那個時間正好是在「八點（現在的下午兩點鐘）」的時候呢。

說到「點心」，會有著吃甜食的印象，可是歐洲的下午茶也會供應三明治等食物喔。如果是一餐和一餐的空檔隔太久，不妨用一些簡單的「點心」調整吃飯的時間看看。當然了，可不要吃過量囉。

P 251

刷牙時會用到的東西呢，應該就是「牙刷」和「牙膏」了吧。一般販售的大部份是裝在管子裡的膏狀物，但為什麼會叫做「牙粉」呢？

在日本的江戶時代，販賣著一種粉末狀的牙粉。在那之後被改良過，從1900年代開始，就變成了像現在所使用的膏狀牙膏。但是名字被留下來，直到現在都還稱為「牙粉」。

粉狀的牙粉，現在還是有在販售的。聽說對牙齒沾染香菸尼古丁殘污或是有口臭煩惱的人們而言，是很推薦的一種商品喔。

P 257

放眼望去世界上不管哪一個國家，應該沒有比日本人還要熱愛泡湯的民族了吧。只不過不是單純的用來洗身體而已，日本的浴池是有用來治療，以及當做社交場所的用途。因為日本人很常提到「泡湯能消除疲勞」，所以在這裡我們想要具體的介紹一下，泡湯有什麼樣的功能和效果。

泡湯的好處！① 消除疲勞 ② 改善血液循環 ③「浮力」會放鬆心情

P 263

因為有「不希望被別人聽到我在上廁所的聲音」這種想法，一進廁所首先就會沖水的日本女性還真多的樣子。但是「在一開始就沖水是非常浪費水，是浪費金錢的行為！」，所以日本製造商TOTO在1988年製作了叫音姬的機器。現在除了有可攜帶式尺寸的音姬，竟然還有App，成為了女性不可或缺的必需品。

P 269

做為夏天的節省能源對策，最近綠色植生牆正在流行喔。種植會遮蔽窗戶的懸吊植物，就像是製作了天然的窗簾。有了綠色植生牆，不僅能減輕外牆的蓄熱度，由植物所產生的蒸氣也會抑制周遭的溫度，也能行植物的光合作用來吸收二氧化碳。此外，又能種花，又能收成種植的蔬菜，全家人都能享受到樂趣唷。

P 275

這幾年來，「年輕人的遠離～」這句話常常變成了新話題。其中也常被提到的就是「遠離車子」。以前講到車子，就會被想到是約會時不可或缺的東西。現在呢，特別是城市的年輕人會有「要花太多費用」、「對車子本身沒有興趣」等理由，不買車子的人好像也變得越來越多了呢。

P 283

商店街的肉店裡，除了生肉以外，還賣著許多各式各樣的產品。像是香腸、烤肉用的醃肉、還有只要煎烤就會變成漢堡排的肉等等，無論如何，剛炸好的配菜就是好吃！像是可樂餅、炸肉餅、炸雞塊等等。對不在家裡炸東西或是單身的人來說，這種炸好的小菜食物是非常便利的。在東京吉祥寺的肉品店家，最有名的就是剛炸好熱騰騰的肉餅了。為了要吃這一味，可是每天都有人在排隊的喔。

P 295

日本的百貨公司地下樓，幾乎都有食品販賣部。不只有生鮮食品，西式甜點及日式點心、便當、熟食小菜、贈禮用的茶和咖啡、酒類等等也都有販售。有些名店也會在這裡開設分店。

百貨地下樓也會依照季節活動或味覺等，設法將各店的商品集中主打上市。此外，也會舉辦各地特產展或各地車站便當大集合等活動，吸引大量的顧客上門，會變得很熱鬧。

P 313

咖啡廳裡的義大利麵菜單上有一種叫做「ナポリタン」的東西。這種「ナポリタン」是日本獨家將義大利料理「スパゲティナナポレターナ」做改良並進化而成的。

需要的基本材料非常簡單，有洋蔥、青椒、火腿，醬料部份則是使用番茄醬。因為只需要簡單隨手就能取得的材料，在家也能常常做，只是做不出像咖啡廳的那種味道。如果想要挑戰自己動手做，網路上也有很多可以再現咖啡廳裡的味道的食譜介紹唷。

P 319

漢堡的主要販賣點是速食店，現在不管在世界哪一個地方都有店舖。但是談到販賣的餐點，全世界各地不會一模一樣。每一國都有自己原創的菜

單。在日本有期間限定的餐點。例如，在賞月的季節時，就會推出一種蛋看起來像是滿月的漢堡上市。其他像是奧運或是世界杯足球賽的賽事期間，也會有期間限定的餐點推出喔。在大家的國家裡，有什麼樣的當地菜單呢？

P 325

日本的聚會場合上，在一開始最常點的第一杯就是啤酒。參加的人會確認「要先來杯啤酒好嗎？」，店員在點餐的時候也會說這句「先來杯啤酒吧」。到了現在，說「とりあえずビール」這句話變成聚會時的一種慣用語，一點也不誇張。

對於講究品牌的人和想要喝其他東西的人來說，這句話也許會讓他們覺得有點困擾，不過只要一開始用一杯酒就能和大家一起暢飲，你覺得如何呢？

P 331

在日本，人們有著在每個季節使用明信片做季節性的問候、連絡近況的習慣。新年時會寄「賀年卡」、夏天時會寄出稱為「暑期問候」的信，是一種會寫著對方夏日炎炎身體是否安好的問候明信片。

「暑期問候」的問候期間會持續到「立秋」為止。而暑期問候，大概是從梅雨季節結束準備進入7月的這段時間開始。過了「立秋」之後，就會轉變成為「餘暑問候」了。

P 337

這兩者看起來很相像，但仔細追究其實是不一樣的。

「貯金」原來的意思是「將錢存起來、留起來」。所以也有「貯金箱（存錢筒）」和「タンス貯金（衣櫃存錢，指存在家裡的現金）」這一類的相關語詞。此外，「把錢存在郵局裡」也叫做「貯金」。

而另一方面的「預金」，意思是「把錢寄放在銀行裡」。但是日本郵政公社（郵局）在民營化之後，改成了「郵貯銀行」的名稱，現在仍然使用「貯金」的說法。

P 349

據說大阪人的家裡一定會有一台「章魚燒機」。
當然是沒有這種事啦，不過看起來普及率還
真的蠻高的唷。

最近，家庭用的烤盤組合，章魚燒的烤盤
也有成套的在販賣。除了章魚之外，麻糬或起
司、惡作劇地放入芥末等等，放入不同的食材，挑戰創造出獨特的章
魚燒口味感覺也很有趣喔。大家一起熱熱鬧鬧，一定會有個愉快的派
對喔。

P 355

世界性的觀光地「秋葉原」。除了電器街有名以外，現在則是電腦遊
戲、動畫、次文化的聖地，從世界各地來的觀光客都會來造訪。

在女僕咖啡店呢，則是會說「歡迎回來，主人」來取代「歡迎光臨」
迎接客人。雖然已經知道會這樣說，但實際被這樣說也是會讓人感到
不知所措呢。

但是因為女僕咖啡店的人氣實在很強大，就連台灣和韓國、東南亞、
歐洲、甚至美國，也都有像這種類型的女僕咖啡店喔。

P 361

新年參拜、七五三、成人禮、婚禮等等，
雖然有穿和服的機會，但光憑一個人可無
法穿好和服的……。在那種時候，就在美
容院讓別人幫你換裝吧。在那裡可以做出
適合穿著和服的髮型，也可以順便化妝。
除了一定要預約之外，在那之前還要準備
什麼比較好呢？事先做好確認比較好唷。
因為有可以幫忙換穿浴衣的美容院，要不
要利用看看呢？

P 367

大部份的日本飯店，房間裡的冰箱是空的。最近為了環保問題和節
電，所以冰箱的電源是關閉的，當要使用的時候，得自己把它打開。

另外，像熨斗或加濕器等特殊物品，需要使用時請詢問櫃台。身體不
舒服的時候也不用勉強忍耐，可以請飯店的人找附近的藥局或醫院，
一定會幫上忙的唷。

P 391

她是在義大利出生的英國籍護理師。在1854年開始的義大利戰爭裡，因為照護著受傷的士兵們有所功蹟，所以被稱為「義大利的天使」。比起在護理方面的奉獻，她更著名的是致力於改善醫院和護理設備的創設和改善，以及整頓了護理師的教育制度。南丁格爾的著作「Notes on Nursing（護理筆記）」，是護理教育等機構持續不斷研讀的經典著作。

P 397

即使會說著「某某地方好痛喔」來表達哪裡疼痛，我想也很難用外語來說明是什麼樣的痛、以及有多痛。日語裡有「擬音語」和「擬態語」的詞，常常用來說明表現疼痛，像是「ズキズキ（陣陣刺痛）」、「ズキンズキン（一跳一跳的疼痛）」、「チクチク（連續性的刺痛）」、「シクシク（陣陣抽痛）」、「キリキリ（絞痛）」等等。「チクチク」是指像被針刺到那種感覺，而「ズキンズキン」則像是脈搏跳動的感覺。你能想像哪一種疼痛呢？

P 403

「頭痛」有兩個意思。第一個是真的頭痛。還有一個是為了擔心的事而表現出煩惱的樣子。另外「耳朵痛」，是指聽到別人的發言和批評說中了自己的弱點，自己聽起來很痛苦的表現。「鼻子歪」，則是形容聞到臭到能讓鼻子都歪到程度的樣子。

慣用表現的數量多到無法計算，但不要覺得很難就避開喔，就享受著背起來吧。

旅遊休閒篇

P 411

鐵道之旅少不了「車站便當」。像是百貨公司裡，也會舉辦匯集各地的車站便當舉辦熱鬧的活動盛況。相較於在「車站」裡販售「車站便當」，最近在「機場」裡也有賣「空中便當」。因為有些航空公司的飛機餐需要收費，加上有些國內線

班機並沒有提供機上餐點，所以自行購買餐點帶進機內的人數也正在增加中。這樣的狀況也許也會變成一股空中便當的熱潮喔。

P 423

為了長途飛行而準備眼罩、脖子靠枕、和機上用的拖鞋等用品的人應該也很多吧。因為飛機裡的空氣乾燥，也可以戴上口罩預防感冒。

此外，帶著粉末狀的清潔洗劑出遊也很方便。特別是內衣褲和襪子之類的，常常洗就不用擔心臭味。還有就是，因為國外也有很多飯店沒有準備拖鞋，所以帶一雙涼鞋去，就可以在房間裡休息的時候輕鬆地穿著使用。

P 429

就在不久之前，相機被認為是男性的嗜好這種印象還很強烈，自從為了初學者所設計的單眼相機上市開始，對相機有興趣的女性人數就開始增加了。此外，相機的操作方式變得容易理解，數位單眼相機的入手價格也變得很便宜，著迷於相機和攝影的女性朋友正在急速增加中。跟以前那種簡單的相機產品不同，最近是時尚漂亮的產品賣得很好喔。

P 435

對住在東京的人來說也會覺得轉車很麻煩。對這有所幫助的是，貼在東京地鐵站月台柱子上的「轉乘便利地圖」。只要看了這個，就會知道什麼車輛出口或轉乘點比較近，連電扶梯或電梯等設施，廁所在哪裡也可以知道。發明這個地圖的人，竟然是一位家庭主婦。這些寫在海報上的資訊，是這位主婦一個人在地下鐵車站裡上上下下，一個一個所調查出來的「血汗情報」呢。

P 453

這是一種由數人進行長距離的傳遞比賽，源自日本的陸上競賽。在日本舉辦的著名接力賽，有每年1月2日至3日所舉行的「東京箱根之間來回的大學接力賽」。箱根接力賽的歷史久遠，在1920年舉辦了第一

屆大會，在2015年就舉辦第91屆的接力賽。接力賽路線的上下坡度落差之大，還被傳唱成了「箱根的山是天下的險」。從東京開始到蘆之湖，去程大約是108公里，回程大約110公里，往返各分為5區，大學生跑者要傳接著接力帶進行接力賽。

P 459

「肩膀痠痛和腰痛的改善」、「因為夏天很快就要來了」……因為很多很多理由而考慮想要進健身房，但是又要花錢，而且工作結束後又覺得好累、週末去的話又覺得有一點……等等這個不行那個不好的，結論就是算了 啦。為了這些人們，市面上有很多「邊做邊運動」和「一天做〇分的運動」這些能更輕鬆就做到的口號。不管是哪一個運動，短時間內就能完成，但是為什麼不管做什麼運動還是無法長久進行呢？誰來教教我可以持續下去的小撇步吧！

P 465

「富士山」，可以說是象徵日本的山。在2013年，與富士山有相關的文化遺產一起被登錄為世界文化遺產了。因為被登錄為世界遺產，所以挑戰攀登富士山的人也越來越多了。爬富士山的時間，是從7月上旬開始到8月（根據登山路線可到9月上旬）為止。在這以外的季節是不能攀爬的。因為這是一座標高3776公尺的高山，所以也要注意高山症。調整好身體狀況，準備好足夠的裝備可是必要的唷。

P 495

在日本的東北地方有一個讓人能享受正統草裙舞的場所。位於福島縣磐城市有一間「夏威夷溫泉飯店」，電影「扶桑花女孩」就是以它為拍攝範本。活躍於表演秀的舞者們，是昭和40年日本首間以波里尼西亞民俗舞蹈及佛朗明哥舞等所設立的常磐音樂舞蹈學院的畢業生們。在這間學校，除了草裙舞之外，也可以學佛朗明哥舞、大溪地舞、波里尼西亞等民族舞蹈。

P 501

卡拉OK最早出現在這個世上的時候是在酒亭或飯店，大多是被放在宴

會場裡，在喝酒的時候就順便唱個卡拉OK來娛樂一下。但是在1980下半年開始，出現了單純享受唱歌的「卡拉OK包廂」，從大人到小孩都能玩得很開心。最近也開始流行一個人就能享受的「一人卡拉OK」。用來消除壓力也好，或者偷偷練習一下來應付公司的喝酒聚會或聯誼也好喔。

P 513

你看過沒有聲音的電影嗎？沒有聲音的電影被稱為默片，是一種沒有音樂也沒有唸台詞的電影。那麼要如何表達出台詞來呢？那就得靠「字幕」了。現在是以翻譯成字幕的方式來表現，在以前則是用「旁白」的方式來傳達故事的意思。在以前，因為日本無法理解國外電影的字幕意思，所以在當時的電影院裡有「電影旁白者」，會配合電影將豐富的情緒帶入情景和台詞中，傳達給觀眾們喔。

P 525

這是在2006年所上映的美國奇幻電影。舞台是從深夜到太陽出來之前這段期間，人型蠟像、人偶、縮小的迷你人像、恐龍化石、動物們等等都能自由自在活動的一間不可思議的博物館裡。這部電影深受小孩和大人們的喜愛，所以在日本上映時，連日本博物館協會和東京都歷史文化財團都很推薦喔。

看過這部電影的孩子們，去參觀博物館的時候有可能在想「這些展示品晚上也會動嗎？！」吧

P 531

一直到1996年時，旭川動物園都是一個普通的動物園。普通的展示方式讓入場的人數越來越減少，為了解決這個問題，園方將動物改

成了能看見動物生活的自然生態「行動展示」設施。如此一來，猩猩可以在離地17公尺的空中散步，我們也可以在360度的水底隧道看企鵝像飛行一樣的游泳姿態。因為可以看到活靈活現的動物們，所以現在旭川動物園的入園人數已經排名日本第三，成為世界知名的動物園。

日語必學 50 音 + 句型 + 會話	圖解英語 單字王	圖解生活 英語王

日語必學 50 音 + 句型 + 會話
現在就跟著老師
一起來練
日語五十音基本功！

本書共分成平假名、片假名、句型。從清音開始介紹，由發音、筆順、單字一步一步地從基本學起。接著進入濁音半濁音和拗音的練習。最後進入句型的世界。在這裡，總共會介紹 15 個常用的基本句型給各位認識。學習沒有捷徑，只要把基本功練好，學習的成效跟速度會在之後的日文實力中漸漸展現出來。

圖解英語 單字王
看著圖、跟著唸
背英文單字
就是這麼簡單！

本書精選日常生活中最息息相關的 15 個主題，每個主題下再細分成共 118 個單元，囊括 3000 多個單字。含居家、用餐、城市、觀光、交通旅遊、工作、娛樂等。另外我們還加入了 25 則趣聞、笑話和實用資訊，讓想進階學習的讀者，磨練自己的英文實力。從生活單字打好英文基礎，進一步發揮英文的口說、閱讀、寫作及聽力能力。

圖解生活 英語王
讓每個生活場景
都變成最自然的
英語教室！

根據研究，只要多進行圖像式思考，激發大腦潛能，語文能力就不必刻意靠死記硬背來養成。本書挑選了日常生活中常見的「居家篇」、「生活篇」、「旅遊篇」、「休閒篇」、「節慶篇」等五大主題，再細分成 85 個小單元，以全彩插圖呈現出來的情境主題，讓讀者從跟自己切身相關的東西去學習，才是最有效的方法。

特價：NT**299**元　　特價：NT**299**元　　特價：NT**299**元

解構英文
文法王

學習文法用對技巧
理解＋運用不必死背

本書以淺顯易懂的方式，為想要了解英文語法規則的人提供以「閱讀」＋「聆聽」＋「實作」的方式三管齊下，以專業的講解釐清觀念、豐富的實作加深印象、清楚的表格帶出文法內容。本書的文法教學就是提供多元的方式，利用學習過程中的「讀」、「聽」、「做」，讓重要的觀念在老師的解說及自己的實作中自然而然學起來。

特價：NT**299**元

美國生活
片語王

理解片語正確語意
英語實力突飛猛進

本書分為動詞片語、副詞片語、介系詞片語、與形容詞相關的片語及其他常用片語等五個部分。收錄約 1000組最實用的片語，搭配生動的插圖有效幫助記憶。中英對照，並依片語特性補充相同片語、字語、延伸學習等，有效加強英語實力，讓你熟悉老外的用法與口語，輕鬆無負擔學習，與老外溝通流利沒問題！

特價：NT**249**元

圖解上班族
單字王

用圖表和情境背單字
好學又好記

本書挑選了 24 個與上班族在職場工作息息相關的主題，收錄638 個基本單字，每一個基本單字除了詳列音標、中文解釋及例句來幫助學習之外，還會依其特性或屬性以同義、反義、衍生字、字根字首相關單字、或是搭配詞等不同方式來補充更多相關的詞彙，可認識超過 2500 個以上的單字片語。本書提供了多種不同的學習方法，幫助讀者更快記住職場上常用的單字和片語。

特價：NT**299**元

新日檢 N5-N3
單字王
記好日文老師說一定會
考的日檢單字，
日檢合格大成功！

新日檢 N2
單字王
跟著老師記好日檢高
頻率必考單字，
攻上日檢合格頂峰！

新日檢 N1
單字王
掌握得分關鍵，你需
要的重點整理都在這
一本！

本書挑選了符合
JLPT 裡 N5-N3 級數
程度將近 3000 個字
彙，加上了漢字或外
來語的源字、中譯、
重音標線、詞性、同
反義及衍生字、說明
和用法等。符合 N 5
- N3 文法程度的日
中例句，搭配適時補
充的圖解衍生單字，
讓讀者快速有效地牢
記住單字及用法。
讀者們可到官網下
載 MP3，或是利用
智慧型手機下載 QR
Code 掃描程式，在
網路連線的環境裡
掃描 QR 碼，輕鬆收
聽課文內容，非常方
便。

本書挑選了符合 J
LPT 裡 N2 級數程度
超過 1200 個字彙，
加上了漢字或外來
語的源字、中譯、
重音標線、詞性、
同反義及衍生字、
說明和用法等。符
合 N2 文法程度的日
中例句，搭配適時
補充的圖解衍生單
字，讓讀者快速有
效地牢記住單字及
用法。建議讀者們
可到官網下載 MP3
或是利用智慧型手
機在有網路連線的
環境裡掃描書上的
QR Code 來收聽課文
內容，增加反覆複
習的機會。

本書編彙超過 2300
個字，每個字加上了
漢字或外來語的源
字、中譯、重音標
線、詞性、同反義及
衍生字、說明和用法
等補充。為了讓讀者
更能掌控字彙用法，
我們在每個單字旁邊
都加上符合 N1 文法
程度的日中例句，搭
配適時補充的圖解衍
生單字，讓讀者在最
短的時間內快速有效
地牢記住單字及用
法。

特價：NT**299**元

特價：NT**249**元

特價：NT**299**元

出版品預行編目資料

彩繪圖解日本語 = ILLUSTRATED JAPANESE
WORDS AND CONVERSATIONS FOR EVERY DAY
LiveABC 互動英語教學集團編譯 .
—— 再版 . —— 臺北市：希伯崙公司，2015.07
面； 公分

ISBN 978-986-441-014-9（平裝）
1. 日語　2. 讀本

803.18　　　　　　　　　　104010898